KB142496

幻城
환성

幻城

Copyright 2016 ⓒ 郭敬明

All rights reserved

Korean copyright ⓒ 2017 by Gulhangari

Korean language edition arranged with the China South Booky Culture Media Co.,LTD

through Linking-Asia International Inc.

이 책은 연아 인터내셔널을 통한 China South Booky Culture Media Co.,LTD와 의 독점계약으로 한국어 판권을 (주)글항아리에서 소유합니다. 저작권법에 의하여 한 국 내에서 보호를 받는 저작물이므로 무단전재와 복제를 금합니다.

幻城
환성

ICE FANTASY

궈징밍 지음 — 김택규 옮김

fabula
파블라

幻城 차례

검은 바람이 몰아치는 날에,
허공을 찢듯 슬피 우는 산설조를 보는 날에,
붉은 연꽃이 피고 벚꽃이 지는 날에 나는 고개를 주억이며
웃는 너의 얼굴 사이에서,
무한한 세월의 갈라진 틈 속에서 항상 눈물을 흘렸다.
생각하고 또 생각해도 끝없이 네가 떠올랐기 때문이다.
이것은 가장 잔혹하면서도 가장 부드러운 감옥이 아닌가.

1.

환상의 성

—오랜 세월이 흐른 뒤, 나는 연기 바위가 있는 해안에 섰다. 넓은 바다를 향해, 나의 왕국과 백성을 향해, 그리고 소란스러운 인간 세상과 하늘의 산설조를 향해 두 뺨 가득 눈물을 흘렸다.

내 이름은 캐슬, 눈안개 숲에서 자랐고 아무도 나이를 모르는 늙은 무당이 나를 키웠다. 그녀는 자신을 할머니라고 부르게 하지만 나를 환설제국의 황태자라고 부른다. 내 동생도 나와 함께 자랐다. 그의 이름은 아이코스다. 우리 형제는 겨우 살아남은 환설제국의 마법사다.

마법경전에 따르면 내 이름은 '검은 성'이라는 뜻이며 동생의 이름은 '환영'이라고 풀이된다. 우리는 어머니는 달라도 아버지는 같다. 그는 환설제국의 늙은 황제다. 아버지는 환설제국 역사상 가장 위대한 황제로 손꼽힌다. 200년 전 벌어진 성스러운 전쟁에서 빙해水海 저편의 화족火族을 거의 전멸시켰다. 하지만 그 성전에서 우리 황실도 치명적인 피해를 입었다. 10년 넘게 지속된 전투에서 나의 세 형과 두 누나가 전사함으로써 우리 가족 중에 마법사는 나와 아이코스, 둘밖에 남지 않았다. 그밖에 헤아릴 수 없이 많은 무당, 점성술사, 검객이 목숨을 잃었다.

그 무시무시한 전쟁은 모든 사람의 기억 속에 차마 떠올릴 수 없는 상처를 남겼다. 나도 하늘 가득 날카롭게 울부짖던 얼음조각과, 대지를 뒤덮은 불꽃을 기억한다. 광활한 하늘은 싸늘한 흰색이었고 대지는 온통 이글대는 화염 빛에 물들었다. 나는 궁전 안, 따뜻한 난롯가에서 천년여우의 모피를 뒤집어 쓴 채 아버지의 냉엄한 얼굴과 어머니의 찌푸린 눈살을 바라보고 있었다.

밖에서 아군의 전사 소식이 들려올 때마다 나는 아버지의 건장한 몸이 무의식중에 움찔 떨리는 것을, 어머니가 뚝뚝 눈물을 떨구는 것을 보곤 했다. 창밖으로 비치는 붉은색 화염은 내 어린 시절 기억의 가장 인상 깊은 장면이 되었다. 그 장면 뒤편에서 나의 형들과 누나들의 절망적인 비명 소리가 울려 퍼진다. 오랫동안 나는 꿈속에서 그 비명에 놀라 몸부림치며 깨어나곤 했다. 그렇게 눈을 뜨면 할머니의 늙고 모호한 얼굴이 앞에 있었다. 그녀는 따뜻하고 거친 손바닥으로 내 뺨을 어루만지며 웃으면서 말했다.

"우리 왕자님, 그분들은 저 먼 곳에서 당신을 기다리고 있어요. 언젠가 꼭 만나게 될 거예요."

"그러면 나도 죽는 건가요?"

내 물음에 그녀는 또 웃다가 입을 열었다.

"그럴 리가요. 당신은 황제가 되실 분인 걸요."

그해, 나는 99살이었다. 무당이 될 자격도 없을 만큼 너무 어렸다. 그래서 오랜 시간이 지나면서 그 성전의 기억은 완전히 희미해져버렸다. 내가 궁금해서 물으면 할머니는 얼굴 가득 미소를 지으며 말했다.

"사랑하는 왕자님, 황제가 되시면 모든 걸 알게 될 거예요."

동생은 성전을 전혀 기억하지 못했다. 내가 이야기를 꺼낼 때마다 동생은 늘 아무렇지도 않게 흘려들었다. 그리고 교활한 듯하면서도 어린애처럼 천진한 미소를 지으며 말했다.

"승자는 왕이 되고 패자는 도적이 되는 거야, 형. 이게 진리라고. 괴로워할 필요 없어."

말을 마치고 그는 내게 기대어 눈썹에 입을 맞췄다.

성전이 끝난 직후, 나와 아이코스는 30년간 인간 세상을 떠돌아야 했다. 기억을 더듬어보면, 그 전쟁의 막바지에 화족은 우리 빙족氷族의 검설성 밑까지 쳐들어왔다. 당시 나는 화족 정령의 붉은 머리칼과 눈동자를, 하늘 가득 퍼진 불빛을, 불 속에 녹아드는 무수한 빙족 무당을 보았다. 내가 있던 곳은 검설성의 높은 망루 위였다. 사방팔방에서 용솟음치며 밀려드는 바람이 내 긴 옷을 부풀게 했다. 나는 아버지를 향해 물었다.

"폐하, 우리는 죽는 건가요?"

아버지는 아무 말 없이 냉엄한 표정만 짓고 있다가 고개를 흔들었다. 동작은 느렸지만 그의 기상은 환설산 정상의 가장 단단한 얼음처럼 굳건했다.

나와 동생은 40명의 대人무당의 호위를 받으며 성을 빠져나왔다. 그때 나는 점점 멀어지며 작아지는 검설성을 바라보다 갑자기 눈물이 흘러내렸다. 그와 동시에 환설제국의 창백한 하늘을 찢는 날카로운 비명이 들렸다. 나는 그것이 누나가 타고 다니던 유니콘이 내는 소리라는 걸 알았다. 여우가죽 망토를 꽁꽁 뒤집어쓴 동생이 나를 바라보며 나지막이 물었다.

"형, 우리 죽는 거야?"

나는 동생의 눈을 지그시 바라보다 꼭 껴안아주며 말했다.

"그럴 리 없어. 우리는 세상에서 가장 강력한 신족神族이잖아."

나와 동생을 호송하던 40명의 대무당은 성을 탈출하는 과정에서 전부 죽음을 당했다. 마차 안에 있던 나는 화족 정령들과 무당들의 시체가 길 양편에 연이어 나동그라지는 것을 목격했다. 그중에는 눈 안개 숲에서 나와 함께 자란 급전笈箠도 끼어 있었다. 사랑스러운 소녀인 그녀는 천부적으로 강한 영능력을 갖고 있었지만 결국 어느 절벽 위에서 죽음을 맞았다. 그녀는 붉은 삼지창에 가슴을 관통 당해 검은 절벽 위에 못 박히고 말았다. 바람이 그녀의 긴 은빛 머리칼과 흰 마법복을 나풀나풀 휘날렸다. 마차가 절벽을 벗어날 때까지도 그녀는 아직 눈을 감지 않았다. 나는 그녀의 흰 수정 같은 눈동자 속에서 나를 향한 그녀의 목소리를 들었다.

"캐슬, 나의 사랑하는 왕자님, 꿋꿋하게 살아야 해요!"

마지막으로 쓰러진 무당은 아버지의 호위병인 극탁克托이었다. 나와 동생은 마차에서 내렸다. 우리를 싣고 가던 유니콘이 쓰러졌기 때문이다. 극탁은 무릎을 꿇은 채 내 뺨을 어루만지며 멀리 펼쳐진 지평선을 가리켰다.

"왕자님, 저 앞이 바로 인간 세상의 입구랍니다. 저는 더 이상 왕자님을 지켜드리지 못하겠군요."

내게 미소 짓는 그의 젊고 잘 생긴 얼굴 위로 눈송이가 흩날렸다. 검에 찔린 명치의 상처에서 끊임없이 흰 피가 흘러 나와 뚝뚝 검은 대지를 적셨다. 그의 눈빛이 풀리기 시작했다. 그는 마지막으로 내 이름을 부르며 말했다.

"캐슬, 캐슬, 미래의 황제시여, 반드시 살아 남으셔야 합니다, 반드시……"

나는 아이코스를 안고 큰 눈이 내리는 대지 위에 섰다. 예전에 느껴 보지 못한 두려움이 엄습했다. 아이코스가 내 얼굴에 손을 대고 물었다.

"형, 우리도 죽는 거야?"

나는 동생의 천진난만한 얼굴을 보며 말했다.

"아니, 이 형이 널 지켜줄게. 너는 꼭 살아남을 거야."

벌써 겨울이다. 환설제국에 첫 눈이 내린다. 환설제국의 겨울은 10년 동안 계속되며 그 기간에 하루도 빠짐없이 눈이 내린다. 나는 하늘 가득 날리는 눈발을 올려다보면서 문득 눈안개 숲을 떠올린다. 그 숲에서는 이렇게 큰 눈이 내리는 일이 없다. 사계절이 분명치 않으며 항상 늦봄 혹은 초여름 날씨다. 저녁 햇살처럼 따뜻한 색조의 빛이 천천히 숲 전체를 감싸고 돈다.

하늘에서 새 울음소리가 들려왔다. 나는 고개를 돌렸다. 벚나무 아래 아이코스가 서 있었다. 벚나무는 벌써 이파리가 다 떨어지고 앙상하게 마른 가지가 파란 하늘을 찌르고 있었다. 아이코스의 그림자가 쓸쓸하고 고독해 보였다. 미소를 지으며 나를 바라보는 그의 머리칼은 이미 지면 위에 드리워질 정도다. 그에 비해 내 머리칼은 갓 발꿈치에 다다랐을 뿐이다. 빙족의 마법 실력은 머리칼의 길이에 비례한다. 따라서 아이코스가 나보다 훨씬 강력한 마법과 소환 능력을 갖춘 셈이다. 그는 어려서부터 천부적인 재질을 지닌 아이였다.

아이코스가 나를 바라보며 명랑하고 순진하게 웃으면서 말했다.

"형, 눈이 오네. 올 겨울 첫 번째 눈이야."

눈송이가 분분히 날려 그의 머리와 어깨, 젊고 잘 생긴 얼굴을 가득 덮었다. 하지만 내 몸에는 단 한 점의 눈도 묻지 않았다. 나는 그에게 물었다.

"아이코스, 왜 마법으로 눈을 막지 않지?"

나는 손을 들어 그의 머리 위에 보호막을 쳐주었다. 하지만 그는 왼손 새끼손가락을 구부려 가볍게 내 마법을 떨쳐내고는 내게 말했다.

"형, 몸에 눈이 묻는 게 그렇게 싫어?"

나를 향한 그의 웃음 속에서 남모를 슬픔이 느껴졌다. 이윽고 그는 몸을 돌려 자리를 떴다. 나는 물끄러미 그의 뒷모습을 바라보면서 뭔가 분명치 않은 괴로움을 느꼈다. 그는 이 환설제국을 통틀어 가장 머리가 길고 가장 강력한 마법을 지닌 인물이다. 동시에 마법으로 눈을 막을 필요가 없는 유일한 인물이자 내 평생 가장 사랑해온, 하나밖에 없는 나의 동생, 아이코스다.

30년간 인간 세상을 떠도는 동안, 나는 거의 아무런 마법도 익히지 못했다. 그저 물을 얼려 갖가지 동물 모양의 작은 얼음조각을 새기는 일로 생계를 이어갔을 뿐이다. 게다가 우리는 화족의 추적을 피해 끊임없이 사는 곳을 옮겨야 했다. 한번은 어떤 남자가 돈 한 푼 내지 않고 내가 만든 조각들을 몽땅 가져가려 했다. 그때 아이코스는 질끈 입술을 깨물고 아무 말 없이 그의 앞을 막아섰다. 남자는 그를 밀어 땅바닥에 넘어뜨렸다. 그래서 나는 술 한 잔을 들고 남자에게 다가가 내밀었다. 남자가 흉악한 미소를 지으며 말했다.

"이 어린놈이 독주로 날 죽이려는 게냐!"

나는 즉시 그 술을 한 모금 마신 뒤, 웃으면서 그에게 말했다.

"죽기가 두려운가보군."

남자는 펄쩍 뛰더니 잔을 받아 한 입에 들이켰다. 그가 거칠게 소리쳤다.

"내가, 빌어먹을, 너 같이 어린 잡종을 두려워한단 말이냐?"

이윽고 그는 숨을 거뒀다. 죽기 직전, 그가 믿을 수 없다는 듯 눈을 부릅뜨고 있을 때 나는 그에게 말했다.

"틀렸다. 난 잡종이 아니라 순수한 혈통이거든."

나는 그의 몸 속으로 흘러 들어가는 술을 삼지창 모양으로 얼려 그의 가슴을 관통시켰을 뿐이다.

그것은 내 평생 최초의 살인이었다. 나는 난생 처음 인간의 피가 우리의 것과 다르다는 걸 알았다. 그것은 흰색이 아니라 타는 듯한 선홍색이었다. 애써 공포를 억누르며 아이코스를 향해 눈길을 돌렸을 때, 나는 그가 왜 웃고 있는지 알 수 없었다. 그의 웃음 속에서 잔혹하고 요사스러운 기운이 느껴졌다. 하지만 그 웃음은 이내 사라져버렸다.

그 남자가 쓰러졌을 때, 하늘에서 백조의 깃털 같은 눈이 퍼붓기 시작했다. 나는 아이코스를 안고 눈 속에 섰다. 그가 나를 쳐다보며 말했다.

"형, 이제 우리 다른 사람한테 죽지 않는 거지? 그렇지?"

"그래, 아무도 너를 죽일 수 없어. 이 형이 목숨을 바쳐 널 지켜줄게. 내가 죽으면 네가 미래의 황제가 될 거야."

139살이 됐을 때, 나는 이락梨落을 만났다. 그녀는 환설제국에서 가장 어리고 위대한 무당이었다. 환설제국의 황족은 130살이 되면 성인의 모습으로 바뀐다. 그래서 당시 내가 아이코스를 안고 눈 내리는 길을 걸으면 보는 사람마다 내가 아이코스의 아버지라고 생각했다. 아무도 우리가 환설제국의 살아남은 두 왕자임을 알지 못했다.

이락이 모습을 드러낼 때, 대지에 쌓인 눈이 갑자기 휘몰아쳐 올라 하늘과 태양을 가렸다. 놀란 사람들은 사방으로 흩어져 도망치기에 바빴지만 나는 아이코스를 안은 채 제자리에서 꼼짝도 하지 않았다. 전혀 살기가 느껴지지 않았기 때문이다. 눈발의 끝에서 이락이 유니콘 위에 우뚝 서 있었다. 그녀 옆으로 버들개지 같은 눈송이가 분분히 떨어져 내렸다. 유니콘에서 내린 그녀가 내게 다가와 무릎을 꿇고 말했다.

"왕자님, 집에 모셔다드리겠습니다."

그해 겨울은 내가 인간 세상에서 보낸 마지막 겨울이었다. 큰 눈이 버들개지처럼 쏟아져 내렸다. 버드나무는 내가 인간 세상에서 가장 좋아하는 식물이다. 그 꽃은 검설성에 휘날리는, 10년 동안 끊임없이 내리는 눈송이와 매우 흡사하다.

일주일 뒤, 나와 아이코스 그리고 이락이 검설성 아래 섰을 때, 나는 솟구치는 눈물을 주체할 수 없었다. 고향을 떠날 때 나는 아직 어린아이에 불과했다. 그런데 지금은 죽은 나의 형들처럼 준수하고 건장한 왕자, 환설제국의 미래의 황제로 성장했다. 새로 지어진 성벽은 훨씬 웅장했다. 나는 아버지와 어머니 그리고 모든 무당과 점성술사가 성벽 위에서 나를 내려다보고 있는 것을 보았다. 그들은 우리를 웃음으로 환영하며 나와 아이코스의 이름을 외쳤다. 아이코스가 내 목을 감싸 안으며 물었다.

"형, 우리, 집에 돌아온 거야? 그 붉은 사람들한테 죽지 않는 거지?"

나는 수정처럼 맑은 동생의 눈에 입을 맞추며 말했다.

"그래, 집에 돌아온 거야."

성문이 천천히 열렸을 때, 성 안 가득 환호성이 울려 퍼졌다. 환호 속에서 나는 이락의 손을 끌어당기며 말했다.

"당신을 사랑하오. 내 왕자비가 돼주시오."

여러 해가 지난 뒤, 나는 이락에게 물었다.

"이락, 나는 당신을 본 지 일주일 만에 사랑하게 됐소. 당신은? 당신은 언제 나를 사랑하게 됐지?"

그녀는 내 앞에 무릎을 꿇고 고개 들어 나를 보며 말했다.

"왕자님, 저는 유니콘에서 내려 당신 앞에 무릎을 꿇자마자 당신에게 반했답니다."

말을 마치고 그녀는 내게 미소를 지었다. 흰 벚꽃이 어지러이 흩날리며 그녀의 흰 머리칼 위에 떨어져 내렸다. 그녀의 긴 속눈썹에 꽃가루가 묻었다.

이락의 흰 머리칼은 어렴풋이 남색을 띠고 있었다. 나처럼 순수한 은빛이 아니었다. 그녀는 순수한 혈통이 아니므로 최고의 무당이 될 수 있을 뿐, 마법사가 될 수는 없었다. 하지만 나는 조금도 개의치 않았다.

200살이 되었을 때, 나는 아버지에게 말했다.

"폐하, 이락과 결혼하게 해주십시오."

내가 말을 마쳤을 때, 궁전 안에는 단 한 사람의 목소리도 들리지 않았다. 그로부터 한 달 뒤, 환설제국에 사상 최대의 폭설이 내렸고 이락은 그 폭설 속에서 사라져버렸다.

나중에 어머니가 눈물을 흘리며 내게 자초지종을 알렸다. 아버지는 내가 순수하지 못한 혈통의 여자와 결혼하는 것을 용납할 수 없었던 것이다. 오로지 심해深海 궁전의 인어만 나의 왕자비가 될 수 있었다.

내가 아버지의 침전에 쳐들어갔을 때, 그는 높은 현빙玄氷 의자에 단정히 앉아 있었다. 나는 나의 마법을 총동원해 그를 쓰러뜨렸다. 하지만 바닥에 넘어진 아버지 앞에 섰을 때, 나는 문득 그가 이미 늙어버렸음을 알았다. 천하를 정벌하고 호령하던 내 마음 속의 아버지는 벌써 황혼녘에 다다른 것이다. 순간, 나는 괴로움의 눈물을 떨궜다. 아버지는 아무 말도 하지 않았다. 그때 나의 동생, 아이코스는 곁에서 두 손을 감싸쥔 채 차가운 눈으로 모든 광경을 지켜보고 있었다. 그는 마지막으로 웃음을 터뜨리고는 몸을 돌려 그 자리를 떠났다.

이락이 인간 세상으로 갔다는 사람도 있었고, 모든 능력을 빼앗기고 환설산으로 보내졌다는 사람도 있었다. 그러나 성구星舊는 그녀가 빙해의 해저에 묻혔다고 말했다.

나중에 아이코스가 내게 물었다.

"형, 그녀를 찾고 싶지 않아?"

"찾는다고? 벌써 죽었을 거야."

"그건 추측일 뿐이야. 아직 살아 있을지도 모르잖아."

"필요 없어. 찾는다고 무슨 소용이 있겠니. 어쨌든 나는 환설제국의 황제가 될 거야. 하지만 그녀는 영원히 황후가 될 수 없잖아."

"형은 그렇게 황제가 되고 싶어? 그녀와 함께 도망칠 수도 있잖아?"

"아이코스, 넌 내게 아버지, 어머니, 나의 백성들, 그리고 너까지 저

버리라는 거냐?"

"난 누군가를 사랑한다면 그 사람을 위해 모든 걸 버릴 수 있어."

그가 말을 마치고 떠나간 뒤, 나는 끝없는 눈보라 속에 홀로 서 있었다. 난생 처음 마법으로 몸을 가리지 않았다. 세찬 눈발이 어깨 위에 소리 없이 쌓였다.

그날 밤, 꿈속에서 이락을 보았다. 성구의 말처럼 그녀는 빙해의 가장 깊은 곳에 묻혀 있었다. 그녀가 웃으며 말했다.

"왕자님, 저는 첫눈에 당신에게 반했답니다."

그러고서 이락은 계속 내 이름을 불렀다.

"당신을 기다리고 있을게요, 캐슬, 캐슬, 캐슬······."

유니콘에서 내린 그녀가 사뿐사뿐 걸어와 내 앞에 무릎을 꿇고 두 손을 교차했다. 온몸에서 은은한 남빛이 도는 은빛 광채를 뿜으며 그녀가 고개를 들고 말했다.

"왕자님, 집에 모셔다드리겠습니다······."

성구는 검설성에서 가장 젊고, 또 가장 위대한 점성술사다. 아울러 아이코스를 위해 별점을 치고도 죽지 않은 유일한 인물이다. 아이코스는 성년이 되어서 나처럼 흰 머리칼을 갖게 되었다. 하지만 그 속에는 한 가닥 한 가닥 불길처럼 빨간 머리칼이 섞여 있었다. 아버지는 7명의 점성술사들을 차례로 불러 아이코스의 별점을 치게 했다. 그런데 앞의 6명은 점을 치는 도중 갑자기 피를 토하고 죽어버렸다. 성구는 마지막 7번째 점성술사였다. 내 기억에 그는 아이코스와 서로 한참을 뚫어져라 쳐다보았다. 이윽고 두 사람은 약속이나 한 듯 미소를 지었다. 그들의 미소는 괴이하고 요사스러웠다.

점을 마친 성구가 내게 다가와 무릎을 꿇고 말했다.

"캐슬 왕자님, 저는 제 생명을 다 바쳐 당신의 안전을 지켜드리겠습니다."

그는 말을 마치고 아이코스를 힐끗 보고는 자리를 떴다. 그는 점을 친 결과를 아무에게도 말하지 않았다.

단지 그는 나중에 시녀를 통해 내게 그림 한 장을 전달했다. 그림 속에는 이름 모를 해안과, 그곳의 벼랑 위에 우뚝 선 검은 바위가 그려져 있었다. 바위 곁에는 불길처럼 빨간 연꽃이 만발해 있었고 하늘에는 커다란 흰 새가 선회하고 있었다.

어느 날 내 침궁에서 그 그림을 목격한 아이코스는 금세 눈초리가 냉랭해지더니 한 마디 말도 없이 발길을 돌이켰다. 어디선가 불어온 바람이 그의 눈처럼 흰 옷을 펄럭였다.

나는 그 그림을 들고 오랫동안 가보지 못한 눈안개 숲을 찾았다. 하늘에 닿을 듯한 고목들이 여전히 울창한 녹음을 자랑하고 있었고 이파리 사이로 파편처럼 쏟아지는 햇빛이 내 희고 영롱한 눈동자를 파고들었다. 또한 끝없는 목초지가 부드럽게 펼쳐져 있었고 들꽃은 드문드문 타오르며 지평선까지 이어졌다. 숲 속에는 아직도 아름다운 계곡물이 흐르고 있었다. 그 물가에서 수려한 순록과 함께 뛰노는 아이들은 모두 순수한 혈통이다. 그들 중 일부는 점성술사가, 또 일부는 무당이 될 것이다. 단지 마법사가 될 아이만 없는데, 그 아이는 벌써 이렇게 장성하여 그림 한 장을 들고 이 숲으로 돌아왔다.

나는 할머니 앞에 섰다. 그녀의 주름 가득한 얼굴을 보며 말했다.

"할머니, 저, 캐슬이에요."

그녀가 다가와 내 얼굴을 어루만지며 웃었다. 그녀가 말했다.

"왕자님, 장성하신 모습이 폐하와 똑같군요. 늠름하고 잘 생겼어요."

"할머니, 이 그림의 의미를 말씀해주실 수 있나요?"

"그러믄요, 우리 왕자님. 이 해안은 '이별의 해안'이라고 하고 이 검은 바위는 '연기 바위'라고 부릅니다. 환설제국에서 금기를 어긴 자는 영원히 이 바위에 묶이게 되지요."

"그러면 이 새는 뭐지요?"

"산설조藪雪鳥랍니다. 이 새는 겨울이 끝나고 봄이 시작될 때 꼭 나타납니다. 이 새의 울음소리가 눈과 얼음을 녹이기 때문이죠."

"저는 이 눈안개 숲에서 그런 새를 본 적이 없어요."

"사랑하는 왕자님, 이 눈안개 숲은 겨울도, 눈도 없잖아요."

"그러면 할머니, 붉은 연꽃은 또 뭐죠? 뭘 의미하는 거죠?"

"캐슬님, 저는 잘 모르겠어요. 아마 성구는 알려드릴 수 있을 거예요. 저는 늙어서 그럴 수 없답니다. 다만 옛날에 어느 늙은 황제님이 제게 말씀하신 적이 있어요. 붉은 연꽃은 화족 정령들의 땅에서 자란다고. 그리고 절망, 파괴, 모든 걸 무릅쓰는 사랑을 상징한다고."

"할머니, 저와 아이코스가 최고 마법사 시험을 통과했어요."

"그래요? 캐슬님, 성적은 어땠어요? 꽃잎을 얼마나 남겼죠?"

"전혀요. 한 장도 남기지 않았어요."

나는 할머니의 주름투성이 얼굴에 따뜻한 웃음이 피어올라 잔잔한 물결처럼 번지는 걸 보았다. 귓가에 방울처럼 맑은 아이들의 웃음소리가 들려왔다. 문득 오랫동안 아이코스의 웃음소리를 들어 보지 못했다는 생각이 들었다.

벚꽃 언덕은 환설산 기슭의 성지다. 산과 들판 가득 만발한 벚꽃이 영원히 시들지 않는 곳이다. 나와 아이코스는 바로 그곳에서 최고의 마법사가 되기 위한 마지막 시험을 치렀다. 우리가 할 일은 땅 위의 눈을 들어 올려 모든 벚꽃의 꽃잎에 쏘아 떨어뜨린 뒤, 대신 그 자리에 눈송이를 채워 넣는 것이었다.

그날, 아버지와 어머니 그리고 아이코스의 어머니인 연희蓮姬는 모두 즐거움을 감추지 못했다. 왜냐하면 나와 아이코스가 환설제국 역사상 최고의 기적을 연출했기 때문이다. 우리는 각자 단 한 장의 꽃잎도 남기지 않았다. 그러나 유일하게 다른 점이 있었으니, 아이코스가 마지막 꽃잎을 땅 위에 떨굴 때 나는 여전히 많은 눈송이를 공중에 날리고 있었다.

눈안개 숲을 떠날 때 할머니는 숲 입구까지 나를 배웅해주었다. 할머니를 안고서 나는 그녀의 몸이 더 구부정해졌음을 알았다. 그녀의 머리는 겨우 내 명치에 닿을 정도였다. 하지만 과거에 내가 아직 어린 아이였을 때, 나는 늘 그녀의 무릎에 앉는 것을 좋아했다.

"할머니, 사실 저, 어른이 된 게 달갑지 않아요."

"캐슬님, 황제가 되실 분이 왜 그런 말씀을 하시죠?"

"할머니, 예전에 저는 황제가 되어 높은 자리에 오르면 모든 걸 다 가질 수 있는 줄 알았어요. 하지만 이제 알아요. 황제는 단 한 가지, 가질 수 없는 게 있어요. 그건 바로 자유예요. 하지만 저는 자유를 사랑하는 걸요. 솔직히 저는 이 성을, 눈으로 가득한 이 제국을 벗어나고 싶어요.

인간 세상을 떠돌던 30년 동안 저는 행복했답니다. 인간들의 쾌활하고 떠들썩한 삶을 보면서 말이죠. 즐거운 축제도 있었고, 슬픈 장례식도 있었어요. 그리고 제 동생 아이코스도 있었죠. 저는 동생이 제 모든 것인 양 30년 동안 목숨을 걸고 그 애를 보호했어요. 할머니, 할머니는 이 숲에만 있어서 잘 모르실 거예요. 이 제국은 눈이 내리면 모든 게 차갑게 변하죠. 더욱이 성 안에 내리는 눈은 10년간 하루도 그치는 날이 없어요."

말을 마치고 눈안개 숲을 떠나 검설성의 정문으로 들어설 때, 나는 등 뒤에서 아스라이 들려오는 할머니의 목소리를 들었다.

"캐슬님, 젊은 왕자시여. 붉은 연꽃이 봉오리를 터뜨릴 즈음 두 별이 모이고 운명의 톱니바퀴가 돌기 시작할 거예요. 부디 꾹 참고 기다리시길……"

이락이 죽은 뒤로(나는 줄곧 그녀가 죽었다고, 빙해의 해저에 묻혔다고 생각했다) 나는 같은 꿈을 반복해서 꾸었다. 그 꿈속에서 나는 아이코스와 함께 인간 세상의 어느 쓸쓸한 길을 걷고 있었다. 하늘 가득 백조의 깃털 같은 눈발이 날렸다. 아이코스가 내게 말했다.

"형, 너무 추워, 안아줘."

나는 외투를 풀고 아이코스를 품에 꼭 안았다. 그때 앞에서 뽀득뽀득 눈을 밟고 오는 발자국 소리가 들렸다. 이락이었다. 그녀는 두 손을 교차하며 아직 어린아이 모습인 내게 말했다.

"왕자님, 집에 모셔다드릴게요."

이윽고 그녀는 몸을 돌려 그곳을 떠났다. 나는 그녀를 쫓아가려 했다. 그런데 움직일 수가 없었다. 이락이 사라지는 저편 눈보라 속을 멀뚱멀뚱 바라보고만 있었다. 그녀는 돌아오지 않았다.

꿈이 마지막에 이르면 한 남자가 나타났다. 은빛 긴 머리에 얼굴은 준수하고 오만하며 건장한 체구의 소유자였다. 눈처럼 희고 긴 마법복을 입은 그는 아버지의 젊은 시절 모습과 흡사했다. 그는 내 앞에 다가와 무릎을 꿇더니 웃으며 내 눈썹에 입을 맞추고 말했다.

"형, 집에 가고 싶지 않으면 가지 마. 부디 자유롭게 살아……."

나는 갑자기 추위를 느꼈고 그가 내게 물었다.

"형, 추워?"

나는 고개를 끄덕였다. 그가 왼손 검지를 구부리고 주문을 외웠다. 내 곁에 붉은 연꽃 같은 화염이 활활 타올랐다. 나는 본래 화족의 화염을 무척 두려워했지만 이번에는 몸 속 깊이 스며드는 온화한 기운을 느꼈다. 그런데 고개를 들어 그 사람을 보았을 때, 그의 얼굴은 점점 희미해지더니 안개처럼 흩어져버렸다.

어릴 때부터 나는 과묵한 편에 속했다. 아이코스를 빼고는 누구와도 이야기하려 하지 않았다. 눈안개 숲에서 돌아온 뒤로 나는 계속 불면증에 시달렸다. 매일 밤마다 궁전 지붕에 서서 춤추는 달빛을 보고, 북쪽 눈안개 숲의 고요한 숨소리를 들으며 홀로 멍한 미소를 지었다. 내 얼굴 위로 쓸쓸한 달빛이 어렸다.

나는 황제가 되고 싶지 않았다. 형들이 아직 죽지 않았을 때, 나는 자란 뒤에 아이코스와 함께 환설산에 은거하고 싶었다. 내가 그 소망을 이야기했을 때, 아이코스는 환하게 웃으며 말했었다.

"형, 그 말 잊으면 안 돼. 난 절대로 잊지 않을 거야."

그러나 형들이 성전에서 전사한 뒤로 나는 더 이상 그 소망을 거론하지 못했다. 아이코스도 마찬가지였다.

나중에 이락을 만나고서 나는 그녀와 함께 매일 밤 지붕에 올라 춤추는 별빛과, 제국의 온 영토를 뒤덮는 눈발을 밤새 지켜보았다.

이락이 죽은 뒤, 성구가 내게 환몽幻夢 하나를 주며 그 속에 들어가 보라고 했다.

그 환몽 속에서 나는 눈처럼 흰 옷을 입고 유니콘 위에 높이 앉아 있는 그녀를 보았다. 그녀의 목소리가 들렸다.

"아주 오래 전에 저는 단순하고 행복한 여자였답니다. 캐슬님을 만나기 전까지 매일 깊고 감미로운 꿈에 젖어 살았죠. 그런데 그분은 밤마다 잠을 이루지 못했어요. 그래서 매일 밤 그분을 모시고 넓고 텅 빈 궁전 지붕 위에 올라갔답니다. 그분의 은빛 머리칼 위로 별빛이 춤을 추었어요. 훨훨 날리는 버들개지처럼……."

나의 240세 생일 잔치에서 아버지는 높디높은 현빙 옥좌에 앉아 내게 미소를 지으며 말했다.

"캐슬아, 나는 너를 후임 황제로 선포하려 한다. 너의 350세 생일에 이 제국 전체를 네게 넘기마."

조정 가득 환호성이 울려 퍼졌다. 모든 무당과 점성술사가 내게 허리를 숙였다. 하지만 나는 그 떠들썩한 소란 가운데 무표정하게 서 있었다. 마음속으로 공허한 바람 소리가 메아리쳤다.

"폐하, 형보다는 제가 더 황제에 어울릴 것 같습니다."

내 곁에 서 있던 아이코스가 웃으면서, 하지만 결연한 목소리로 말했다.

"아이코스, 그게 무슨 소리냐?"

아버지가 그를 바라보았다. 무당들도 일제히 시선을 집중했다.

"형보다는 제가 더 황제에 어울린다고 아뢰었습니다."

그러고 나서 아이코스는 몸을 돌려 내게 웃음을 짓고는 내 눈썹에 입을 맞추며 말했다.

"형, 이미 내 머리칼이 형보다 더 길잖아."

나는 아버지 곁에 앉아 나를 향해 관심이 듬뿍 담긴 표정을 짓고 있는 어머니를 보았다. 그 옆에서는 아이코스의 모친, 연희가 괴이한 미소를 짓고 있었다.

그 날의 난처한 상황은 현탑泫榻이라는 덕망 높은 무당에 의해 수

습되었다. 그가 몸을 일으켜 동생에게 말했다.

"둘째 왕자님, 황제란 영능력이 가장 높다고 해서 될 수 있는 게 아닙니다. 그래서 당신은 형님을 대신할 수 없습니다."

아이코스가 그에게로 다가가 그의 머리칼을 만지며 말했다.

"현탑 선생, 선생처럼 머리칼이 겨우 무릎에 닿는 인물이 황제가 되어 혹시 암살을 당하면 어쩌시겠소? 선생 같으면 얼마나 황위를 유지할 수 있겠소? 내가 선생을 죽인다고 하면 무슨 뾰족한 수라도 있소?"

이윽고 아이코스는 몸을 돌려 대전을 빠져나갔다. 그의 웃는 표정은 괴이하고 요사스러웠다. 그의 방자한 웃음소리가 검설성 구석구석까지 울려 퍼졌다.

3일 뒤, 현탑은 자기 술법실 안에서 죽음을 당했다. 옷만 고스란히 남아 있고 몸이 완전히 녹아 현무암 바닥에 물이 흥건했다. 그것은 화족 정령의 마법에 당한 결과와 똑같았다.

현탑의 죽음은 검설성 전체를 충격에 빠뜨렸다. 사람들은 화족이 환설제국 영토 안에, 심지어 검설성 안에 잠입한 게 아닐까 의심했다.

나는 성구를 찾아가 물었다.

"현탑이 어떻게 죽었는지 알고 계시오?"

"알고 있습니다. 하지만 젊은 왕자시여, 차마 말씀드릴 수 없는 저를 용서하십시오."

"내게도 말할 수 없단 말이오?"

"그렇습니다. 폐하께도 아뢸 수 없습니다. 왕자님도 알고 계시겠지요. 검설성 안의 저희 점성술사들은 자유로이 별점을 치고 꿈을 풀이할 수 있을 뿐더러 그 결과에 침묵할 수 있는 권리도 갖고 있습니다."

"좋소. 나도 지쳐서 더 이상 알고 싶지 않소. 그러나 한 가지만 더 물읍시다. 정말 화족 정령이 검설성 안에 잠입한 게 맞소?"

"아닙니다. 만약 그렇다면 왕자님께 사실을 고하고 제 목숨을 바쳐 지켜드려야지요. 왕자님, 누구라도 당신을 위협하면 저는 목숨을 내놓을 겁니다."

"그렇다면 현탑이 화족의 마법에 당한 게 아니란 말이오?"

성구는 등을 돌리고 한 마디도 없이 자리를 떠났다. 바람 속에서 사방으로 흩어지는 굵은 눈발이 그의 어깨 위에 쌓였다. 나는 그를 쫓아가 마법으로 보호막을 쳐주고 싶었지만 끝내 그러지 못했다. 궁전으로 들어갈 때, 눈 저편에서 성구의 목소리가 허공을 뚫고 아스라이 들려왔다.

"캐슬 왕자님, 붉은 연꽃이 봉오리를 터뜨릴 즈음 두 별이 모이고 운명의 톱니바퀴가 돌기 시작할 겁니다. 꾹 참고 기다리셔야 합니다……"

현탑이 죽은 지 석 달만에 검설성 안에 큰 화재가 발생했다. 솟구치는 불기둥이 사람들의 얼굴을 붉은빛으로 물들였다. 나는 성전 이후로 다시 한번 벌겋게 타오르는 하늘과, 아버지의 냉엄한 표정을 보았다. 불이 일어난 곳은 환영천幻影天, 바로 아이코스의 궁전이었다.

내가 환영천으로 달려갔을 때, 큰 불길은 이미 궁전 전체를 집어 삼킨 뒤였다. 나는 그 속에서 무수한 궁녀들이 차례차례 녹아 흰색 연기로 사라지는 것을 보았다. 옛날 성전에 참가한 무당들도 그렇게 죽었었다. 아이코스의 행방이 묘연했다. 갑자기 하늘에 아이코스의 웃는 얼굴이 떠올랐다. 나는 새끼손가락을 구부려 마법을 전개했다. 눈과 바람이 몰려와 내 주위를 감쌌다. 나는 즉시 불길 속을 뚫고 들어갔다.

아이코스는 현무암으로 된 바닥에 쓰러져 있었다. 조금 남은 눈과 바람이 위태롭게 그를 감싸고 있었다. 나는 그를 안고 나의 보호막 속으로 들어갔다. 아이코스는 손으로 두 눈을 누르고 있었다. 손가락 틈 사이로 희고 영롱한 피가 쉴 새 없이 흘러 내렸다. 그 순간, 나는 죽고 싶을 만큼 마음이 괴로웠다. 이 아이가 누구인가? 한때 내가 목숨을 걸고 보호하려 한 나의 동생, 나의 전부가 아닌가? 그런 이 아이를 이 꼴이 되도록 내버려두다니…….

아이코스가 한쪽 눈으로 나를 보고 미소를 짓더니 바로 혼수상태에 빠졌다. 의식을 잃기 전, 그는 내게 '형'이라고 겨우 한 마디를 남겼다.

나는 이미 인사불성이 된 그를 부둥켜안고 말했다.

"아이코스, 누구든 너를 해치려는 자가 있으면 내가 산산조각을 내주고 말 테다. 왜냐하면 너는…… 너는 내 전부니까."

환설산의 제성대祭星臺. 성구가 짙은 안개 속에 서 있었다.

"성구, 환영천 화재의 원인을 알고 있나?"

"알고 있습니다. 왕자님의 부친께서도 제게 똑같은 질문을 하셨지요. 하지만 용서하십시오. 저는 말씀드릴 수 없습니다."

"그러면 또 한 가지 묻지. 화족의 누군가가 아이코스를 해치려고 하는가?"

성구가 내게 다가와 무릎을 꿇고 두 손을 교차하며 말했다.

"캐슬님, 미래의 황제시여, 아이코스님을 해치려는 자는 없습니다. 저를 믿어주십시오. 단지 왕자님, 상상하시는 것처럼 간단하지 않은 일들이 존재합니다. 이미 말씀드린 것처럼 붉은 연꽃이 봉오리를 터뜨릴 즈음 두 별이 모이고 운명의 톱니바퀴가 돌기 시작할 겁니다. 인내심을 갖고 기다리셔야 합니다……."

아이코스는 결국 외눈박이가 되었다. 안대를 찬 그의 얼굴을 볼 때마다 나는 마음이 착잡했다. 하지만 그는 늘 내게 괜찮다고 말하며 감미로운 미소를 지었다.

그는 몸을 굽혀 내 눈썹에 입을 맞추며 "형"이라고 나를 불렀다.

바람 속에서 벚꽃들이 무수히 떨어져 날리며 나와 그의 어깨 위를 덮었다.

이처럼 많은 사건이 벌어지면서 아버지는 제국의 안전을 걱정하기 시작했다. 그는 강력한 영능력을 가진 아이코스에게 황위를 넘기는 방안도 고려하고 있는 듯했다. 나는 가끔씩 연희의 곁을 스칠 때마다 그녀의 표정에서 기이하고도 요염한 웃음을 목격했다.

한번은 대전에서 아버지가 아이코스에게 물었다.

"아이코스야, 너는 진심으로 황제가 되고 싶으냐?"

아이코스가 대답했다.

"예, 저는 황제가 되고 싶습니다. 형이 원하는 건 자유이니 형에게는 자유를, 제게는 황위를 주십시오."

연희의 얼굴에 기쁨의 미소가 넘쳐흘렀다.

어느 날 벚나무 아래에서 나는 아이코스에게 물었다.

"아이코스, 왜 그렇게 황제가 되고 싶어 하지?"

"형, 형은 황제가 되고 싶어?"

"아니, 나는 눈안개 숲으로 돌아가고 싶어. 그곳은 눈이 내리지 않고 항상 봄 날씨처럼 따뜻하지. 또 내게 처음으로 마법을 가르쳐주신 할머니도 있고 말이야."

"형, 그렇다면 내가 황제가 되게 해줘."

벚꽃이 눈송이처럼 쏟아져 내렸다. 나는 하늘에서 산설조의 귀를 찢는 듯한 울음을 들었다. 그 소리 속에서 눈과 얼음이 녹기 시작했다.

그런데 아이코스의 웃는 얼굴은 위태로운 느낌이 들 만큼 아름다웠다.

또 겨울이 오고 온 천지에 눈발이 가득했다. 심해 궁전의 어린 공주가 거의 다 자랐다는 소식이 들렸다. 나는 많은 사람으로부터 그녀가 아름답고 매력적이며 순수한 혈통의 소유자라는 설명을 들었다. 황족의 왕비는 반드시 심해 궁전의 여자라야 한다. 나의 어머니도 그렇고 연희도 마찬가지다. 그녀들은 130세 이전에는 인어의 모습이었지만

130세에 성년이 되자 곧 아름다운 인간 여성으로 바뀌어 검설성에 들어왔다.

"이 어린 공주가 너의 왕자비가 될 것이다, 캐슬. 미래에는 황후가 되겠지."

아버지가 막 인간으로 변한 공주, 남상嵐裳을 내 앞에 데려왔다. 나는 그녀의 아름다운 얼굴과 미소를 눈여겨보았다. 그녀가 무릎을 꿇고 두 손을 교차하며 말했다.

"캐슬님, 미래의 황제시여."

순간, 나는 이락이 떠올랐다. 지금도 심해의 밑바닥에 묻혀 있을 그녀가. 그녀가 내세에 순수한 혈통의 인어가 된 것은 아닐까. 남상을 바라보며 나는 그녀가 이락일지도 모른다는 생각이 들었다. 그만큼 두 사람의 얼굴은 서로 흡사했다. 그녀가 다가와 내 손을 잡더니 쫑긋 까치발을 하고 내 이마에 입을 맞췄다. 그 순간, 나는 아이코스의 냉혹한 웃음소리를 들었다.

"폐하, 남상이 저를 택할지도 모르는데 왜 형과 짝지으려 하십니까?"

아이코스가 다가와 남상을 끌어당기더니 그녀의 머리칼을 어루만지며 말했다.

"확실히 은빛 머리칼이 맞구나. 너는 가장 순수한 혈통임에 틀림없다. 내게 시집오는 게 어떠냐, 어떠한 피해도 입지 않도록 너를 보호해주마."

남상이 미소 지으며 말했다.

"친애하는 둘째 왕자님, 제가 사랑하는 사람은 당신의 형님이에요. 제 마음속에서 당신은 저 분의 동생일 뿐이랍니다. 저는 사실 인어일 때부터 형님을 알았어요. 저는 형님을 사랑하고 형님의 신부가 될 거예요. 형님의 보호를 받으며 형님의 어깨에 기대어 늙어갈 거예요."

"그렇단 말이지?"

아이코스가 돌연 남상의 귓가에 대고 은밀하게 속삭였다.

"하지만 형의 마법은 최고가 아니야. 예를 들어 내가 너를 죽이려고 하면 너는 어쩔 거지? 형은 또 어쩔 건데?"

이윽고 아이코스는 몸을 돌려 그곳을 떠났다. 괴상한 웃음소리가 울려 퍼지며 눈과 함께 검설성 곳곳에 떨어져 내렸다.

한 달 뒤, 남상은 벚나무 아래에서 죽은 채로 발견되었다. 죽은 그녀의 하반신은 물고기 모양으로 되돌아가 있었다.

아버지와 어머니는 이 일에 대해 함구하고 한 마디도 궁궐 밖으로 새어 나가지 못하게 했다. 단지 사람들은 그녀가 자살했다고 쑥덕거렸다. 오직 연희의 웃음 띤 얼굴만 불길하게 내 주위에 어른거렸다.

"할머니, 남상이 죽을 때 왜 하반신이 물고기가 된 거죠? 그녀는 벌써 인간으로 변한 게 아니었나요?"

"캐슬님, 인어족은 수천 년간 황족과 혼인 관계를 맺어왔어요. 왜냐하면 그녀들은 출신이 고귀하고 물을 다루는 능력이 뛰어나서, 황족과 결합하면 강력한 영능력을 지닌 자손을 낳을 수 있기 때문이죠. 이게 바로 이락이 황후가 될 수 없었던 까닭이에요. 그리고 인어족은

130살이 되면 인간으로 변하지만, 만약 황족의 왕자와 정식으로 결혼하기 전에 몸을 더럽히면 도로 인어의 모습으로 돌아갑니다."

"할머니, 누가 남상을 욕 보였는지 아세요?"

"저는 몰라요."

"그러면 남상은 자살한 건가요?"

"역시 알지 못해요. 캐슬님, 저는 점성술사가 아니에요. 아마 성구라면 말씀드릴 수 있을 거예요."

"성구, 남상이 왜 죽었는지 말해줄 수 있소?"

"자살입니다. 몸 속의 물로 자기 내장을 찔렀습니다."

"도대체 왜 자살한 거요?"

"몸을 더럽혀 하반신이 물고기로 돌아갔기 때문이죠. 치욕을 느꼈고 캐슬님을 사랑했기에 자살을 택한 겁니다."

"그러면 누가 그녀를 욕 보였는지 말해줄 수 있소?"

"왕자님, 예전에도 늘 말씀드릴 수 없다고 했지 않습니까. 그렇다면 이번에는 환몽을 보게 해드리죠. 그 환몽 속에 비밀이 들어 있으니 직접 찾아보십시오. 그걸 찾을 수만 있으면 그간에 왕자님을 괴롭힌 모든 일이 훤히 이해되실 겁니다."

성구가 보여준 환몽은 사실 나와 아이코스가 최고 마법사 시험을 보던 장면이었다. 나와 아이코스는 모두 왼손 새끼손가락을 구부리고 주문을 외워 지면에 쌓인 눈을 허공에 띄웠다. 나는 환몽 속을 계속 들락날락했지만 성구가 왜 이 장면을 보여주는지 전혀 간파하지 못했다.

겨울이 곧 끝나려 할 때, 아버지는 대전에서 내가 다음 황제가 될 것임을 엄숙하게 선포했다. 그날 밤, 다시 환몽 속에 들어간 나는 드디어 모든 문제의 해답을 찾았다.

그 환몽 속에서 마법을 펼치면서 나는 왼손 새끼손가락을 구부렸다. 그런데 아이코스는 왼손 새끼손가락과 함께 무의식중에 오른손 검지를 구부렸다.

오른손 검지를 구부리는 것은 화족 정령들이 마법을 부릴 때 취하는 자세다. 그 옛날 검설성을 도망치면서 나는 숱하게 그 자세를 보았었다.

"성구, 아는 대로 내게 말해주시오. 언제부터 아이코스의 비밀을 알았소?"

"그분의 별점을 칠 때 알았습니다. 저보다 먼저 별점을 치다 죽은 6명의 점성술사들의 시체에서 사망 원인을 알아냈지요."

"그들은 왜 죽었소?"

"간단합니다. 아이코스님이 마법으로 죽였습니다. 그들의 몸속 수분을 얼려 내장을 찌르게 하는 단순한 마법이었지요. 왕자인 그분을 의심할 사람은 없었고 점성술사들도 그분을 경계하지 않았습니다. 그래서 어이 없이 당해버린 겁니다."

"그러면 자네는?"

"아이코스님이 마법을 쓸 때, 몰래 그것을 깨뜨렸지요. 그런 하급의 마법으로는 저를 쓰러뜨리기 힘듭니다. 하지만 제가 경계하고 있다는 걸 그분에게 들켜버렸지요. 별점을 다 치고 사람들이 흩어지자, 그분이 다가와 이렇게 말씀하시더군요. '성구, 자네는 위대한 점성술사야. 자네가 오늘 일만 잊어준다면 계속 살게 해주지. 그렇지 않으면 환설제국 최강의 마법이 뭔지 알게 될 거야.' 그러고 나서 제게 이상야릇한 웃음을 지어 보였습니다."

"아이코스는 왜 자신의 별점을 치는 걸 막으려 한 거요?"

"화족의 마법을 쓸 줄 아는 걸 들키고 싶지 않았기 때문이죠."

"그러면 현탑의 죽음은?"

"역시 아이코스님의 짓입니다."

"환영천의 화재도?"

"예, 아이코스님이 불을 질렀습니다."

"그렇다면…… 남상의 죽음도 아이코스의 소행이요?"

"아이코스님이 그녀를 범했고 그 직후, 모욕감에 자살한 겁니다."

"그러면 성구, 맨 처음 내게 준 그림은 무슨 의미요?"

"왕자님, 아직 알려드릴 수 없는 일들이 있다고 말씀드렸을 텐데요? 그리고 왕자님, 혹시 아시는지요? 실은 아이코스님이 성인이 된 그해, 저는 그분의 명령으로 별점을 봐드렸습니다. 제가 바로 맨 처음 그분의 별점을 친 점성술사인 셈이지요. 그때 저는 아이코스님께 환몽 하나를 드렸습니다. 저 자신도 본 적이 없는 기괴하고 아름다운 환몽이었습니다. 때가 오면 왕자님께도 그 환몽을 드리지요. 당신도 그 환몽의 주인이기 때문입니다."

"성구, 지금 당장 그 환몽에 관해 이야기해줄 수는 없나?"

"그럴 수는 없습니다. 대신, 다른 환몽을 드리지요. 남상이 죽기 전에 남긴 환몽입니다."

성구는 말을 마치고 제성대로 향했다. 그리고 나는 검설성 정문 앞에 서서 눈을 들어 사방을 둘러보았다. 검은 대지에 눈이 두텁게 덮여 있었다. 나는 지평선 위에 길게 이어진, 북쪽 눈안개 숲의 녹음을 보고 마음이 괴로워졌다. 꿈결처럼 현탑이 죽을 때 녹아 떨어지던 물방울 소리가, 환영천의 궁전이 불길 속에 무너지던 소리가, 그리고 남상이 죽었을 때 인어들이 애도하며 부르던 노랫소리가 들렸다. 마지막으로 들린 소리는 불길 속에서 나를 부르던 아이코스의 외마디 음성, "형"이었다.

내 눈에서 흘러내린 눈물이 백옥白玉의 계단 위에 떨어져 얼음이 되었다.

먼 곳으로부터 성구의 목소리가 아련히 전해졌다.

"캐슬님, 젊은 왕자시여, 붉은 연꽃이 봉오리를 터뜨리려 할 때 두 별이 모이고 운명의 톱니바퀴가 돌기 시작할 겁니다. 꾹 참고 기다리십시오……"

그날 밤, 나는 궁전 지붕에 앉아 물처럼 맑은 달빛 아래 남상의 환몽 속으로 들어갔다. 그 속에서 아직 인어였을 때의 어린 남상을 보았다. 그녀는 검설성 부근의 해역에서 헤엄치고 있었다. 마치 나비처럼 몸이 유연해 보였다. 동시에 나는 그녀의 마음 속 목소리를 들었다. 그것은 전설 속의 인어가 달을 보며 부르던 노래처럼 구성지고 아름다웠다.

나는 지붕 위의 그 남자가 캐슬님이란 걸, 환설제국의 황제가 될 사람이란 걸 알고 있었어요. 밤마다 지붕 위에 앉아 있는 그분을 보곤 했지요. 그분의 눈 속에는 별빛이 가득 내려 앉았고 얼굴에는 찬바람이 새겨 놓은 흔적이 뚜렷했어요. 긴 눈썹은 귀밑까지 비스듬히 나부꼈고요. 사방에서 용솟음쳐 불어오는 바람이 바닥까지 드리워진 그분의 머리칼과 눈처럼 흰 마법복을 펄럭였어요. 바람 속에 펼쳐진 그분의 머리칼은 마치 비단처럼 윤기가 흘렀답니다. 나는 그분이 왜 항상 잠을 이루지 못하는지 잘 몰랐어요. 그저 매일 밤 이곳에 와 그분을 훔쳐보았지요. 나는 그분과 함께 있는 장면을, 같은 별빛 아래 나란히 앉아 있는 장면을 상상했어요.
엄마가 내게 말했어요. "너는 심해 궁전에서 가장 아름다운 아이니 장차 왕비가 될 거란다"라고. 인간이 되면 난 그분의 아내가 될 거예요. 캐슬님, 미래의 황제시여, 매일 밤 당신을 모시고 지붕에 함께 있어 드릴게요. 그곳에서 같이 별빛을 보아요. 그러니 캐슬님, 미래의 황제시여, 저를 기다려 주셔요, 저를……

아이코스를 만나러 갔을 때, 그는 환영천의 샘물인 염천斂泉 옆에 서 있었다. 수면에 그의 그림자가 선명하게 비쳤고 곁에 선 벚나무에 쌓인 눈이 송이송이 샘물 속으로 떨어졌다. 그림자가 가볍게 흔들렸다.

"아이코스, 아직도 눈이 안 보이니?"

"응, 형. 하지만 괜찮아."

아이코스의 웃는 얼굴은 아이처럼 천진하고 감미로웠다.

"그토록 아름다운 눈을 불에 지진 거야?"

그는 한참 동안 말없이 나를 바라보다가 천천히 입을 열었다.

"형, 성구한테 무슨 소리를 들은 거야?"

"아무 것도. 그냥 나는 네 눈을 보고 싶어. 안대를 좀 벗어보렴."

"만약 내가 싫다면?"

"네게는 선택권이 없어. 왜냐하면 난 미래의 황제이고 넌 아니기 때문이지."

"그렇다면 좋아, 모든 게 끝장날지도 모르지만."

아이코스가 천천히 안대를 벗어 내렸다. 그의 눈동자는 영롱하고 티끌만한 흠도 찾아볼 수 없었다. 하지만 불꽃처럼 선명한 붉은 색이었다.

"왜 그런 거야? 왜 화족의 마법을 배운 거야?"

"그게 강력하니까."

"그렇게 강력한 마법을 배워서 뭐하려고?"

"내 평생의 소망을 이루기 위해서지."

"황제가 되는 것? 그게 네 평생의 소망이야?"

아이코스는 나를 바라볼 뿐, 아무 말도 하지 않았다.

"아이코스, 네가 현탑을 죽였니?"

"응."

"왜 그랬지?"

"내가 황제가 되려는 걸 막았으니까."

"그러면 남상은?"

"역시 나 때문에 죽었지. 그녀가 날 택하지 않고 형을 택했기 때문이야. 그녀의 선택은 아버지의 판단에 영향을 주니까."

"아이코스, 난 네가 황위 때문에 이렇게 변할 줄은 몰랐다."

"그래, 형, 내가 황위 때문에 이런다고 말할 수 있겠지. 하지만 내가 말했지? 내게는 소망이 있어. 그 소망을 위해서라면 어떤 걸 희생해도 아깝지 않아. 날 막을 수 있는 사람은 아무도 없어, 아무도!"

아이코스가 내 머리칼을 만지며 말했다.

"형, 내 머리칼을 봐, 이렇게 길잖아. 그러니 누가 나를 막을 수 있겠어."

아이코스가 이 말을 마쳤을 때, 내 손의 빙검氷劍은 이미 그의 가슴을 찔러 관통했다. 그가 놀란 듯 나를 보고는 말했다.

"형, 형이 정말 나를 죽일 줄은 몰랐어."

그러더니 몸을 굽히고 웃으면서 내 눈썹에 입을 맞췄다. 그가 말했다.

"형, 내가 죽은 뒤에는 부디 자유롭게……."

아이코스는 끝내 말을 맺지 못하고 편안히 눈을 감았다. 내 품 속에 누운 그는 마치 어린아이처럼 달콤한 잠에 빠져든 듯했다. 희고 영롱한 피가 그의 가슴에서 흘러나와 눈으로 뒤덮인 대지 위에 가득 퍼졌다. 피가 흘러 지나가는 자리마다 불처럼 빨간 연꽃이 속속 피어났다. 봄이 온 듯 따뜻한 기운이 감돌았다. 이윽고 하늘에서 떨어지는 굵은 눈발이 나와 아이코스의 몸을 덮었다.

그런데 갑자기 내 머리칼이 길게 늘어났다. 마치 내 몸에 아이코스의 머리칼이 옮겨온 것 같았다.

나는 고개를 돌렸다. 어느새 내 등 뒤에 할머니가 서 있었다. 그녀의 웃는 얼굴이 인자하고 편안해 보였다. 어릴 적 나를 부르던 것처럼 그녀가 말했다.

"캐슬님, 나의 사랑하는 왕자님."

나는 그녀에게 다가가 그녀를 꼭 부둥켜안았다. 그리고 어린아이처럼 서럽게 울음을 터뜨렸다.

나는 눈안개 숲 속, 할머니의 오두막 안에 있었다. 그곳은 나와 아이코스가 자란 집이었다. 그런데 아직도 그의 웃음소리가 지붕 위에 맴돌고 있는 듯했다. 할머니가 내 머리를 빗겨주며 말했다.

"왕자님, 머리가 많이 자라셨네요."

순간, 아이코스의 머리칼이 떠오른 나는 날카롭게 심장을 긋고 지나가는 슬픔을 느꼈다. 나는 눈 속을 달리던 그의 작고 조그만 그림자를 보았다. 내가 죽인 인간 세상의 그 남자에게 떠밀려 넘어지던 모습도 보았다. 또한 어린 그를 안고 눈보라 몰아치는 속세의 거리를 걷던 내 모습과, 눈안개 숲에서 우리 둘이 함께 자라던 흔적도 보았다. 그뿐인가. 내 검에 찔린 그의 몸뚱이와 그가 서서히 눈을 감던 모습,

그리고 그의 피가 흐르던 대지, 눈 위에 새 봄처럼 따뜻하게 만발한 붉은 연꽃까지 똑똑히 보았다.

나는 이 모든 것을 할머니에게 이야기했다. 그녀는 조용히 미소 지으며 말했다.

"캐슬님, 아이코스님이 남긴 환몽을 드리지요. 당신께 전해드리라고 하더군요."

할머니가 준 환몽은 성구가 준 것보다 훨씬 생생했다. 환몽이 길어서인지, 아니면 나와 아이코스가 혈연 관계여서 그런지는 몰라도, 나는 아이코스의 환몽 속에서 자신이 캐슬이란 걸 까맣게 잊었다. 대신, 스스로 환설제국의 둘째 왕자, 아이코스라고 느꼈다.

나는 환설제국의 둘째 왕자, 아이코스다. 나는 형과 함께 눈안개 숲에서 자랐다. 형의 이름은 캐슬, 검은 성이라는 뜻이다.

나와 형은 30년간 인간 세상을 방랑한 적이 있다. 그 30년은 내 생애에서 가장 행복한 날들이었다. 그는 자신의 보잘것없는 마법을 이용해 내가 속세에서 살아갈 수 있게 해줬다. 형이 처음 사람을 죽인 것도 나 때문이었다. 그때 형의 냉정한 표정에서 나는 더할 나위 없는 따뜻함을 느꼈다.

겨울에 눈이 올 때마다 형은 나를 품에 안고 자기 옷으로 눈과 바람을 막아주었다. 그래서 훗날까지 나는 마법으로 눈을 막으려 하지 않았다. 형이 계속 품속에 나를 안아주길 바랐다. 그런데 검설성에 돌아온 뒤로 형은 더 이상 나를 안아주지 않았다. 우리는 고향인 검설성에 돌아오기는 했지만 대신 자유를 잃었다. 하지만 나는 언젠가 형이 해준 말을 기억한다. 그는 자신이 평생 가장 사랑하는 것이 두 가지 있는데, 그 중의 하나는 나, 다른 하나는 바로 자유라고 했다.

형은 늘 홀로 지붕에 앉아 별빛을, 떨어지는 눈을 보았다. 형의 그런 고독한 모습을 볼 때마다 나는 마음이 괴로웠다. 특히 이락이 죽은 뒤로 그는 거의 웃음을 잃었다. 예전에 형은 언제나 내게 미소를 지었으며 가늘게 눈을 뜨고 가지런한 흰 이를 드러냈다. 형이 머리를 흐트러뜨리면 길고 부드러운 머리칼이 내 얼굴을 덮었다.

형은 황제가 돼야 했다. 그래서 이락은 죽음을 당했다. 형은 아무 반항도 하지 않았지만 나는 그의 마음 속 외침을 들었다. 언젠가 형은 이런 말을 했다. 황제가 되고 싶지 않다고. 대신 환설산에 들어가 유유히 술과 노래를 즐기는 은자가 되고 싶다고.

나는 스스로 맹세했다. 내 모든 걸 희생하더라도 반드시 형에게 자유를 주겠노라고. 그래서 나는 황제가 되려 했다. 황제가 되어 최고의 권력을 손에 쥐면 형이 원하는 행복을 모두 주고 싶었다. 나는 그렇게 하는 것이 파멸에 가까운 행위란 걸, 형도 허락하지 않으리란 걸 알고 있었다. 하지만 나는 조금도 아까울 게 없었다. 현탑도, 남상도, 내 환영천의 궁전도 내 눈에는 한 가닥 연기에 지나지 않았다. 오로지 형의 기쁨만이 내 삶의 신앙이었다.

사실, 내가 아주 어렸을 때부터 형은 내 마음 속의 유일한 신이었다. 형의 검에 가슴을 찔렸을 때, 나는 너무나 괴로웠다. 곧 사라질 내 생명 때문이 아니었다. 끝내 그에게 자유를 주지 못했기 때문이다. 황제라는 자리는 그의 일생을 꼭꼭 가두고 말 것이다. 내가 쓰러질 때, 형은 나를 부둥켜안았다. 우리가 검설성에 돌아온 이후 처음으로 내게 해준 포옹이었다. 기쁜 마음에 나는 미소를 지었다. 그리고 그에게 말해주고 싶었다. 형, 부디 자유롭게 날아올라. 하지만 나는 말을 맺지 못했다. 더 이상 목소리가 나오지 않았다. 큼지막한 눈송이가 그의 머리칼에, 어깨에, 윤곽이 뚜렷한 얼굴에 떨어져 내렸다. 나는 그가 추울까 봐 검지를 구부리고 주문을 외었다. 내가 흘린 피가 전부 피처럼 붉은 연꽃이 되어 그의 곁을 둘러쌌다.

형, 부디 자유롭게 날아올라……

흐르는 눈물에 얼굴이 뒤범벅이 되어 발버둥치며 환몽에서 깨어났을 때, 내 눈 앞에는 할머니의 인자한 얼굴이 있었다. 나는 그녀를 껴안고 큰소리로 울음을 터뜨렸다.

할머니를 껴안다가 그만 그녀의 비녀를 건드려 떨어뜨렸다. 그녀의 은빛 머릿단이 풀어져 바닥을 온통 뒤덮었다. 나는 여태껏 그렇게 긴 머리칼을 본 적이 없었다.

그녀에게 물었다.

"할머니, 이 머리칼은……"

할머니는 싱긋 웃을 뿐, 대답하지 않았다. 그런데 등 뒤에서 어떤 침착한 목소리가 그녀야말로 환설제국 최강의 마법사이자 아버지의 모후母后라고 알려주었다. 동시에 그녀는 가장 우수한 점성술사이기도 하므로 내게 훌륭한 환몽을 줄 수 있었다고 말했다.

고개를 돌려보니 아래위로 흰 옷을 입은 성구가 서 있었다. 그가 은은한 미소를 지으며 말했다.

"저를 따라오십시오, 어떤 장소에 모셔다드리지요. 그리고 아이코스님의 것이면서 또 왕자님의 것이기도 한 환몽을 드리지요."

성구가 계속 말을 이었다.

"돌아가시기 전에 아이코스님은 제게 이런 말씀을 하셨죠. 어느 날, 자신이 죽는다면 분명히 왕자님의 손에 죽게 될 거라고. 오로지 당신만이 손쉽게 자신을 죽일 수 있기 때문이라고 하셨습니다. 또한 그분은 사후에 자신의 영능력을 전부 왕자님께 전수하고 마지막 환몽도 드리라고 했습니다."

나는 별안간 길어진 내 머리칼을 만지며 아무 말도 하지 못했다.

성구는 나를 빙해의 해안가로 데려갔다. 그곳은 예전에 한번 와본 곳처럼 왠지 낯설지가 않았다. 검고 가파른 벼랑, 흰 파도, 들끓는 물거품, 그리고 날아오르는 산설조에 이르기까지.

"성구, 여기가 어디요?"

"이별의 해안입니다. 제가 드린 그림 속의 장소지요."

"왜 나를 이곳에 데려온 거요?"

"왕자님의 전생을 알려드리기 위해서입니다."

"내 전생이라니?"

"직접 환몽 속에 들어가 보시죠."

성구가 준 환몽 속에 발을 디딘 나는 내가 똑같이 이별의 해안에 서 있음을 깨달았다. 단지 성구의 자취만 없을 뿐이었다. 나는 멍하니 사방을 둘러보다가 가파른 벼랑 위에 우뚝 서 있는, 검은 '연기 바위'를 발견했다. 가까이 가 보니 어떤 남자가 그 바위에 묶여 있었다. 바닷바람에 어지러이 머리칼을 날리는 그 남자는 얼굴이 아버지와 매우 흡사했다. 그의 어깨 위에는 커다란 산설조가 앉아 있었다.

"새야, 넌 내가 가장 바라는 게 뭔지 아니?"

나는 그 결박된 남자의 목소리를 들었다.

"사실, 내가 바라는 건 자유밖에 없어. 나는 이 바위를 밀어 넘어뜨리고 싶어. 바다에 굴러 떨어져 몸이 산산조각이 나도 이런 데 묶여 자유를 잃고 싶진 않아."

남자는 잠시 말을 멈추더니, 이윽고 고개를 흔들며 웃음을 터뜨렸다.

"네가 뭘 안다고 이런 쓸데없는 소리를 하고 있는 거지?"

하지만 그는 여전히 산설조를 향해 말했다.

"새야, 너 아니? 난 내세에 환설제국의 왕자로 태어나고 싶어. 황제가 되고 싶은 건 아냐. 단지 고귀한 지위에 있으면 내가 바라는 자유를 가질 수 있지 않겠어? 내세에서도 내가 가장 바라는 건 곧 자유야."

잠시 후, 불현듯 산설조가 허공으로 솟구치더니 바위에 쿵쿵 머리를 찧기 시작했고, 결국에는 머리가 깨져 죽고 말았다. 검은 바위 위에 마치 붉은 연꽃처럼 선혈이 흩뿌려졌다. 그런데 어느 샌가 산설조가

48

부딪친 충격으로 남자를 묶고 있던 쇠사슬이 풀어져 있었다. 남자는 미소를 지으며 곧장 벼랑 아래 몸을 던졌다. 파도가 순식간에 그의 몸을 집어삼켰다.

나는 다시 성구가 나타난 것을 보았다. 그의 길고 흰 옷이 바닷바람에 부풀어 올랐다.

그가 오른손을 들었고, 나는 그의 손가락이 가리키는 방향을 바라보았다. 그쪽에는 그 검은 바위가 있었다.

나는 바위 위의 핏자국들을 어루만졌다. 그 핏자국들은 이미 대부분 사라져버렸고 바위틈에 스며 말라붙은 흔적만 남아 있었다. 그것만은 영원히 사라지지 않을 것이다.

"캐슬님, 금기를 어겨 이 바위에 묶여 있던 그 무당이 바로 당신의 전생입니다."

"성구, 이 환몽을 아이코스가 내게 주라고 했단 말이지? 그러면 아이코스는 어디 있나?"

"아이코스님의 전생도 이 환몽 속에 있습니다. 바로 당신을 위해 죽은 그 산설조입니다."

순간, 격렬한 통증이 내 가슴을 꿰뚫고 지나갔다. 나는 입을 벌린 채 내 명치에서 희고 영롱한 피가 솟구쳐 방울방울 검은 해변 위에 떨어지는 것을 보았다. 피가 흘러 지나가는 자리마다 불처럼 빨간 연꽃이 피어났다. 봄이 온 듯 따뜻한 기운이 감돌았다.

거대한 산설조 한 마리가 허공을 가로로 그으며 날아갔다. 내가 고개를 들자 그것은 쟁쟁하게 울며 더 높은 창공으로 솟구쳤다.

형, 부디 자유롭게 날아올라…….

2.

눈의 나라

350살이 되었을 때, 나는 드디어 환설제국의 황제가 되었다. 검설성의 넓직한 성벽 위에 서서 아래위로 꿈틀대는 인파를 보고, 그들이 환호하는 소리를 들었다. 그들은 "캐슬님, 우리의 위대한 황제시여"라고 외치고 있었다. 지금껏 그들은 갓 황위에 오르고도 이처럼 머리가 긴 황제를 본 일이 없을 것이다. 그러나 나 자신만은 알고 있다. 그것이 내 생명 속에 이어진 아이코스의 영혼임을. 아이코스의 망령이 하늘 저편, 높디높은 곳에서 부르는 맑은 노랫소리가 들렸다. 그리고 그의 나지막한 속삭임도 들렸다. 형, 부디 자유롭게 날아올라……

나는 아이코스의 머리칼이 내 몸에 남긴 고독의 흔적을 느낄 수 있었다. 그것의 주인은 이미 여러 해 전 내 빙검 아래 목숨을 잃었다. 희디흰 핏자국, 펴진 손가락, 멋대로 피어난 붉은 연꽃…… 이 모든 것이 밤하늘에 밝게 빛나는 별자리처럼 내 머릿속 깊이 아로새겨졌다.

하지만 그 속에 얼마만한 절망이 묻혀 있는지는 성구도, 나 자신도 가늠할 수 없었다.

하늘을 우러러 볼 때마다 황급히 날아가는 산설조가 보였다. 그 목쉰 울음소리는 사람의 눈물을 자아낼 만큼 슬프고 처량했다. 나의 눈 속에 유니콘 위에 높이 서서 즐겁게 눈과 바람을 조종하는 이락이 보였다. 바다 속에서 나비처럼 경쾌하게 헤엄치는 남상도 보였다. 또한 귓가로 환설제국의 모든 영토에 메아리치는 인어들의 노랫소리가 전해졌다. 이윽고 아이처럼 장난기 넘치는 아이코스의 표정이 떠올랐다. 그의 웃는 얼굴은 수려하지만 요사스러웠으며 긴 머리칼은 제멋대로 풀어져 있었다. 왼손에 한 덩어리의 흩날리는 눈송이를, 오른손에 역시 한 덩어리의 이글대는 불을 받쳐 든 그의 발치에 무수히 많은 붉은 연꽃이 활짝 피어 있었다.

내 동생만큼 나를 사랑한 사람은 없었다. 단지 사랑이 너무 지나쳤을 뿐이다. 그는 마치 철모르는 어린아이 같았다. 성숙한 어른의 얼굴을 지녔지만 속마음은 아이처럼 여리고 자유분방했다. 나보다 영능력이 강하면서도 반항도 하지 않고 내 검에 찔려 죽었으며 죽는 순간에도 여전히 웃고 있었다. 하지만 그 웃음 속에는 숱한 괴로움이 깃들어 있었다. 내게 자유를 주지 못했으므로, 나와 나란히 높은 성벽에 서서 바람에 흰 옷을 날릴 수 없게 되었으므로, 그리고 나와 함께 눈안개 숲으로, 아무 것도 시작되지 않은 과거로 돌아갈 수 없게 되었으므로.

그리고 이락, 아버지에 의해 빙해의 해저에 묻힌, 한때 궁전 지붕에서 내 불면을 함께 했던 아름다운 여인. 마지막으로 남상, 치열하게 나를 사랑했던 여인. 죽은 그녀의 지느러미를 보았을 때, 나는 손톱이 손바닥에 박히도록 불끈 주먹을 쥐었다. 그리고 사람들이 흩어진 뒤, 그녀의 흰 눈처럼 영롱한 머리 위에 괴로움의 눈물을 떨궜다.

하지만 그들은 모두 망령이 되었다. 내가 할 수 있는 일이라곤 쪽빛 하늘에 손을 내밀어 헛되이 움켜쥐고, 또 움켜쥐는 것뿐이다.

궁녀들과 호위병들은 입을 모아 내가 역사상 가장 고독한 황제라고 수군대고 있었다. 나는 낮에는 으레 양피지로 된 마법경전을 들고 벚나무 아래 기대어 오래 된 낯선 마법을 연습했다. 그리고 밤에는 지붕 위에 앉아 버들개지처럼 떨어지는 별빛을 바라보았다. 우연히 먼 곳에서 날아온 벚꽃 잎이 어깨에 내려앉으면 그것을 집어 입에 넣고 잘게 씹곤 했다. 간혹 저편 눈안개 숲에서 아이들이 즐겁게 떠드는 소리와 숲의 그윽한 숨소리가 들려올 때도 있었다. 그러면 나는 엷게 웃으며 하늘을 우러러 보았다.

살을 에듯 차가운 바람이 거세게 불어왔다.

하루하루가 평온하게 지나가고 있었다.

어느 날 문득 어린 시절 눈안개 숲에 머물 때, 할머니가 내 얼굴을 받치고 부드러운 머리칼을 어루만지며 늘 해주던 말이 떠올랐다.

"캐슬님이 환설제국의 황제가 되시면 잔잔한 강물 같은 날들이 시작될 거예요. 그런 세월이 천 년, 만 년, 소리 없이 이어질 거예요."

나는 고독했다. 환설제국의 관례에 따르면 퇴위한 전임 황제는 더 이상 검설성 안에 머무를 수 없다. 황후와 비도 마찬가지다. 모두 환설산에 들어가 은거해야만 한다. 그래서 그 거대한 궁전 안에서 들리는 소리라고는 오직 나의 외로운 발자국 소리밖에 없었다. 나는 황후도, 비도 간택하지 않았다. 이락과 남상, 착하고 정이 두터웠던 그 여인들을 잊을 수 없었기 때문이다. 유니콘에서 내려 무릎을 꿇고 두 손을 교차하던 이락의 모습을 꿈에서 지울 길이 없었다. 그녀는 "왕자님, 집에 모셔다드리겠습니다"라고 되풀이해 말했다. 따스한 그녀의 미소를 보면 바람도, 눈도 두렵지 않았다. 벗나무 아래 쓰러진 남상의 마지막 모습도 내 꿈의 단골손님이었다. 나는 꿈을 꾸면서도 몸을 웅크린 채 하염없이 눈물을 흘렸다.

때로는 눈안개 숲에 가서 그곳 아이들과 어울려 놀기도 하고, 빼어난 마법을 가르치기도 했다. 그럴 때면 할머니는 곁에 서서 조용히 나를 지켜보았다. 어느 잘 생긴 남자 아이가 내게 물었다.

"폐하가 정말 좋아요. 나중에 폐하의 호법護法이 되고 싶어요!"

나는 웃으며 고개를 끄덕였다.

"좋다, 현재 내 동서남북 4대 호법 자리는 모두 비어 있단다. 하지만 그러려면 네 머리칼이 훨씬 더 길어져야 해. 지금 네 영능력으로는 부족하단다."

그 아이의 말끔한 얼굴을 보면서 나는 어린 날의 아이코스를 떠올렸다. 커다랗고 투명한 눈, 여자처럼 예쁜 얼굴, 그리고 봉오리를 터뜨린 벗꽃처럼 밝고 깨끗한 미소……

한참 뒤에 할머니가 내게 말했다.

"캐슬님은 아직도 어린아이 같아요. 저 애들 속에서 쓸쓸히 웃고 있는 당신을 보고 있으면 저는 무척 가슴이 아프답니다."

그렇다, 나도 한때 어린아이였다. 그러나 동생을 안고 30년간 인간 세상의 먼지 바람 속을 헤매다 홀쩍 자라버렸다. 지금 아이코스는 벌써 하늘 위로 사라졌건만 나는 곤룡포를 입고, 면류관을 쓰고, 현빙 옥좌에 앉은 채 나의 백성을 굽어보고 있다. 그들의 내면에서 나는 영원히 빛을 발하는 신이 되었다. 하지만 그 누가 신의 외로움을 알고 있을까.

어떨 때는 몇 백 년 전 아이였을 때처럼 할머니의 무릎을 베고 눕기도 했다. 예전에 내 머리칼은 묶어서 정수리에 틀 수 있을 만큼 짧았지만, 이제는 너무 길어져서 곤룡포 아래 늘어뜨려 바닥을 온통 뒤덮어야 했다. 할머니가 말했다.

"캐슬님, 영능력이 날이 갈수록 강해지시는군요."

나는 처량한 목소리로 답했다.

"영능력 따위, 더 강해져 봤자 무슨 소용이 있나요? 지금 제 주위에는 아무도 없어요. 저를 지켜주려는 사람 하나 찾아볼 수 없지요. 그뿐인가요? 할머니와 성구 말고는 대화를 나눌 사람도 없어요. 언제부터인가 다른 사람과 말하고 싶은 마음이 사라졌어요. 저는 검설성이 이렇게 넓고 텅 빈 곳인지, 거대하고 화려한 무덤 같은 곳인지 예전에는 미처 몰랐답니다."

"캐슬님……."

"할머니, 부모님을 뵈러 가고 싶어요."

이 말에 내 머리를 쓰다듬던 할머니의 손길이 갑자기 멈췄다.

"그건 안 돼요. 환설산은 금역이에요. 별점을 치러 제성대에 가는 점성술사 외에는 아무도 환설산에 발을 들여놓아서는 안 돼요."

"왜죠? 저는 어머니를 만나러 가려는 것뿐인데."

"캐슬님, 그렇게 오랜 세월 많은 일을 겪으면서 당연히 이해하셨을 텐데요. 어떤 일들은 이유를 물을 수 없답니다. 이것은 그저 환설제국의 금기일 뿐이에요. 인간 세상 사람들에게 우리는 높디높은 신으로 보이겠지만 신에게도 할 수 없는 일이 있답니다. 캐슬님도 아시지요? 옛날, 왕족들은 등에 눈처럼 희고 부드러운 날개가 달려 있었습니다. 그런데 지금의 왕족들은 자유로이 형체를 이동하는 마법을 쓸 수야 있지만 하늘을 날지는 못하지요."

"할머니, 그러면 어머니는 왜 저를 보러 오시지 않는 거죠? 저는 어머니가 그리워요."

"캐슬님, 그건 어머님이 오시고 싶지 않아서가 아니라 오실 수가 없는 거랍니다."

"왜 오실 수 없나요?"

"캐슬님, 알아서는 안 되는 일도 있답니다. 나중에 자연히 알게 될 거예요."

"그렇다면 성구에게 가서 묻겠어요."

"성구도 알려드리지 못해요. 그도 저처럼 이 제국의 최고 점성술사이니까요. 점성술사는 자유로이 별점을 치고 꿈을 풀이합니다. 누구의 간섭도 받지 않지요. 게다가 성구 역시 말할 수 있는 것과 없는 것을 명확히 알고 있답니다."

나는 고개를 들어 주름이 가득한 할머니의 얼굴을 응시했다. 그녀의 웃음 띤 얼굴은 따뜻했지만, 마치 짙은 안개 뒤에 활짝 핀 연꽃처럼 아득하고 모호해 보였다. 얼핏 구름 뒤에서 아이코스의 망령을 본 것 같았다. 그의 미소가 잔잔한 물결처럼 서서히 파란 하늘 위에 퍼졌다.

몇 달 뒤, 나는 기어코 환설산으로 떠났다. 그것은 우연히 낙앵파落櫻坡라는 언덕에서 떨어지는 벚꽃을 감상하던 중, 예전에 연희의 시중을 들던 한 궁녀를 본 것이 계기가 되었다. 놀랍게도 그녀는 발꿈치에 닿을 만큼 머리칼이 길었다. 이것은 그녀의 능력이 검설성의 어떤 무당보다도 뛰어나다는 걸 의미했다. 그러나 내가 아는 한 그것은 도저히 불가능한 일이었다.

환설산에는 너무나 많은 비밀이 숨겨져 있었다. 나는 그걸 파헤쳐 보기로 마음먹었다.

어머니를 보았을 때, 그녀는 어느 샘물가에 서 있었다. 발치까지 부드럽게 풀어 늘어뜨린 그녀의 머리칼은 믿을 수 없을 만큼 길었다. 심지어 나보다도 훨씬 길어 보였다. 그리고 흰색 유니콘이 옆에 서 있었으며 벚꽃 잎이 한 점 한 점 그녀의 머리칼 위에 떨어지고 있었다. 그녀의 얼굴 위로 흰 물그림자가 일렁였다.

나는 나지막이 소리를 질렀다.

"어머니!"

어머니가 몸을 돌려 아들을, 곤룡포를 입고 긴 머리를 휘날리는 환설제국의 황제를 보았다.

돌연 그녀의 표정이 공포감으로 일그러졌다. 그리고 뒤로 비틀거리며 손 안에 모아둔 벚꽃 송이를 허공에 날렸다. 그녀는 연방 고개를 흔들며 내게 소리쳤다.

"어서 돌아가거라, 어서!"

"어머니, 절 보러 오고 싶지 않으셨어요? 어머니, 정말 보고 싶었어요, 검설성은 너무 쓸쓸해요. 어머니는 잘 지내셨어요?"

어머니는 여전히 고개를 흔들면서 뚝뚝 굵은 눈물을 떨구었다.

막 어머니에게 다가서려 할 때, 등 뒤에서 갑자기 발자국 소리가 들렸다. 발 아래 눈이 뭉치는, 대단히 미세한 소리였지만 나도, 어머니도 그 소리를 놓치지 않았다. 내가 뒤를 돌아보기도 전에 어머니는 엄지손가락과 새끼손가락을 구부린 손으로 샘물과 나를 연이어 가리켰다. 이윽고 나는 어찌해 볼 사이도 없이 샘에서 솟구쳐 나온 물줄기에 둘러싸여 즉시 의식을 잃었다. 의식이 혼미해지기 전의 짧은 순간, 나는 등 뒤에서 나타난 사람의 목소리를 들었다. 바로 연희였다.

"방금 여기 있었던 자가 누구죠?"

연희의 목소리는 예전과 마찬가지로 얼음 조각처럼 차갑고 날카로웠다.

"누구라니? 나 혼자 떨어지는 꽃잎을 보고 있었는데."

"그러면 왜 염수激手 주문을 사용한 거죠?"

"내 행동을 일일이 자네에게 보고할 필요가 있나? 나는 마음 가는 대로 자네를 향해 수살술水殺術을 펼칠 수도 있어."

"오호, 내 앞에서 수살술을 쓰겠다고요? 이 환설산에서 당신이 몇 번째나 되는지 알고나 하는 소린가요?"

나는 한 줄기 날카로운 냉기가 골수를 파고들어 머릿속까지 치밀어 오르는 걸 느끼고는 바로 정신을 잃었다. 내 눈에 비친 마지막 장면은 만면에 눈물을 적시는 어머니와, 아이코스가 죽은 그 겨울처럼 잔혹하게 흩날리는 벚꽃들이었다.

눈안개 숲은 영원히 따뜻한 지역이다. 햇빛이 깨진 유리조각처럼 대지 위에 쏟아지고 화려한 들꽃들이 끝도 없이 펼쳐져 있다. 내가 눈을 뜬 곳은 할머니의 방 안이었다. 난로에서 땔나무의 안온한 향기가 실려왔다. 할머니는 언제나처럼 편안하고 담담한 미소를 띤 채 내 머리맡에 앉아 있었다. 그리고 문가에는 성구가 햇빛을 등지고 서 있었다. 바깥의 밝은 광선이 그의 실루엣을 뚜렷하게 부각시켰다. 나는 그의 손에 낙성장落星杖이 들려 있는 걸 보았다. 그것은 할머니가 별점을 칠 때 쓰는 특수한 지팡이였다.

"할머니, 저 지팡이는……."

"폐하, 저는 벌써 낙성장을 성구에게 선물했어요. 그는 이제 환설제국의 최고 점성술사가 되었고 저는 너무 늙었기 때문이죠."

할머니가 내 머리칼을 어루만지며 온화하게 말했다.

"최고 점성술사라면 하고 싶은 말을 할 권리가 있습니까?"

성구가 휙 몸을 돌려 할머니를 바라보았다. 그의 표정은 제성대 위의 차가운 현무암처럼 딱딱하고 냉혹했다. 나는 성구가 할머니에게 그런 표정으로 이야기를 할 줄은 꿈에도 생각지 못했다.

"안 된다. 내가 있는 한, 너는 그럴 수 없다."

할머니의 말투는 더욱 냉랭했다. 나는 그녀가 그토록 엄혹한 표정을 짓는 것을 단 한 번도 본 적이 없었다. 더욱이 그녀는 손가락을 구부리고 있었다. 은밀히 마법을 펼 에너지를 모으고 있는 게 분명했다. 바람이 문가에서 쏟아져 들어와 성구의 점성복占星服을 부풀렸다. 그리고 할머니의 머리핀이 바닥에 떨어지면서 그녀의 긴 은색 머리칼이 바람 속에 엉키며 휘날렸다. 나는 아찔한 살기를 느꼈다.

나는 때맞춰 싸움을 말리기 위해 조심스레 그들 사이로 걸어갔다.

"할머니, 왜 제게 모든 걸 말해주지 않죠? 저는 환설제국의 황제예요, 알 권리가 있어요."

"그걸 알면 행복해질 수 없어요. 분명히 파멸하고 말 거예요."

"당신은 폐하가 더 이상 파멸할 수 있다고 생각하십니까? 폐하는 평생을 외롭고 쓸쓸하게 사실 겁니다. 검설성 안에는 폐하 한 분의 발자국 소리밖에 들리지 않습니다. 그런 삶이 묘지에 사는 것과 무슨 차이가 있습니까? 나중에 저도 죽고, 당신도 죽으면 폐하는 어떻게 살아가시겠습니까? 과거에 저는 여러 가지 일들을 감히 입에 담지 못하고 폐하께 암시로만 전해드려야 했습니다. 그 결과, 어떻게 됐습니까? 폐하는 가장 아끼시던 동생분을 잃었습니다. 이래도 아직 부족하단 말입니까?"

성구의 힐난에 할머니가 대답했다.

"성구, 네가 입을 다물면 폐하는 외롭게나마 계속 살아가실 수 있다. 하지만 네가 입을 열면 더 사실 수 없을지도 몰라."

"연제淵祭가 정말 그렇게 무시무시한 인물입니까?"

"그렇다. 그녀를 보지 못한 자는 한 존재가 얼마나 공포스러울 수 있는지 결코 알지 못한다."

나는 두 사람이 무슨 이야기를 하는지 한마디도 알아들을 수가 없었다. 그래서 고개를 돌려 성구에게 연제가 누구인지 물었다. 그가 조심스레 입을 열었다.

"연제, 그녀는……."

"닥쳐라! 한 마디라도 더 하면 너라는 존재를 완전히 소멸시켜버리리라!"

할머니가 왼손을 치켜들었다. 미세한 눈송이가 그녀의 손가락 끝을 감싸고 회오리쳤다.

나는 할머니의 안색이 시퍼렇게 돌변한 것을 보았다. 이 상태로 나가면 성구는 목숨을 잃을 것이 분명했다. 나는 당장 할머니 앞에 서서 보호막을 발동하여 성구를 보호했다. 그리고 할머니를 향해 말했다.

"할머니, 할머니는 마법으로 저를 이기지 못해요. 그러니 제가 손을 쓰지 않게 해줘요. 성구를 해치지 말아요."

할머니는 한참 동안 나를 응시했다. 그녀의 눈에서 번쩍이는 광채가 발산되었다. 실로 젊은 시절, 비바람을 질타하던 그녀의 모습을 짐작할 만했다. 하지만 그 광채는 차차 잦아들었고 대신 말로 형용하기 힘든 노쇠함이 그녀의 얼굴에 떠올랐다.

나는 순간적으로 마음이 아팠다. 내가 너무 지나쳤다는 생각이 들었다. 내 앞에 서 있는 사람은 어린 나를 키워주고, 이 세상 누구보다 사랑해준 할머니가 아닌가.

할머니가 고개를 숙인 채 나지막한 목소리로 말했다.

"그래요, 제 마법으로는 캐슬님을 이길 수 없지요. 하지만 캐슬님은 제게 마법을 쓸 리가 없어요……."

그 말이 떨어지기 무섭게 할머니는 번개처럼 손을 펼쳤다. 그녀의 손가락이 내 손등을 지나 팔뚝 위로 미끄러져 올라갔다. 단단한 얼음에 둘러싸인 듯 내 왼손은 즉각 마비되어 힘을 잃었다. 이윽고 성구도 3초만에 할머니의 공격에 제압되어, 베어져 넘어지는 나무처럼 뻣뻣하게 바닥에 넘어졌다.

할머니는 검설성 최고의 마법사임이 분명했다.

할머니가 마루 위에 쓰러져 주저앉아 있었다. 그녀는 확실히 많이 늙어 보였다. 할머니가 말했다.

"캐슬님, 제가 졌어요. 아직은 제 마법이 더 강하다고 생각했는데, 캐슬님, 정말 장성하셨군요."

나는 할머니를 바라보며 아무 말도 하지 않았다. 아이코스의 머리칼이 내 몸에 전이된 날부터 나는 화족의 마법을 익혔다. 내 왼손을 제압했을 때, 할머니는 내 오른손은 전혀 신경쓰지 않았다. 그 틈에 나는 화족의 가장 간단한 마법으로 그녀를 넘어뜨렸다.

할머니가 몸을 일으켜 문가로 걸어갔다. 나와 성구를 등진 채 그녀가 말했다.

"이것도 하늘의 뜻이겠지. 성구, 말하고 싶으면 말해도 좋다."

할머니의 주름 사이로 반짝이는 뭔가가 흘러 내렸다. 나는 고개를 숙였다. 그것이 무엇인지 감히 살필 엄두를 내지 못했다.

성구가 내게 다가와 말했다.

"폐하, 태후님을 만나 뵈셨지요?"

"그렇소."

"그분이 쓰신 마법을 보셨습니까?"

나는 번쩍 정신이 들었다. 그렇다, 어머니가 쓴 마법은 내가 여태껏 듣지도, 보지도 못한 것이었다. 어머니가 어떻게 액체 상태의 물을 조종할 수 있는지 불가사의했다. 그것은 마법경전의 내용과 맞지 않았다. 내가 어려서부터 배운 마법은 모두 물을 얼음이나 서리로 얼려 조종하는 것만 가능했다.

염수주라는 그 마법은 환영이형幻影移形보다 훨씬 대단했다. 환영이형은 직접 나서서 사물을 이동시켜야 하지만 염수주는 물을 통해 어떠한 것도 이동시킬 수 있었다.

"마법경전에는 왜 그런 내용이 없지?"

"마법경전이라고요? 그건 환설제국의 초대 황제께서 자손들에게 재미 삼아 남긴 것에 불과합니다."

성구가 문 밖으로 나가 광활한 초원 앞에 섰다. 그가 짙푸른 하늘을 우러러 볼 때, 어디선가 불어온 바람에 그의 점성복이 깃발처럼 세차게 펄럭였다.

"사실, 검설성은 환설제국의 일부, 그것도 아주 작은 부분일 뿐입니다. 이 성 안에서 무당, 검객, 점성술사들이 고요하고 행복한 삶을 누리고 있으며 해와 달이 순환하고 초목이 피고 집니다. 이 이상적인 세계에서는 누구도 자신의 영능력이 강하다고 해서 남을 능멸하는 일이 없습니다. 약육강식의 현상은 아예 존재하지도 않지요. 그래서 검설성의 황제는 가장 강한 영능력의 소유자가 아닙니다."

나는 자신도 모르게 고개를 끄덕였다. 확실히 검설성의 거리를 다니다 보면 가끔씩 숨어 있는 강력한 영능력자의 존재가 느껴질 때가 있다.

"제가 점성술사가 되던 날, 제 생애에서 가장 중요한 사람이 제게 해준 말이 있습니다. 그녀는 우리 빙족의 세계가 불안정하다고 계속 느껴왔습니다. 이 평화로움의 뒷면에 뭔가가 숨어 있다고 말했지요. 떠들썩한 거리, 행복한 사람들, 안정된 도덕, 번화한 세상, 이 모든 것들이 수면의 그림자처럼 언제든 깨질 수 있다는 겁니다. 저는 그녀의 말을 추호도 의심해 본 적이 없고, 의심할 수도 없었습니다."

그가 돌연 말머리를 바꾸어 내게 물었다.

"폐하, 폐하는 제가 어떻게 이 검설성에서 가장 젊고 위대한 점성술사가 됐는지 아십니까?"

"글쎄, 천부적인 재능 때문이겠지."

"그것이 전부가 아닙니다. 어려서부터 저와 그녀는 영능력이 출중했습니다. 우리는 줄곧 검설성의 비밀을 파헤치려 했지요. 그래서 저는 줄기차게 제성대에 올랐지만 그것을 점쳐낼 수 없었습니다. 하지만 그 과정에서 저의 점성술은 하루가 다르게 발전하여 결국 다른 점성술사들을 능가하게 되었습니다. 그리고 한 달 전, 할머님께서 제게 낙성장을 주신 덕분에 저는 드디어 혼란한 별들의 양상을 꿰뚫어 보았습니다."

"한 달 전이라고?"

"예, 폐하. 폐하께서는 벌써 한 달 넘게 의식을 잃고 계셨습니다."

난롯가에서 할머니의 탄식 소리가 들려왔다. 그녀의 얼굴에 불 그림자가 일렁이고 있었다. 그녀가 말했다.

"너의 영능력이 환설제국 최대의 비밀을 간파할 만큼 강해졌을 줄은 몰랐다. 그런 줄 알았으면 절대로 낙성장을 주지 않았을 텐데. 이게 다 하늘의 뜻인가 보다. 하지만 성구, 나는 아직도 믿어지지 않는다. 너의 영능력으로는 그 비밀을 파헤치는 게 도저히 불가능했을 텐데……."

성구는 묵묵부답이었다. 그의 뒷모습이 차차 어두워져 가는 햇볕 속에서 안개처럼 흐트러졌다.

"성구, 말해주게. 환설제국의 비밀이란 게 도대체 뭔가?"

나는 그것이 내가 상상하는 것처럼 단순하지 않음을 어렴풋이 눈치챘다.

"환설제국의 비밀은 바로 이렇습니다. 환설산이야말로 진정한 환설제국이며, 검설성은 얼음으로 지어진 것처럼 허울뿐인 궁전이라는 겁니다."

"그런데 그게 나의 파멸과 무슨 관계가 있지?"

"제가 말씀드리지요."

할머니가 천천히 일어나 나를 바라보았다. 그녀의 부쩍 늙어 보이는 얼굴을 보고 나는 마음이 아팠다.

"과거에 폐하의 어머님은 마법이 강했었나요?"

"아마 이락과 비슷했을 거예요."

"그럼 지금은요?"

"저와 할머니를 빼면 검설성에서 대적할 사람이 없겠지요."

"맞습니다."

"할머니, 그렇게 말씀하시니 더 모르겠어요."

이번에는 성구가 말했다.

"제가 폐하께 환몽 하나를 드리지요. 이 환몽은 제가 만든 게 아닙니다. 저는 이렇게 생생한 환몽을 만들 만큼 영능력이 뛰어나지 못합니다. 이건 태후께서 폐하께 드리는 겁니다."

나는 어머니의 환몽 속으로 들어갔다. 성구가 말한 것처럼 더할 나위 없이 생생한 환몽이었다. 어머니가 언제 성구를 능가하는 환몽의 제조 능력을 갖게 되었는지 놀랍기만 했다. 환몽 속에서 어머니는 내게 말을 걸어왔다. 뜻밖에도 나는 손을 뻗어 어머니의 뺨을 만질 수 있었다. 그것이 환각임을 알면서도 나는 어린아이처럼 얼굴 가득 눈물을 적셨다.

고개를 들어보니 태양이 지평선 위에서 서둘러 아래로 가라앉고 있었다.

사방에 온통 땅거미가 지고 있었다.

캐슬, 네가 즉위하던 날, 이 어미는 드디어 곤룡포를 입은 네 모습을 보았다. 옛날 네 아버지처럼 준수하고 신비로운 모습이더구나. 네가 높디높은 검설성의 성벽 위에 섰을 때, 나는 너무 기뻐 아무 말도 할 수 없었단다.

하지만 나는 네게서 떠날 수밖에 없는 운명이었단다. 차마 발걸음이 떨어지지 않았지만 네가 훌륭하게 자란 걸 알기에 안심하고 떠날 수 있었다. 그런데 환설산에 들어갔을 때, 나는 극도의 공포에 직면했단다. 환설제국에 이런 비밀이 있을 줄은 꿈에도 생각지 못했기 때문이야. 사실, 나는 네 영능력이 강해질 대로 강해져서 더 이상 너를 해칠 수 있는 자가 없을 줄 알았다. 그러나 환설산에 들어와 보니 이곳의 궁녀들조차 너와 우열을 가릴 수 없는 영능력을 갖고 있었단다.

게다가 환설산 안에는 네가 반드시 알게 될 신물神物이 있단다. 그건 바로 은련隱蓮이야.

환설산의 통치자는 연제라는 여자란다. 하지만 그녀를 본 사람은 아직까지 아무도 없다. 단지 누가 환설산에 들어오면, 그녀는 궁녀를 시켜 은련으로 만든 약물을 보낸다. 그걸 마시면 누구든 영능력이 5배로 증가하지.

더욱이 은련의 가장 큰 효력은 사람을 되살리는 데 있다. 나는 네가 이 사실을 알까봐 두려웠단다. 왜냐하면 너는 이 세상을 다 버리고서라도 아이코스와 이락을 되살리려 할 게 뻔하기 때문이야. 나는 네게 이 비밀을 알리지 말아달라고 할머님께 부탁드렸단다. 하지만 끝내 환설산에서 너를 만나고 말았지. 그날 이 어미는 죽고 싶을 만큼 괴로 웠단다. 온통 눈송이로 뒤덮인 대지를, 네 생명의 끝을 본 것 같았기 때문이야.

캐슬, 이 어미는 네가 환설산에 들어오는 걸 막을 힘이 없구나. 하지 만 똑똑히 알아두거라. 이곳 사람들은 하나 같이 강력한 영능력을 갖 고 있단다. 연희만 해도 그렇다. 나도 그녀와 겨루면 30초를 채 버티 지 못할 거야.

캐슬, 내 아들아. 부디 행복하게 살기를 바란다. 너는 세상에서 내 유 일한 근심거리란다…….

나는 끝내 환설산에 들어가기로 마음을 굳혔다. 할머니의 예상대 로 이미 사실이 밝혀진 만큼 누구도 내가 가는 길을 막을 수 없었다.

나는 검설성의 대신들에게 나의 결심을 선포했다. 대전 전체가 무 덤 속처럼 조용했다. 아무도 입을 열지 않았다. 그들은 저마다 이상하 다는 느낌을 받았지만 내게 반대를 표시하지 않았다. 겉보기에 별 것 아닌 일로 자신들의 왕에게 반기를 들 사람은 없었다. 성구도 마찬가 지였다. 옥좌 아래편에 서 있는 그의 눈 속에 흰 눈발이 가득 비쳤다. 오직 그만이 알고 있었다. 이 별 것 아닌 듯한 일의 뒤편에 어떤 위험 이 도사리고 있는지.

문득 내가 환설산에 가야겠다고 했을 때, 할머니의 얼굴에 어린 슬 픈 표정이 떠올랐다.

나는 그녀에게 물었다.

"할머니, 내가 어떻게 해야 연제를 만날 수 있나요? 또 어떻게 해야 은련을 얻을 수 있나요?"

"답은 똑같아요. 불가능하답니다, 캐슬님."

할머니의 목소리는 그 어느 때보다도 구슬펐다.

나는 가까이 다가가 그녀를 껴안으며 말했다.

"그래요, 내 영능력은 그 연제라는 여자와 비교하면 우습기 짝이 없겠죠. 하지만 아이코스와 이락, 그리고 남상을 위해서라면 이 세상에 아직 기적이 존재한다는 걸 믿고 싶어요."

목덜미에 뭔가 뜨거운 기운이 느껴졌다. 할머니의 눈물이 한 방울 한 방울 내 곤룡포 속으로 흘러들었다.

대신들이 다 흩어진 뒤에도 성구는 혼자 남아 나를 바라보고 있었다. 나는 그를 향해 말했다.

"성구, 아는 대로 말해주게. 그 세계에 관한 모든 것을."

성구가 말했다.

"그 세계는 약육강식의 세계입니다. 영능력이 강한 자가 모든 것을 좌지우지하지요. 환설산이 작다고 생각하시면 안 됩니다. 사실 그곳에는 무궁무진한 세계들이 겹쳐져 있습니다. 그 세계들은 동일한 시간에 복잡하게 뒤얽히며 운행하고 있습니다. 예를 들어 폐하께서 태후님을 뵌 그 샘물가에는 궁전이 있습니다. 그런데 샘물에 비친 그 궁전의 그림자는 허상이 아니라 실제입니다. 그리고 길이 막힌 골짜기도 보셨을 겁니다. 그 골짜기 끝의 절벽 뒤에는 또 하나의 세계가 있습니다. 심지어 한 송이 벚꽃 속에도 거대한 공간이 숨어 있을 수 있습니다.

벚꽃은 그 세계의 입구인 셈이지요. 폐하, 이 말이 이해되십니까?"

"이해하네. 성구, 그러면 나는 무엇을 갖고 가야 하지?"

"폐하께 필요한 건 갖고 갈 물건이 아닙니다. 바로 폐하를 수행할 사람입니다. 혼자서는 도저히 연제가 있는 곳까지 갈 수 없습니다. 사실 아무리 사람이 많아도 연제를 만나려면 기적을 기대해야 합니다."

"잘 알겠네."

성구가 다가와 흰 점성복 속에서 양피지 한 장을 꺼내 펼쳤다. 그의 필적이 눈에 들어왔다.

편풍片風. 풍족風族의 정령. 바람과 관련된 소환술에 능함.

월신月神. 빙족. 어려서부터 백마법을 포기하고 흑마법을 연마. 암살, 공격에 능함.

황탁皇柝. 무의족巫醫族. 치료에 능함. 무의족의 왕.

조애潮涯. 무악족巫樂族. 무악에 능함. 고대의 신성한 악기인 무음금無音琴에 능함. 무악족의 왕.

요천遼濺. 빙족. 검객으로서 공격에 능함. 예전의 동방호법, 요작遼雀의 아들.

성구星舊. 빙족. 점성술사.

그 두루마리 양피지를 보면서 나는 한 마디도 하지 않았다. 성구가 뽑은 그들이 검설성 구석구석 숨어 있는 최고의 영능력자들임을 직감했다. 하지만 동시에 연제의 무시무시함을 새삼 실감할 수밖에 없었다.

"이건 안 돼."

내 말에 성구가 답했다.

"폐하, 이들은 검설성 최강의 인물들입니다. 비록 모두가 빙족은 아니지만 폐하께 절대적인 충성을 바칠 거라고 장담할 수 있습니다."

"성구, 나는 그걸 말하는 게 아니야. 단지 자네가 나와 함께 가서는 안 된다는 거라네. 나 대신 남아 검설성을 관리할 사람이 있어야 해. 설사 이 성이 껍데기에 불과하더라도 말이야."

"폐하, 모르시는 말씀입니다. 점성술사가 없으면 가는 길조차 찾을 수 없습니다. 더구나 북방호법이 지키는 곳은 점성술사가 있어야 지나갈 수 있습니다."

"북방호법이라고?"

"예, 폐하. 환설산 안에는 우리 검설성처럼 청룡, 백호, 주작, 현무 4대 호법이 있습니다. 그런데 우리의 4대 호법이 모두 무사인 것과 달리 환설산의 4대 호법은 각기 특이한 능력을 갖고 있습니다. 동방호법은 전투력, 북방호법은 점성술, 남방호법은 무악이 장기이며 가장 무시무시한 서방호법은 암살의 달인입니다. 아무도 그를 본 적이 없어서 그가 남자인지 여자인지, 정령인지 괴수인지, 심지어 돌맹인지 꽃인지조차 알려져 있지 않습니다. 게다가 서방호법은 연제를 제외하고 자유로이 환설산과 검설성을 드나들 수 있는 유일한 인물입니다. 그리고 이 4대 호법과 맞닥뜨리기 전에 봉천封天이라는 대사제를 만나게 될 겁니다. 그녀의 마법은 폐하가 아시는 어떤 마법사보다 강력합니다."

"안 돼, 그래도 안 되네, 성구. 자네는 여기 남아 있어야 해. 자네의 성수족星宿族 가운데 나를 동행할 만한 점성술사를 새로 찾아보게. 자네는 내가 안심하고 이 제국을 맡길 수 있는 사람이야."

"폐하, 폐하께서는 잘 모르십니다. 저는 이미 성수족 최강의 점성술사입니다. 다른 적당한 인물이 없습니다……."

그가 갑자기 입을 다물었다. 웬일인지 그의 눈빛이 외롭고 처량해 보였다. 하지만 나는 그의 그런 모습을 보면서도 이유를 묻지 않았다. 한참 뒤, 그가 다시 고개를 들고 말했다.

"폐하, 그러면 돌아가서 제 부왕께 여쭤보겠습니다."

그는 곧바로 대전을 떠났다.

성구가 나가자마자 나는 환영이형술로 그의 앞으로 이동해 몸을 숨겼다. 찬찬히 바라보니 은색 머리칼 몇 가닥이 윤곽이 분명한 그의 얼굴 위로 드리워져 있었고, 두 줄기 맑은 눈물이 끊임없이 흘러내리고 있었다.

그날 밤, 나는 지붕 위에 올라갔다. 그날따라 별빛이 유난히 아름다웠다. 점점이 부서진 별빛이 나비처럼, 버들개지처럼 살포시 내 어깨 위에 내려앉았다.

검푸른 하늘을 바라보며 조그만 목소리로 아이코스의 이름을 불러 보았다. 그의 얼굴이 하늘 위에 떠 있는 듯했다. 높고, 엷고, 투명한 그 얼굴은 가까이 갈 수도, 만져볼 수도 없었다.

이윽고 나는 성구를 보았다. 그는 높은 성벽 위에 서 있었다. 강한 바람이 그의 옷을 찢을 듯 차갑게 불어닥쳤다. 마치 한줄기 바람이 그의 발 아래에서 솟구쳐 오르는 듯, 그의 머리칼 전체가 위로 떠올랐다. 그리고 그의 입술이 쉴 새 없이 달싹이고 있었다. 나는 그가 주문을 외고 있다는 걸 알았다.

어렴풋이 할머니가 이런 마법을 쓰는 걸 본 기억이 떠올랐다. 점성술사들끼리 소식을 전달할 때 쓰는 마법인 듯했다. 그런데 성구의 표정이 무척이나 괴롭고 슬퍼 보였다. 나는 성구가 그런 표정을 짓는 걸 한 번도 본 적이 없었다. 내 기억 속의 그는 언제나 견고한 빙하처럼 냉정하고 준엄했다.

그런데 이튿날 아침, 내가 전날 밤 어디에 있었느냐고 물었을 때, 그는 이렇게 대답했다.

"궁전 안에서 별점을 쳤습니다. 환설산의 비밀을 좀 더 알아내려 했지요."

나는 그의 손가락이 긴장으로 인해 꽉 쥐어져 있음을 알았다. 하지만 더 이상 캐묻지 않았다. 단지 성구가 왜 나를 속이려 하는지 궁금했다.

나는 한사코 환설산에 가려 하면서도, 또 한사코 성구를 뒤에 남기려 했다.

내가 다시 성구를 설득하려 했을 때, 그는 한참을 침묵을 지켰다. 그리고 그는 웃었다. 처음으로 보는 그의 웃음이었다. 마치 단단한 얼음덩이가 녹아내리는 듯했다. 물처럼 천천히 얼굴에 번지는 그의 환한 웃음이 퍽 아름다워 보였다. 그가 말했다.

"폐하, 참으로 어린애 같으시군요."

나는 또 그의 눈에서 눈물이 흘러내리는 것을 보았다.

그가 내 앞에 무릎을 꿇고 말했다.

"폐하, 성수족 후임 왕의 신분으로 말씀드립니다. 저희 환성궁幻星宮에 들러주십시오."

나는 처음으로 환성궁을, 환설제국에서 가장 정교하고 날렵하다는 그 전설의 궁전을 방문했다. 궁전 전체가 막 날개를 펴고 비상하려는 독수리의 모습을 닮았으며 대전 앞 광장에는 육망성六芒星의 도안이 새겨져 있었다.

성구의 부모인 왕과 왕비, 그밖의 모든 신하가 문가에 나와 나를 맞이했다. 전부 순수한 은빛인 그들의 머리칼이 바람에 흩날렸다. 어려서부터 점성술사 부족이 뛰어난 영능력을 지녔다는 이야기를 듣긴 했지만 그들의 머리색이 이 정도로 순수할 줄은 미처 생각지 못했다. 문득 이락의 얼굴이 떠올랐다. 그녀의 머리칼이 은은한 남색을 띠지만 않았다면 그녀는 벌써 나의 황후가 되었을 것이다. 그리하여 나는 행복을 얻었을 것이며 아이코스도 아마 죽지 않았을 것이다. 나는 머리를 들어 파란 하늘을 우러러 보았다. 그리고 하늘을 흐르는 구름과, 구름 위에서 노래하는 망령을 보았다. 마음이 텅 빈 느낌이었다.

성구가 정문 앞으로 걸어 나왔다. 그는 은빛으로 반짝이는 머리칼이 지면까지 드리워진 한 소녀를 안고 있었다. 그는 마법으로 눈보라의 보호막을 쳐 그녀를 보호했다. 성구는 유난히 부드러운 눈길을 그녀에게 고정시킨 채 고개도 들지 않고 내게 말했다.

"폐하, 이 사람은 저의 누이동생, 성궤星軌입니다."

나는 드디어 알게 되었다. 본래 성구에게 누이동생이 하나 있으며 그녀는 성수족 사람들의 마음의 상처라는 사실을. 그들은 오래 전 성전의 기억과 마찬가지로 그녀에 대해 언급하고 싶어하지 않았다.

성구가 말했다.

"성궤는 태어날 때 이미 천 년의 영능력을 갖고 있었습니다. 긴 머리칼이 태아인 그 아이를 휘감고 있었죠. 그 아이의 탄생은 온 부족의 경사가 되었으며 부왕과 모후는 기쁨의 눈물까지 흘렸습니다. 앞으로 그 애가 부족 역사상, 아니 검설성 역사상 가장 위대한 점성술사가 될 게 분명했기 때문입니다. 하지만 부왕이 성궤를 위해 첫 별점을 치자마자 저희 부족은 깊은 슬픔에 빠졌습니다. 왜냐하면 그 애의 운세가 중간에 끊겨 있어 수명이 고작 251세에 불과했기 때문입니다. 더욱이 그 애는 외부 세계에 대해 아무런 저항 능력이 없었습니다. 아주 조그만 위험도 그 애에게는 상상할 수 없는 위협이 될 수 있었죠. 할 수 없이 아이는 태어나자마자 환성궁의 가장 낮은 층으로 옮겨져 생활해야 했습니다. 그리고 그곳에서 부족을 위해 별점을 쳐왔습니다.

예전에 제가 폐하의 동생이신 아이코스님의 별점을 칠 때도 성궤의 충고에 따라 죽은 점성술사들의 시체를 점검한 뒤, 아이코스님을 경계했습니다. 하지만 우리 부족은 제 여동생의 존재를 함구해왔습니다.

혹시 황제께서 여동생의 능력을 안다면 분명 그 애를 황실의 점성술사로 기용할 것이며, 그렇게 되면 보호해줄 사람 하나 없는 황궁에서 그 애는 언제 숨을 거둘지 모르기 때문이었습니다. 이 때문에 우리 왕족은 철저히 비밀을 엄수했습니다.

솔직히 제 여동생의 점성술은 누구도 따라오지 못할 만큼 탁월합니다. 저는 할머님의 낙성장을 얻자마자 그것을 그 애에게 넘겨 검설성 최대의 비밀을 알게 되었습니다. 본래 저의 영능력에 대한 할머님의 계산은 틀리지 않았습니다. 단지 제 여동생의 존재를 몰랐을 뿐입니다. 그리고 며칠 전 밤에 저는 성벽 위에서 제 부친과 소식을 나누었습니다. 저는 부친에게 성궤가 폐하를 수행하게 할 수 있는지 물었습니다. 부친은 최후에 저보고 결정하라고 하더군요. 그래서 저는 폐하를 믿기로 결정했습니다."

나는 성구가 고개를 숙여 품에 안긴 성궤의 창백한 얼굴에 입을 맞추는 걸 보았다. 성궤가 눈을 뜨더니 성구를 보며 미소를 지었다. 그리고 가냘픈 목소리로 말했다.

"오빠……."

그 순간, 나는 감개무량한 기분에 잠겼다. 수백 년 전, 아이코스와 함께 했던 세월의 파편이 다시금 눈앞에 용솟음치는 듯했다. 날카로운 슬픔이 심장을 가로 긋고 지나갔다.

"폐하, 성궤를 맡기겠습니다. 부디 힘껏 이 애를 보살펴 주십시오. 환설산에 들어가면 이 애가 가장 정확한 판단을 해드릴 겁니다. 저는 제 여동생을 믿습니다. 단지 몸이 너무 약해서 어떠한 충격도 받아서는 안 됩니다."

나는 성구의 손에서 성궤를 넘겨 받았다. 그녀가 계속 몸을 떨고 있는 것이 느껴졌다. 그녀는 정말 사람들의 동정을 살 만큼 가냘픈 소녀였다. 옛날 인간 세상에서, 아직 아이였던 아이코스를 안고 폭설의 거리를 걷던 내 모습이 문득 떠올랐다.

검설성을 떠나 환설산을 향해 첫 발을 내디딘 날은 바로 겨울이 막 시작될 때였다. 검설성의 겨울은 꼬박 10년이나 큰 눈이 온다. 나는 검설성 입구에 서서 묵묵히 거대한 성벽을 바라보고 있었다. 누구도 이 위대한 제국이 남에게 조종되는 한낱 노리개일 뿐이라고는 믿고 싶지 않을 것이다.

나는 처음으로 월신을 만났다. 성구가 몇 번이고 거론한 인물인 그녀는 얼음으로 깎은 듯한 얼굴에 아무 표정도 드러내지 않았다. 나는 그녀의 왼손이 은은히 빛나는 것을 보고 그녀의 살인 병기가 달빛임을 알아챘다. 그 빛은 월신의 손 안에서 날카로운 비수로 화하여 얼음 조각보다 더 예리한 위력을 발휘할 것이다. 그녀의 머리칼은 상당히 길었다. 그런데 이락처럼 희미하게 남색을 띠고 있었다. 나는 왠지 그녀가 친근하게 느껴졌다. 하지만 성구는 이락과 월신의 머리색이 순수하지 않은 것은 전혀 다른 이유 때문이라고 설명했다. 이락은 혈통이 순수하지 않아서인 반면, 월신은 어려서부터 암살을 전문으로 하는 흑마법을 배웠기 때문이라는 것이다.

땅에까지 끌리는 연한 남색 장포를 입은 그녀는 하늘을 찌를 듯 높은 두 그루 벚나무에 비스듬히 기대어 있었다. 그 벚나무들은 내 아버지의 마법으로 인해 끝없이 위로 자랄 수 있게 된 것들이었다. 월신은 고개를 들어 하늘을 보았다. 연한 남색 하늘빛이 그녀의 수정 같은 눈동자 속에 떨어져 녹아들었다.

요천은 백 년마다 열리는 검설성의 축제에서 만난 적이 있었다. 그때는 그나 나나 아직 어렸다. 당시 황제였던 아버지는 그를 시켜 나와 마법 시합을 하게 했다. 그가 동방호법 요작의 아들이었기 때문이다. 그때, 요천은 눈빛이 날카롭고 지기 싫어하는 성격의 아이였다. 내게 패해 땅에 넘어지고서도 이를 악물고 패배를 인정 못하겠다는 듯 나를 노려보았다. 아버지는 그를 칭찬하며 말했다.

"이 아이는 나중에 훌륭한 동방호법이 될 것이다."

그리고 지금, 수백 년의 세월이 구름이 흩어지듯 지나고 그때의 꼿꼿했던 아이가 성인이 되어 내 눈 앞에 서 있었다. 밝고 강인한 얼굴에 빛나는 눈, 날카롭게 치켜 올라간 눈썹을 지닌 그는 검은 끈으로 질끈 동여맨 은빛 머리칼을 바람에 날리고 있었다. 그는 내게 말했다.

"폐하, 전력을 다해 폐하를 호위하겠습니다."

황탁은 나보다 300살이 더 많았다. 그의 표정에는 이미 청년의 치기나 오만함이 없었다. 대신 깊이 있는 침착성과 냉정함이 엿보였다. 전신에 검은색 장포를 걸친 그는 머리에도 검은색 띠를 둘러, 은색 머리칼이 더욱 순수한 빛깔을 발했다. 그가 가슴 앞에서 양손을 교차하며 나를 향해 허리를 숙였다. 하지만 아무 말도 하지 않았다. 단지 어느새 투명한 구체를 만들어 그것을 손 위의 허공에 띄웠다. 나는 그것이 백마법의 방어 결계結界임을 알았다.

황탁이 무릎을 꿇고 구체를 조종하는 왼손을 치켜들며 말했다.

"폐하, 제가 죽지 않는 한 이 결계는 깨지지 않습니다. 그리고 이 결계가 깨지지 않는 한 누구도 폐하를 범하지 못할 겁니다."

나는 묵묵히 그를 바라보았다. 그의 눈 속에서 구름이 끝없이 흩어지고 합쳐지는 듯, 순식간에 수많은 변화가 일어났다. 그의 눈의 광채는 나와 요천도 비견될 수 없을 만큼 젊어 보였다.

그리고 편풍과 조애가 조용히 먼 곳에 서 있었다. 바람이 그들의 장포를 휘날려 아름다운 화면을 만들어냈다. 수려한 미남인 편풍과 절세미인인 조애, 그들의 미소가 버들개지처럼 흩어졌다. 조애가 구름 모양의 긴 소매를 흔들자 땅 위의 벚꽃이 둥실 떠올랐다. 그리고 편풍이 왼손을 뻗어 손바닥을 위로 향한 채 검지와 약지를 퉁기자 갑자기 한 줄기 바람이 허공을 가르며 불어왔다. 그 바람이 벚꽃을 휘몰아 눈송이처럼 내 발치에 떨어뜨렸다.

나는 그들이 검설성 최강의 인물들임을 알았다.

나는 그들에게 환설산에 관한 모든 것을 털어놓았다. 그들에게 아무 것도 숨기고 싶지 않았다. 내가 마지막 말을 마쳤을 때, 그들은 내 앞에 무릎을 꿇고 말했다.

"폐하, 저희는 폐하와 생사를 함께 하겠습니다."

성궤는 요천의 품에 안겨 있었다. 그녀가 내게 웃음을 지어 보였다. 나는 그녀의 눈빛에서 나에 대한 전언을 읽어냈다.

"폐하, 두려워하지 마세요."

나는 우리를 배웅 나온 성구에게 물었다.

"성구, 내게 더 해줄 말이 없나?"

"폐하, 환설산은 잔혹한 세계입니다. 부디 그곳의 어떤 인물도 믿지 마십시오. 게다가 환설산 안에서는 아무리 강력한 마법도 전수할 수는 없고 계승만 할 수 있습니다."

"전수는 안 되고 계승만 된다니, 그게 무슨 뜻인가?"

"더 자세히 말씀드리지요. 만약 그곳의 태후께서 어떤 마법을 폐하께 전수하면 그분은 더 이상 그 마법을 사용할 수 없습니다. 폐하, 사실 폐하는 그런 계승을 잘 알고 계십니다. 잊지 않으셨겠지요, 아이코 스님이 폐하의 몸에 영능력을 남겼던 일을. 그것 역시 일종의 계승입니다."

"그러면 연제에 관해서는 더 알려줄 수 없나?"

"죄송합니다, 폐하. 제 여동생도 그것만은 해드릴 수 없습니다. 우리가 연제의 별점을 칠 때마다 갑자기 천기가 흐트러져 점을 칠 수가 없었습니다. 연제에 대해서는 직접 알아보실 수밖에 없습니다."

"알겠네. 그리고 이번 환설산행에 대해서도 별점을 쳐보았나?"

"쳐보았습니다."

"어떤 결과가 나왔나?"

성구가 고개를 들고 나를 쳐다보며 말했다.

"폐하, 운명은 간혹 변하기도 합니다. 예컨대 전설 속의 한 위대한 점성술사는 별들의 궤적을 조종해 운명을 바꿨다고 합니다. 때로는 죽음이 위대한 재생이 될 수도 있습니다."

"성구, 그게 무슨 뜻인가?"

"폐하, 사실은 저도 잘 모르겠습니다. 별들의 상이 전부 끊겨 있거나 죽음을 나타내면 차라리 판단하기 쉬울 텐데, 모든 상들마다 속에 생기가 숨겨져 있습니다. 그리고 생기 뒤에는 또 죽음의 문이 도사리고 있습니다. 폐하, 모든 것이 폐하께 달렸습니다. 폐하는 환설제국 최고의 마법사이십니다. 청컨대 폐하의 복으로 제 여동생을, 수행하는 한 사람 한 사람을 지켜주십시오."

성구는 무릎을 꿇고 양손을 가슴 앞에 교차하며 말했다.

나는 고개를 끄덕이고 그에게 다가가 어깨를 감싸안으며 말했다.

"걱정 말게. 내 동생, 아이코스처럼 성궤를 대해주겠네."

한참을 걷고나서 나는 고개를 돌려 나의 제국을 바라보았다. 일찍이 자유를 버리고 아이코스와 이락을 희생하여 맞바꾼 제국이었다. 성구는 여전히 성문 앞에 서 있었다. 그의 긴 점성복이 쉴 새 없이 바람에 펄럭이고 있었다.

성궤는 확실히 몸이 허약했다. 길을 걸을 힘조차 없어서 하루 중 대부분의 시간을 요천의 품에 안겨 있었다. 겉으로 보면 꼭 잠들어 있는 듯했다. 심지어 눈보라가 조금만 거세져도 황탁이 보호막을 쳐 그녀를 보호해야 했다. 그녀는 오직 위기가 닥쳤을 때만 번쩍 눈을 뜨고 우리에게 모면할 방법을 알려주었다. 성궤는 정말 영능력이 비범했다. 점성술사의 필수품인 점성장占星杖도 쓰지 않고 척척 별점을 쳐 위기를 알아맞췄다.

가령 우리가 환설산에 접어들었을 때, 그녀는 돌연 우리에게 왼쪽으로 돌아 나무 뒤에 숨으라고 했다. 잠시 후, 우리는 오른편에서 궁녀 몇 명이 천천히 걸어오는 것을 보았다. 그녀들의 머리칼은 땅에 끌릴 정도로 길었다. 또 한 번은 우리가 어떤 산골짜기에 들어가 반쯤 통과했을 때, 성궤가 불현듯 몸부림을 치며 후퇴하라고 소리쳤다. 마지막으로 월신이 골짜기 입구를 빠져나왔을 때, 산 정상에서 거대한 눈사태가 일어나 골짜기 전체를 덮어버렸다. 눈사태의 엄청난 꿍음 속에서 성궤의 숨찬 호흡이 금세라고 끊어질 듯 가냘프게 들렸다. 그녀는 실로 수정으로 만든 나비처럼 바람 한 점도 견뎌내지 못할 것 같았다.

막 환설산의 궁전으로 들어가려 할 때, 하마터면 연희와 마주칠 뻔하기도 했다. 성궤가 걸음을 멈추라고 하지 않았으면 그녀와 정통으로 부딪쳤을 것이다. 우리가 멈춰 서 있을 때, 연희가 가까운 전방을 천천히 지나갔다. 어느 순간, 그녀가 발을 멈추고 우리 쪽으로 몸을 돌렸지만 다행히 편풍이 질풍으로 눈보라를 일으켜 우리가 숨어 있던 벚나무 숲을 가렸다.

환설산 안에는 도처에 진귀한 약재와 치명적인 독초가 가득했다. 황탁은 우리에게 어느 풀이 독을 제거해주고, 또 어느 풀을 피해야 하는지 들려주었다. 조애가 고운 빛깔의 앙증맞은 꽃을 보고 막 따려고 하자, 황탁은 그 꽃의 이름이 적요嫡妖이며 쥐도 새도 모르게 천천히 사람을 중독시켜 죽이는 독초라고 말했다. 그 꽃으로 만든 독약의 성분이 전신에 퍼지면 어느 순간, 한꺼번에 정수리에 몰려들어 해독 불가능한 극독이 된다는 것이다. 이런 말을 할 때 황탁은 눈빛이 고요하고 부드러워 마치 가장 사랑하는 사람에 관해 이야기하고 있는 듯했다.

월신이 덧붙여 말했다.

"이 꽃은 우리가 암살에 자주 사용하는 독이에요."

환설산에 들어온 지 13번째 날에 우리는 드디어 환설산의 중심부로 들어가는 입구에 다다랐다. 우스꽝스럽게도 웅대한 성문 위에는 '검설성'이라는 세 글자가 적혀 있었다.

나는 이 제국의 신비와 번화함을 수만 번도 넘게 상상했었다. 그런데 막상 열린 성문 안으로 들어서니 단 한 사람도 눈에 띄지 않았다. 늘어선 건물들은 크고 으리으리했지만 모두 두터운 눈에 덮여 있었고 길다란 거리는 까마득히 먼 곳까지 곧게 이어져 있었다.

성궤가 나지막한 목소리로 말했다.

"폐하, 이 거리의 끝에서 봉천을 만나실 거예요."

나는 요천에게 다가가 그의 품에 안긴 성궤를 내려다보며 물었다.

"내가 봉천을 이길 가능성이 있나?"

성궤는 눈을 질끈 감은 채 뜨려 하지 않았다. 하지만 나는 그녀의 눈 속에 눈물이 고여 있는 걸 보았다. 그녀의 표정은 전례없이 절망스러워 보였다.

나는 그녀의 머리칼을 쓰다듬으며 조용히 말했다.

"성궤, 걱정하지 않아도 돼. 아마 그녀를 이기기는 어렵겠지. 하지만 내 있는 힘껏 너를 보호해주마."

성궤는 고개를 흔들었다. 눈물이 그녀의 뺨을 타고 흘러내렸다.

"폐하, 문제는 그게 아니에요."

바람, 그것도 질풍이 불고 있었다.

대지에 쌓인 눈이 갑자기 휘몰아쳐 날아다녔다. 언젠가 이락이 처음 내 앞에 나타났을 때와 비슷했다. 눈송이가 다 떨어진 뒤, 나는 전설 속의 대사제, 봉천을 보았다.

나는 성궤의 표정이 왜 그토록 처량했는지 그제서야 깨달았다.

그 거리의 끝에서 만난 사람은 바로 내게 너무나 친근한, 내가 너무나 의지했던 나의 할머니였다.

그래도 다른 사람이라면 화족의 마법으로 급습해 승리를 거둘 가능성이 있었다. 내가 빙족임을 안다면 누구도 내 오른손을 경계하지 않을 것이기 때문이다. 하지만 할머니는 내가 화족의 마법에 능하다는 걸 알고 있었다. 만약 빙족의 마법으로만 맞선다면 할머니를 이길 자신이 없었다.

그것은 나의 패배로 끝날 수밖에 없는 싸움이었다.

할머니가 자상한 미소를 지으며 내게 말했다.

"캐슬님, 당신이 태어났을 때 나는 당신을 위해 별점을 보았습니다. 그리고 알았지요, 미래의 어느 날, 우리 두 사람이 서로 적으로 만나게 된다는 걸. 보세요, 운명은 이렇게 미리 정해진 길로 나아가고 있어요."

"캐슬님, 이 거리를 따라 계속 가면 동방호법의 백호궁에 닿을 거예요. 동방호법의 이름은 경인傾刃입니다."

나는 10여 세의 어린 남자애보다 짧아진 할머니의 머리칼을 보고 목이 메어 말이 나오지 않았다. 할머니는 벌써 자신의 영능력 전부를 내게 넘겨준 상태였다. 나는 지면에 똬리 틀 정도로 길어진 내 머리칼을 보면서 다시 할머니에게 눈을 돌렸다. 하늘의 눈송이가 쉴 새 없이 그녀의 어깨 위로 떨어졌다. 나는 할머니를 부둥켜안고 보호막을 쳐 그녀를 감쌌다. 지금이라면 한낱 애송이 무당이라도 그리 힘들이지 않고 그녀를 제압할 수 있을 것이다. 나는 할머니를 안은 채 어린아이처럼 엉엉 울음을 터뜨렸다.

떠나기 전, 이별을 고할 때 할머니는 내 손을 꼭 잡았다. 손등에 할머니의 늙고 거친 피부의 질감이 느껴졌다. 나는 그녀가 나를 얼마나 염려하는지 알고 있었다.

나는 아이코스의 영능력뿐만 아니라 할머니의 영능력까지 갖게 되었다. 할머니의 목소리가 뒤편에서 아스라이 들려왔다. 그녀는 말했다.

"캐슬님, 이곳에선 누구도 믿어서는 안 돼요. 아무도 정의를 중시하지 않아요. 승자는 왕이, 패자는 도적이 된다고들 해요."

백호궁 앞에 섰을 때, 요천이 불쑥 나에게 말했다.

"폐하, 저의 부친이 전임 동방호법, 요작이라는 걸 아시는지요. 그분은 저를 어릴 때부터 엄격하게 키웠습니다. 제가 영웅적인 인물이 돼야 한다고 생각하셨죠. 그래서 저는 일찍부터 격투기와 살인 기술을 배웠습니다. 훈련의 강도가 너무 세서 정신을 잃고 눈바닥을 구른 것도 꽤 여러 번이었습니다. 그런데 그때마다 눈을 떠보면 어느새 따뜻한 난로와 향기로운 땔감 냄새, 뜨끈한 수프가 있는 방에 누워 있었습니다. 비록 부친은 한 마디도 한 적이 없지만 저는 그분이 저를 안고 방에 데려다 놓은 걸 알았습니다. 그분의 표정은 늙고 엄숙했지만 속으로는 저를 사랑하고 있었던 거죠. 그래서 저는 어릴 때 이미 맹세했습니다. 기필코 최고의 동방호법이 되겠노라고. 하지만 제가 아직 성년이 되기도 전에 부친은 운명을 달리 했습니다. 성전에서 화족의 정령에게 죽음을 당했습니다. 부친은 제가 최고의 전사가 되길 바랐습니다. 저 역시 그렇게 되길 바랍니다."

"요천, 내게 무슨 말을 하고 싶은 건가?"

"폐하, 제게 경인과 싸울 기회를 주십시오."

"요천, 자네가 강하다는 건 알고 있네. 하지만……."

"제발 저를 시험해주십시오."

요천이 내 앞에 무릎을 꿇었다.

그의 결연한 표정 앞에서 나는 거절할 방법이 없었다. 하지만 그의 운명의 끝이 어떻게 될지는 도저히 예측할 수 없었다.

경인을 보았을 때, 나는 놀라움을 금치 못했다. 나는 그가 거칠고 건장한 사내인 줄로만 알았다. 하지만 그렇지 않았다. 경인을 본 순간, 나는 아이코스를 다시 만난 듯한 착각이 들었다. 그들은 둘 다 단정하고 윤곽이 뚜렷한 이목구비를 가졌고 평범한 이들과는 확연히 다른 아름다움을 지녔다. 경인은 두 눈썹 사이에 칼날처럼 선명한 상아빛 흔적이 있었다. 나는 그것이 영능력의 축적을 보여주는 상징임을 알고 있었다. 아이코스의 미간에 벚꽃 잎 모양의 흔적이 있었고, 또 내 미간에 번개 모양의 흔적이 있는 것처럼. 다른 이들도 마찬가지였다. 월신의 미간에는 달이, 성궤의 미간에는 육망성이 흔적으로 자리잡고 있었다.

머리칼을 얌전하게 늘어뜨린 경인은 왠지 눈빛이 외롭고 흐트러져 보였으며 웃는 얼굴은 천진하면서도 요사스러운 분위기가 감돌았다. 나는 이런 외모 속에 어떻게 동방호법이 될 만한 위력이 감춰져 있는지 의아했다.

경인이 의자에 앉은 채 나를 향해 웃으며 말했다.

"네가 저 가소로운 성의 왕, 캐슬이냐?"

나는 그렇다고 답했다.

그는 여전히 웃고 있었다. 머리카락 몇 가닥이 미끄러져 내려 그의 이마를 가렸다. 그가 말했다.

"다 같이 덤벼라. 시간을 낭비하고 싶지 않다."

"너를 죽일 사람은 내가 아니라 요천이다. 요천이야말로 진정한 동방호법이다."

그가 크게 웃음을 터뜨렸다.

"진정한 동방호법이라고? 하하, 웃기지 말고 모두 함께 덤벼라."

나는 빙족의 마법으로 내 왼손과 왼쪽 팔뚝을 얼리며 말했다.

"요천은 널 죽일 수 있다. 나는 손을 쓰지 않겠다."

월신이 끼어들었다.

"폐하, 할머님께서 말씀하셨잖아요, 정의 따위는 개의치 말라고……."

"월신, 결정은 내가 한다!"

나는 요천이 그의 부친을 실망시키게 하고 싶지 않았다.

이윽고 요천이 뒤에서 걸어오는 발자국 소리가 들렸다. 그가 말했다.

"내가 바로 요천이다. 검설성의 다음 동방호법이다."

경인의 눈초리가 냉랭하게 돌변했다. 주변에 살기가 차오르는 것이 느껴졌다. 그가 말했다.

"검설성은 오직 하나, 바로 이곳뿐이다. 동방호법도 나 한 사람밖에 없다."

경인이 말을 다 마치기도 전에 요천은 번개처럼 그를 향해 손을 뻗었다. 그러나 이 습격은 그에게 아무 위협도 주지 못했다.

나는 비로소 경인이 얼마나 불가사의한 능력을 갖고 있는지 알았다. 본래 요천은 그와 맞서 10여 합도 채 버틸 수 없었다. 하지만 그럼에도 불구하고 경인은 패하고 말았다. 그것도 싸움이 시작되자마자 무릎을 꿇었다. 나와 요천을 너무 얕봤고, 우리를 믿었기 때문이다.

첫 공격을 가했을 때, 요천은 경인과 부딪치기도 전에 돌연 몸을 구부려 뒤로 물러났다. 그리고 내가 쾌속하게 앞으로 나아가 화족의 가장 독랄한 염주炎呪 수도手刀로 경인의 심장을 꿰뚫었다. 우리의 눈앞에 거꾸러지면서도 경인은 커다랗게 눈을 부릅뜨고 있었다. 그는 자신이 환설산 밖의 인물에게 패했다는 사실을 믿을 수가 없었던 것이다. 생명이 곧 흩어지는 최후의 순간에도 그의 잘 생긴 얼굴은 의혹으로 가득했다. 나와 요천은 그가 한줌의 물로 화하는 광경을 묵묵히 지켜보았다.

우리도 이렇게 쉽게 경인을 격퇴시킬 수 있을 줄은 꿈에도 생각지 못했다. 적어도 요천과 나, 둘 중의 한 명은 중상을 입으리라 예상했다. 황탁도 미리 결계를 준비하여 언제든 우리에게 덧씌울 태세를 갖추고 있었다. 하지만 우리 둘 다 털끝 하나도 다치지 않았다.

하지만 상처는 보이지 않는 곳에서, 석양이 지평선 아래로 질 때 나타났다.

요천이 홀로 내 앞을 걷고 있었다. 입을 꾹 다문 그의 뒷모습이 저녁 햇빛 아래 의기소침해 보였다. 나는 그의 괴로운 마음을 짐작했다. 그는 자신이 부친의 기대를 저버렸다고 느끼고 있었다. 자존심을 포기하는 건 때로는 죽음보다 더 고통스럽다. 나는 그가 나를 위해 희생했다는 걸 알고 있었다. 만일 우리가 이 끝 모를 여정을 계속해야 할 필요가 없었다면 그는 결코 그런 암습을 택하지 않았을 것이다.

그날 밤, 우리는 벚꽃이 흐드러지게 핀 언덕 위에서 휴식을 취했다. 밝은 달빛이 물처럼 쏟아져 내리는 한밤에 나는 무심코 눈을 떴다. 눈을 비비고 보니 요천이 나를 등진 채 언덕 꼭대기에 박힌 바위 위에 우뚝 서 있었다. 달빛이 그의 머리칼과 마법복을 따라 흘러내렸다. 나는 그의 뒷모습을 보고 서글픈 감정을 느꼈다.

그날 밤, 나는 처음으로 요천의 노래를 들었다. 전장의 막사에서 늘

들을 수 있었던 슬프고 처량한 노래였다. 맑지만 갈라진 그의 노랫소리가 높디높은 구름 위로 울려 퍼졌다. 어릴 적 하늘도, 해도 가렸던 그 성전에서 몇 번이고 그 노래를 들었던 기억이 떠올랐다. 그 당시, 병사들은 구슬픈 밤마다 끝도 없이 이 노래를 부르고 또 불렀다.

잠시 후, 월신이 요천 곁에 다가갔다. 나는 그들의 이야기를 들었다.

월신이 말했다.

"요천, 따져보면 누구나 많은 것을 포기하고 살아요. 어떤 것을 포기해야 할 만큼 가치 있는 다른 것이 있기 때문이죠. 예를 들면 당신이 보호하려는 사람, 성취하려는 일, 이뤄지길 기다리는 꿈 같은 것들 말이에요. 요천, 당신은 아니요? 난 어려서부터 남들에게 업신여김을 당했어요. 오직 암살에만 능했기 때문이죠. 내 영능력이 동족의 다른 아이들보다 훨씬 뛰어난데도 부모님은 여전히 날 무시했어요. 그분들은 말했죠, 내가 부족을 욕보이는 아이라고.

성인이 되기 전에 나는 나보다 나이 많은 애들에게 숱한 모욕을 당했죠. 또 개구쟁이 남자애들에게 떠밀려 수도 없이 땅바닥을 뒹굴었어요. 그들은 내 머리색을 놀리며 얼음조각으로 나를 때렸어요. 하지만 그때마다 나는 입을 꼭 다물고 몸을 웅크리고 있었어요. 그들이 지치기를 기다려 몸의 눈을 털고 일어나 집으로 돌아갔죠. 내 어머니는 아름다운 여자였어요. 그분은 엉망이 된 내 모습을 볼 때마다 불 같이 화를 냈어요. 그러면서도 내가 조롱을 당했는지 한 마디도 묻지 않았죠. 그냥 언제나 내가 부족을 욕보이는 아이라고만 말했어요."

"월신, 당신은 왜 백마법을 안 배우고 흑마법만 배웠죠? 더욱이 그

중에서도 왜 암살술만 배운 거죠?"

"아주 어릴 적, 난 언니인 월조月照와 함께 마법을 배웠어요. 우리는 말 잘 듣는 아이여서 하루가 다르게 영능력이 강해졌어요. 아버지는 늘 나와 언니의 머리를 쓰다듬어주며 말했죠. 앞으로 우리가 검설성에서 황족 다음 가는 일류 마법사가 될 거라고. 그때 아버지의 표정은 부드러웠고 쉴 새 없이 떨어지는 눈송이는 단 한 점도 우리 몸에 묻지 않았어요. 아버지가 우리를 위해 보호막을 쳐줬기 때문이죠.

그런데 어느 날, 언니가 살해를 당했어요. 그것도 집에 오는 길에 갑자기 말이죠. 난 아직도 기억해요. 그때 난 길가의 벚나무를 가리키며 언니에게 그 위에 핀 꽃이 얼마나 아름다운지 보라고 말했죠. 그런데 뒤를 돌아보니 언니의 동공이 풀려 있는 게 아니겠어요? 그리고 망연한 표정을 지은 채 바람에 마법복을 날리면서 풀썩 쓰러지고 말았죠. 난 너무 무서워 말문이 막혔어요. 손에 든 꽃송이가 땅 위에 떨어져 흩어졌죠…….

나중에 부족의 한 사람이 우리를 찾아냈어요. 언니는 이미 죽은 뒤였고 나는 언니 곁에 기절해 있었어요. 눈을 떠 보니 천년 여우의 모피가 내 몸을 감싸고 있더군요. 나중에 한 부족분이 얘기해주었어요. 의식을 잃은 상태에서 내가 아주 오랫동안 똑같은 말을 되풀이했다고. 언니, 나 놀래키지 마, 어서 일어나 라고 말이죠…….

"그때부터 암살술을 배우기 시작한 건가요?"

"그래요. 이후에 내가 보호해주고픈 사람이 나타났을 때, 또 다시 그가 쓰러지는 걸 무기력하게 보고만 있을 수는 없었어요."

산설조가 허공을 뚫고 슬피 지저귀며 높은 하늘로 날아갔다. 나는 내 곁에 잠든 성궤를 힐끗 바라보았다. 그녀는 황탁이 만들어준 방어 결계 속에 웅크리고 있었다. 커다란 알 속에 누워 있는 것처럼 편안해 보였다.

그날 밤, 요천과 월신의 뒷모습이 유난히 선명하고 뚜렷했다. 그들 두 사람은 언덕 위에 높이 서서 긴 옷을 휘날리고 있었다.

나는 몸을 돌려 계속 잠을 청했다. 꿈속에서 또 동생과, 그가 내게 살해당한 거울을 보았다. 큰 눈이 성 안을 가득 메우고 있었다.

빙해처럼 광활한 호수 앞에 섰을 때, 나는 비로소 환설산이 얼마나 방대하고 불가사의한 세계인지 실감했다. 성궤는 내게 그 호수가 남방 호법 접철蝶澈이 수호하는 지역이며 호수 뒤편에 주작궁이 있다고 알려주었다.

그렇게 광활한 호수는 환영이형의 마법이 아니면 건너기 힘들었다. 나는 왼손 손가락을 구부려 눈보라를 소환할 준비를 갖췄다.

"폐하, 안 돼요!"

성궤가 가냘프면서도 다급한 목소리로 나를 막았다.

"이곳은 단순한 호수가 아니에요. 이 호수의 수면에는 적어도 10여 개의 결계가 겹쳐 있어요. 제가 감지할 수 없는 결계까지 합하면 훨씬 더 많습니다. 따라서 자칫 잘못하면 우리들 중 몇 명이 다른 세계에 빠질 수도 있어요. 그 세계에 뭐가 있는지는 저도 알 수 없답니다. 예리한 얼음칼이 하늘 가득 쏟아지거나 뜨거운 불길이 지천으로 포효하고 있을지, 아니면 아름다운 벚나무로 뒤덮인 산기슭이 나오거나 곧바로 남방호법의 영역이 출현할지 도저히 예측할 수 없어요. 심지어 직접 연제와 맞닥뜨릴지도 몰라요. 그러니 폐하, 경솔하게 마법을 쓰시면 안 돼요. 영능력의 결집이 결계의 입구를 멋대로 변화시킨답니다."

나는 호수 앞에 서서 물끄러미 수면을 바라보았다. 물빛이 어지러이 우리의 얼굴을 비췄다.

성궤에게 해결책을 묻지 않을 수 없었다.

"그러면 어떻게 이곳을 건너야 하지?"

조애가 내게 다가와 말했다.

"폐하, 저의 무음금을 써보세요."

그녀가 머리에서 비녀를 뽑았다. 그것은 즉시 크고 넓게 변화하여 커다란 검은 거문고가 되었다.

검설성의 그 어전 악사樂師의 거문고를 보기는 나도 처음이었다. 몸통 전체가 검은색이면서도 현은 희디 흰 광채를 뿜어냈다. 그리고 끝부분이 불에 그을려 있었다.

조애가 말했다.

"이 거문고는 저희 어머니가 쓰시던 거예요. 그런데 성전을 치르다가 화족 정령의 공격을 받아 그만 끝부분을 태우고 말았죠. 그 성전에서 어머니는 인간 세상에 내려가 몇 년을 머물렀답니다. 그때 인간들은 어머니의 거문고 솜씨에 탄복했고, 어머니는 그들을 위해 이 무음금의 복제품을 만들어주었지요. 그 후로 인간들은 그것을 보물로 대대손손 전하면서 초미焦尾라는 이름으로 부릅니다.

무음금은 자유자재로 크기가 조절되며 계속 마법을 구사할 필요도 없습니다. 그러니 결계의 배치가 바뀔까 염려하지 않아도 되지요. 이 거문고로 인간들이 배라고 부르는 걸 만들면 거뜬히 호수를 건널 수 있을 거예요."

과연 우리는 거대해진 거문고 위에 선 채로 유유히 호수를 흘러 반대편에 닿을 수 있었다. 조애가 웃으며 말했다.

"폐하, 저는 이 거문고가 이런 용도로 쓰일 줄은 미처 생각지 못했어요."

호수 건너편에 있는 주작궁은 전체가 거문고 모양이었다. 우리가 그 입구에 도달했을 때, 별안간 안에서 은은한 거문고 소리가 들려왔다. 마치 천상에서 허공을 뚫고 떨어지는 듯한 그 소리는 내면 깊은 곳에서 철썩이는 파도 같았다. 지면에 쌓인 눈이 휘몰아쳐 일어나고 주위의 벚나무들은 무수한 꽃잎을 날리기 시작했다. 그 꽃잎들은 우리 발치에 떨어져 우리 앞으로 한 줄기 꽃길을 만들었다. 짙은 꽃내음 속에서 우리는 저마다 단단히 전투태세를 갖췄다. 황탁은 결계를 펼쳐 성궤를 보호했고 모두들 서로 등을 지고 서서 육망성의 형태를 만들었다. 나는 은연중에 접철이 곧 나타날 거라고 예감했다.

하지만 꽃잎이 다 떨어진 뒤에도 접철은 나타나지 않았다. 단지 거문고 소리만 방금 전보다 더 구성지게 흘러나왔다.

조애의 안색이 변한 것을 보고 나는 그녀에게 물었다.

"조애, 무슨 일인가?"

"폐하, 만약 저보고 저 거문고 소리의 주인과 겨루라고 하신다면 저는 전혀 승산이 없습니다."

나는 그녀의 얼굴에서 낙담한 기색을 읽었다.

그런데 고개를 돌려보니 성궤는 훨씬 더 절망적인 표정이었다. 이윽고 성궤는 눈을 뜨고 느릿느릿 한 마디를 던졌다. 그 말 한마디에 우리는 제 자리에서 꼼짝도 할 수가 없었다. 강한 바람이 을씨년스럽게 불어와 벚꽃을 어지러이 떨어뜨렸다.

성궤는 말했다. 지금 거문고를 타는 자는 접철이 부리는 한 궁녀일 뿐이라고.

주작궁은 백호궁과 완전히 다른 궁전이었다. 백호궁은 크고 웅장하며 만 장 높이의 성벽이 하늘을 찌를 듯 곧게 솟아 있었다. 그리고 궁전 안에는 곳곳에 삼지창, 얼음칼, 마법 지팡이가 진열되어 있었고 그 안의 사람들은 모두 튼튼하고 건장한 남자들뿐이었다. 즉, 궁전 전체가 남성적인 힘을 상징했다.

그러나 주작궁 안의 모든 사물은 부드러운 윤곽을 뽐냈다. 얇은 한 겹의 얼음으로 된 천정으로부터 바깥의 하늘빛이 몽롱하게 쏟아져 내려, 궁전 전체가 엷은 남색 광선 속에 떠 있는 듯했다. 그리고 궁전 여기저기에서 악기 소리를 들을 수 있고 꽃밭에서는 긴 치마를 끌고 다니는, 거문고를 품은 궁녀들의 미소를 볼 수 있었다. 그녀들과, 흩날리며 떨어지는 벚꽃이 어우러져 꿈결처럼 화사한 장면을 만들어냈다.

옥좌에 비스듬히 앉아 있는 접철은 아무 것도 신지 않은 맨발에, 머리칼은 몸의 선을 따라 늘어뜨린 채였다. 그녀는 말없이 물끄러미 나를 바라보았다. 하지만 그녀의 희고 영롱한 눈동자가 내게 말을 걸고 있는 듯했다.

"오셨군요, 캐슬님."

나는 어려서부터 검설성에서 무수한 미녀들을 보아왔다. 궁전의 비와 미인들은 모두 인어족이었다. 그런데 오늘 접철을 보고서 나는 그녀가 여태껏 만나보지 못한 아름다운 여인임을 인정하지 않을 수 없었다. 그녀의 미모는 가장 화려한 꿈속에서도 볼 수 없었다. 그녀를 바라보며 나는 주변이 온통 황홀하게 빛나는 것을 느꼈다. 그녀의 눈이 계속 내게 말을 걸고 있었다. 오셨군요, 캐슬님이라고.

월신이 툭툭 어깨를 두드리자 나는 비로소 정신이 돌아왔다. 월신이 내 귀에 대고 말했다.

"방금 접철이 폐하께 섭혼술攝魂術을 사용했어요. 조심하셔야 해요."

나는 얼른 눈을 비비고 다시 접철을 보았다. 역시 보는 이의 마음을 뒤흔드는 미모였다.

월신이 앞으로 나서 접철에게 말했다.

"네 마법은 내 앞에서는 쓰지 않는 게 좋을 게다. 내 암살술의 십분의 일도 미치지 못할 테니까."

"그렇다면 난 네게 죽을 수밖에 없겠구나."

어떠한 감정도 섞이지 않은 그녀의 목소리는 완만하고 꿈결처럼 아득했다. 흡사 수면 위에 몇 년이고 머무르는 안개처럼 모호하고 비현실적이었다.

월신의 손에서 빛이 번쩍이는 걸 보고 나는 그녀가 막 마법을 사용하리라고 짐작했다.

"안 돼요, 월신."

뒤에서 성궤의 목소리가 들렸다.

"왜 안 된다는 거지?"

월신은 몸을 돌려 성궤를 바라보았다. 성궤가 말했다.

"접철을 죽여도 주작궁을 통과할 수 없기 때문이에요."

성궤가 요천의 품에서 빠져나와 내 곁으로 걸어왔다. 그녀가 가냘
픈 팔을 들어 대전 끝을 가리키며 말했다.

"폐하, 저 벽이 보이시죠?"

성궤의 손이 가리키는 곳을 보니 궁전 끝에 높고 정교한 벽이 천정
까지 치솟아 있었다. 벽 위에는 여러 인물들이 새겨져 있는데, 중앙의
절세미인은 다름 아닌 접철이었고 거문고를 품은 무수한 악사들이 그
녀 주위를 둘러싸고 있었다. 그런데 전체 인물들 중에 오직 접철만이
표정이 있었다. 다른 인물들은 전부 공허한 표정에 눈동자도, 눈빛도
묘사되지 않았다. 그리고 접철의 유일한 표정은 지금처럼 오만하고 아
리따운 미소였다.

성궤가 말했다.

"저것은 탄식의 벽이에요."

뒤이어 조애의 깊고 급박한 숨소리가 들렸다. 그녀는 그 벽 앞으로
걸어가 귀퉁이에 그려진 한 악사의 초상을 어루만지고는 말없이 고개
를 숙였다. 그리고 한참 뒤에야 몸을 돌려 내게 말했다.

"저희 어머니, 제련(祭楝)이에요. 폐하 아버님의 어전 악사셨죠."

그녀는 또 말했다.

"이 벽이 정말 있을 줄은 몰랐어요. 그저 우리 무악족의 전설인 줄만 알았죠."

나는 그녀에게 물었다.

"조애, 왜 우리가 이 벽을 지날 수 없다는 건가?"

"폐하, 이 벽은 보통 벽이 아니에요. 도검, 마법, 물, 불, 번개, 그 어느 것도 이 벽 앞에서는 통하지 않아요. 오직 가장 정확하고 미묘한 음악만이 이것을 감동시킬 수 있답니다. 지금까지 숱한 무악의 달인들이 이 벽을 감동시키려 했지만 성공하지 못했어요. 단지 한 여자를 빼고 말이죠. 이후 이 벽의 수호신이 된 그녀가 바로 접철이랍니다. 전설에 따르면 절세 미모의 소유자라고 하더군요. 아무튼 이래서 접철을 죽여도 주작궁을 지나갈 수 없다는 거예요."

조애가 접철 앞에 서서 말했다.

"우리들 무악족에게 당신은 마음속의 신이나 다름없어요. 당신의 연주를 듣고 싶군요. 대체 어떤 선율로 탄식의 벽을 감동시켰는지 알고 싶어요."

"됐다. 내 거문고 소리를 듣고 네가 무음금에 머리를 부딪쳐 죽을까 무섭구나."

조애의 안색이 창백하게 변했다. 보일 듯 말 듯 그녀의 몸이 가늘게 떨렸다. 나는 그녀가 억지로 분노를 참고 있음을 알았다. 접철은 분명히 그녀의 무음금을 깔보고 있었다. 조애가 한쪽 무릎을 꿇으며 말했다.

"부탁드려요. 저희를 위해 한 곡만 연주해주세요."

접철은 그녀를 지그시 보더니 탄식하며 말했다.

"됐다는데도! 내 거문고 소리는 네가 몇 번을 듣는다 해도 배울 수 있는 게 아니다."

그래도 조애는 꿇은 무릎을 펴지 않았다. 드디어 접철이 몸을 일으키며 말했다.

"그렇다면 좋다. 어디 귀를 씻고 경청해보거라."

나는 마침내 접철의 환접금幻蝶琴을 보았다. 하지만 그 거문고는 사실상 거문고라고 할 수가 없었다. 몸을 일으킨 접철이 두 손을 앞으로 내밀고 다섯 손가락을 편 다음, 신속하게 두 팔을 벌렸다. 그러자 그녀의 손가락들 사이로 녹색의 빛나는 현 열 가닥이 출현했다. 그녀가 백옥을 깎은 듯한 손으로 녹색 현을 퉁길 때, 헤아릴 수 없이 많은 녹색 나비가 현 위로 날아오르는 것을 보았다. 그녀의 거문고 소리가 나비 모양으로 화하여 대기 속에 흩어지고 있었다. 나는 거문고 소리에 빠져, 스스로를 제어할 수가 없었다. 내 기억 깊은 곳에 침전된 과거의 일들이 마치 흰 벚꽃 잎이 날아오르듯 용솟음쳤다. 아이코스가 내 눈썹에 입을 맞췄고, 이락이 일각수 위에 높이 서 있었으며, 남상이 벚나무 아래 죽은 채 쓰러져 있었다. 그리고 환몽 속에서 이락이 빙해의 해저에 묻혀 있었으며, 산설조가 연기 바위에 부딪쳐 죽었고, 붉은 연꽃이 불길처럼 흐드러지게 피어 있었다…….

돌연 몸 속에서 타는 듯한 통증이 전해졌다. 고개를 돌려보니 녹색 나비들이 쉴 새 없이 내 몸 속으로 파고들어 혈관 속에 녹아든 뒤, 찰나간에 내 전신으로 퍼지고 있었다. 나는 불현듯 접철의 거문고 소리 속에 일종의 암살술이 숨어 있음을 깨달았다. 다급히 저항해보려 했지만 이미 때 늦은 몸부림이었다. 아무리 애를 써도 팔이 움직여지지 않았다. 게다가 눈앞이 차츰차츰 희미해지기 시작했다. 오직 접철의 미소 띤 얼굴만 봄바람처럼 사방으로 퍼졌다. 실로 놀라운 미모였다.

모든 의지가 곧 흩어지려는 순간, 이미 궁전 바닥에 쓰러져 있는 요천과 성궤가 눈에 띄었다. 두 사람의 은색 머리칼이 힘없이 그들 곁에 흩어져 있었다. 그리고 요천은 새끼손가락을 구부려 소환한 질풍으로 사방을 에워싸고 있었다. 어떻게든 틈을 찾아 그의 체내에 들어가려고 녹색 나비들이 그 주위를 맴돌았다. 금세라도 쓰러질 것처럼 그의 몸이 위태롭게 흔들렸다. 다행히 월신과 황탁은 아직 충격을 받지 않은 듯 괜찮아 보였다. 접철의 암살술은 월신에게는 전혀 위협이 되지 못했으며, 황탁의 백마법이 구사하는 방어 결계도 나비들의 침투를 허락하지 않았다.

이윽고 조애의 목소리가 들렸다.

"폐하, 저는 접철의 연주를 능가할 수 없어요. 그녀만큼 감정이 풍부하지 못하기 때문이죠. 제 직감에 그녀에게는 잊기 힘든 과거가 있는 게 분명해요. 그렇지 않으면 이처럼 절절한 소리를 낼 수 없답니다. 폐하, 저는 폐하의 마음속에 아프고 격렬한 감정이 숨겨져 있는 걸 알고 있어요. 청컨대 그 감정들을 환몽으로 만들어 제게 주세요. 그것을 빌어 저 탄식의 벽을 무너뜨리고 싶어요."

나는 이미 조애가 어디에서 내게 말을 건네고 있는지 분간을 할 수가 없었다. 시야 가득 녹색 나비들만 훨훨 날아다니고 있었다. 그래도 나는 애써 기억들을 모아 환몽을 만들었다. 아이코스와 함께 했던 세월, 그를 안고 인간 세상을 떠돈 날들과 환영천의 화재에서 그를 구해내던 광경, 그리고 마지막으로 그를 찔러 죽였을 때, 그가 나를 향해 짓던 미소까지. 그러고 나서 나는 의식을 잃었다. 참 이상한 느낌이었다. 깊은 꿈속으로 빨려 들어가는 듯했다. 꿈속에는 아무 것도 없었다. 그저 깨끗한 하늘색뿐이었다. 마치 환설제국에 겨울이 끝나고 봄이 왔을 때의 하늘 같았다.

내가 깨어났을 때, 황탁은 편풍을 치료하고 있었고 요천은 잠에 빠진 성궤를 안고 힘없이 바닥에 앉아 있었다. 그리고 조애는 엎드린 채 입에서 흘러나온 흰 피로 바닥을 물들이고 있었다. 그녀의 피는 겨울에 쌓인 눈이 녹은 물 같았다. 한편 아무렇게나 주저앉아 있는 접철은 이미 두 눈에 초점이 없었다. 그녀의 용모는 잠깐 사이 수백 살 넘게 늙어버린 듯했다. 나는 그녀의 목에서 월신의 예리한 달빛 검에 찔린 상흔을 발견했다.

궁전 끝의 탄식의 벽도 벌써 무너져버린 뒤였다. 먼지가 자욱이 날리다가 천천히 가라앉았다.

접철이 고개를 저으며 말했다.

"믿을 수 없어, 환설산 밖의 인물이 탄식의 벽을 무너뜨리다니……."

월신이 수중의 달빛을 추스르며 말했다.

"죽일 필요도 없겠군요. 그녀는 벌써 죽었어요."

주작궁을 나설 때, 조애가 내게 말했다.

"폐하, 사실 우리 무악족의 전설에서 접철은 착하고 아름다운 최고의 여신이랍니다. 폐하께서 음악에 정통하시다면 분명히 아실 거예요. 그렇게 화려한 곡을 연주할 수 있는 이는 절대로 흉악한 마음을 가질 수 없어요."

월신이 말했다.

"그래서 저도 그녀를 죽이지 못했죠. 폐하, 그녀는 우리에게 가장 강력한 살초를 쓰지 않았어요. 그렇지 않았으면 요천과 성궤는 그녀에게 죽었을 거예요. 본격적으로 그녀와 맞섰을 때, 저는 비로소 깨달았죠. 그녀의 암살술은 결코 저보다 못하지 않았어요."

나는 뒤를 돌아보았다. 주작궁의 본래의 푸른 광채는 이미 온데간데 없었다. 나는 접철이 자신의 모든 영능력을 거뒀고, 궁전도 덩달아 크고 화려한 폐허로 변했음을 알았다. 궁전 안에서 궁녀들과 악사들이 줄줄이 빠져나오고 있었다. 아마도 접철의 명령을 받아 떠나는 것이리라. 우리가 허물어진 탄식의 벽을 넘을 때, 접철은 내게 말했다.

"캐슬, 나는 더 이상 이 궁전을 지키고 싶지 않다. 그 동안 나는 내 감정이야말로 세계에서 가장 위대한, 짙고 절망적인 감정이라고 생각했다. 그런데 나를 완전히 능가하는 또 다른 감정이 있다는 걸 알았다. 그래서 더 이상 이 주작궁을 수호할 필요가 없어졌다. 이제 나는 인간 세상으로 가게 될 것이다. 그곳에서 거문고를 타고 노래를 불러 속세의 인간들에게 나의 환접금幻蝶琴을 기억하게 하겠다. 조애의 어미가 무음금을 기억하게 만든 것처럼."

그때 내가 본 그녀의 미소 띤 얼굴은 버들개지처럼 가볍고 온화했다. 이 절세의 미녀는 이제 고고하고 모든 것 위에 군림하는 남방호법이 아니었다. 그저 평범한 여자로서 거문고를 품고 구슬픈 곡을 타고 있었다.

나는 제왕의 신분임에도 그녀에게 허리를 숙였다. 과거에 그녀의 삶속에 어떤 사람이 있었고, 총총히 그녀의 삶의 궤적을 지나 떠나갔는지 궁금했다. 그 짧은 세월이 어떻게 수백 년, 수천 년이 흐른 지금까지 그녀의 시름이 되고 있을까. 접철은 내게 환몽 하나를 건네며 그속에 그 사람의 모습이 들어 있다고 말했다. 그 환몽은 그녀가 천 년간 매일 밤 쉬지 않고 만든 것이라고 했다.

그 환몽 속에는 벚꽃 잎과 눈으로 뒤덮인 뜨락이 있었다. 바람이 불어 눈이 내리는 것처럼 꽃잎이 날렸다. 이윽고 눈이 쌓인 뜨락 중앙에 한 남자가 나타났다. 밝고 따뜻한 웃음과 칠흑 같은 눈썹, 반짝이는 눈동자의 소유자였다. 그가 접철 앞에 다가가 고개를 숙여 그녀에게 미소를 지었다. 파열하는 아침 햇살처럼 찬란한 미소였다. 순간, 한줄기 바람이 불어 어지러이 벚꽃이 날리고 하늘이 핏빛으로 빨갛게 물들었다. 동시에 그의 머리칼과 긴 옷이 펄럭이며 소리를 냈다. 이윽고 화면이 멈추면서 모든 게 안개처럼 서서히 흩어졌다.

내 이름은 접철, 무악족의 공주로 태어났다. 어머니는 내가 태어날 때, 탁월성濁越星이 하늘 정상까지 솟아올라 그 차갑고 맑은 광채를 내 눈동자 속에 떨어뜨렸다고 말씀하셨다.

나는 어릴 때부터 뛰어난 영능력을 지닌 아이였다. 언니, 오빠들보다도 훨씬 머리칼이 길었다. 그들은 모두 나를 귀여워했고 틈만 나면 나를 들어 어깨 위에 올려주었다. 그리고 말끝마다 내 이름을 불렀다, 접철, 접철, 접철이라고.

내가 가장 좋아한 오빠는 막내오빠, 지묵遲墨이었다. 우리 무악족에서 가장 어린 남자애였던 그는 머리칼이 벨벳처럼 부드러웠다. 우리는 어려서부터 함께 자랐다.

지묵은 나처럼 영능력이 출중했다. 그는 내게 많은 것을 가르쳐주었다. 환상을 조종해 빛의 현을 만드는 방법도, 부드러운 눈매도, 미소 짓는 입모습도 그에게서 배웠다.

우리 둘 다 어렸을 때, 지묵은 자주 나를 데리고 눈안개 숲 깊은 곳으로 놀러갔다. 그곳에서 우리는 거대한 새들이 지저귀며 숲의 어두운 그림자 속을 지나는 걸 보았다. 처량하고 찢어질 듯한 새 소리가 짙푸른 하늘에 가닥가닥 투명한 상흔을 남겼다. 지묵은 다급히 날아가는 그 새들을 보며 내게 말하곤 했다.

"너, 하늘 위로 날아가 구경하고 싶지 않니?"

"응, 그러고 싶어. 구름 위에는 벚꽃이 가득 피었거나 망령들이 살고 있을 거야."

막내오빠가 말을 걸 때마다 나는 햇살 아래 짙고 엷은 반점이 생긴 나무 그늘이 그의 희고 반짝이는 눈동자 속에 드리워지는 걸 보았다. 그래서 나는 꽤 여러 번 그의 눈이 검은색이라고 착각하곤 했다. 마치 먹처럼 순수하고 신비한 그 검은색이 모든 것을 포용하고 덮어줄 것만 같았다. 그는 언제나 까닭 모를 두려움증에 시달리는 내게 맑고 아름다운 웃음을 지어주었다. 그의 웃음은 밝은 햇빛 조각들이 탈바꿈한 영롱한 꽃송이 같았고, 웃는 그의 얼굴은 잔잔한 물결이 조용히 일렁이고 있는 듯했다.

나는 줄곧 지묵의 몸에서 꽃봉오리가 터질 적의 맑은 향기가 난다고 믿었다. 그의 옷에 꽃의 요정이 산다고 믿었던 것처럼.

비록 짧은 순간의 향기라도 영원히 흐르며 계속될 수 있다.

지묵은 나보다 10살이 많았다. 내가 120살일 때, 내가 가장 좋아하는 막내오빠, 지묵은 이미 130살이 되었다. 어느 날 아침, 그와 놀러 갈 준비를 하려고 방에서 뛰어나왔을 때, 나는 눈 내린 정원 가운데 서 있는 그를, 훌쩍 성인이 돼버린 지묵을 보았다. 그가 고개를 돌린 찰나, 나는 주변의 벚꽃들이 활짝 봉오리를 벌리는 소리를 들었다.

내 앞에 서 있던 지묵은 키가 훤칠하고 체격이 건장했으며 구름처럼 풍성한 머리칼을 길게 늘어뜨리고 있었다. 그는 아버지보다, 다른 오빠들보다 훨씬 잘 생겼으며 검처럼 곧고 예리한 눈썹이 귀밑머리까지 비스듬히 뻗어 있었다. 그리고 눈은 맑은 광채를 쏟아내는 별처럼 반짝였고 얼굴은 차가운 한풍에 깎인 듯 윤곽이 분명했다. 그가 나를 마주보고 흰 이를 드러내며 씨익 웃었다. 아침햇살처럼 찬란한 그 웃음이었다.

그의 등 뒤에서 벚꽃들이 활짝 꽃을 피웠다.

그가 내 앞에 다가와 고개를 숙이고 내게 말했다.

"접철, 잘 잤니?"

10년 뒤, 나도 성인의 모습으로 변모했다. 나는 지묵 앞에 서서 10년 전, 그가 그랬던 것처럼 그를 향해 미소를 지었다. 그가 가늘게 눈을 뜨고 나를 마주보았다. 속눈썹이 길고 부드러워 보였다. 그가 말했다.

"접철, 넌 내가 본 가장 아름다운 여자야. 내 어머니보다 예쁘구나."

지묵의 어머니는 무악족의 왕인 아버지의 귀비 중 하나였고 아주 오래전 세상을 떠났다. 그녀의 죽음은 알 수 없는 모종의 이유 때문이었으며 그것은 비밀로 부쳐졌다. 아버지와 내 어머니를 제외하고는 아무도 그 비밀을 알지 못했다.

지묵은 어려서부터 엄마 없는 아이로 자라났다. 하지만 그는 언제나 조용하고 마음씨가 착한, 누구와도 싸울 줄 모르는 온화한 아이였다. 성인이 된 뒤에도 여전히 그러했다. 그는 한 송이 꽃이 활짝 핀 것만 보아도 환한 미소를 지었으며, 하늘을 우러러 볼 때도 만면에 웃음이 가득했다. 매일 해질녘이면 그는 혼자 궁전의 가장 높은 성벽 위에 올라 거문고를 탔다. 그때마다 무수한 새들이 그의 머리 위를 선회하며 깃털을 떨어뜨렸다. 온몸에 깃털을 뒤집어쓴 그의 모습은 꼭 비둘기처럼 하얗다.

그는 그렇게 백 년을 살았다. 나는 틈만 나면 그에게 물었다.

"오빠, 쓸쓸하지 않아요?"

그가 나를 바라보며 말했다.

"접철만 있으면 난 영원히 쓸쓸하지 않을 거야."

나와 지묵은 동족 가운데 가장 영능력이 강했다. 그런데 나는 아버지의 자랑거리였지만 지묵은 그렇지 못했다. 아버지는 그를 좋아하지 않았다. 어릴 때, 내가 그와 함께 놀고 있는 걸 볼 때마다 아버지는 다가와 나를 어깨 위에 올리고 그만 혼자 남긴 채 가버리곤 했다. 하지만 지묵은 한 번도 괴로워하지 않았다. 그냥 뒤에서 멀건이 나를 바라보고만 있었다. 혹시 내가 돌아보기라도 하면 벚꽃처럼 밝은 웃음을 지으며 멀어지는 나를 조용히 지켜봐주었다.

언젠가 아버지께 왜 그를 좋아하지 않냐고 물은 적이 있었다. 그것은 내 처음이자 마지막 물음이었다. 그 말을 듣자마자 아버지의 온화한 표정이 돌연 서릿발처럼 차가워졌기 때문이다. 아버지는 곧 내 머리칼을 어루만지며 말했다.

"접철아, 내가 늙으면 네가 우리 무악족의 새로운 왕이 되어 대전 중앙에서 거문고를 타야 한단다. 네 선율은 이 환설제국 전체에 울려 퍼질 거야. 너는 이 아버지의 자랑거리란다."

나는 고개를 들어 천신처럼 위엄에 넘치는 아버지의 얼굴을 보았다. 아버지는 내 머리칼을 쓰다듬으며 내게 미소를 지었다. 자욱한 저녁 안개 같은 미소였다.

나는 한 번도 아버지를 원망한 적이 없었다. 단지 막내오빠를 보면서 슬픔과 괴로움을 느낄 뿐이었다. 나는 아버지를 존경했다. 그는 무악족 사상 가장 위대한 거문고의 달인이었다. 지묵도 그를 존경했다. 아버지를 언급할 때마다 그는 눈빛을 반짝이며 존경의 표정을 지었다. 하지만 아버지는 그를 좋아하지 않았다. 이 때문에 나는 오랫동안 괴로워했다.

아버지는 환설제국 황제의 어전 악사이자 무악족 사상 가장 음악에 정통한 남자였다. 과거에 무악족의 왕들은 대부분 여자였다. 그녀들의 선율은 부드럽고 화려했던 반면, 아버지의 선율은 뜨거운 태양처럼 강렬하고 거센 눈보라처럼 포효했다. 나는 아버지가 어전 악사가 된 뒤의 첫 번째 연주를 듣지 못했지만, 부족 사람의 말에 따르면 그날, 환설제국 전역의 하늘에 아버지의 선율이 소환해낸 혼백이 떠다니고 사방팔방에서 모든 새가 일제히 창공으로 날아올랐다고 한다. 그리고 그 새들의 하늘을 찢을 듯한 소리가 오랫동안 검설성 상공에 메아리쳤다고 한다.

나는 확실히 아버지의 자랑거리였다. 그는 검설성에 갈 때마다 나를 데리고 가 각종 제전에 참가했다. 그는 나를 머리 위로 높이 올리고 다른 악사들, 검객들, 무당들에게 말했다.

"이 애가 내 딸이오. 우리 부족의 가장 훌륭한 악사요."

나는 아버지의 머리 위에서 나를 향해 치켜든 그의 웃음 띤 얼굴을 보았다. 검설성의 대전으로 부는 바람이 나의 머리칼과 긴 옷을 나부

껐다. 내 주변의 사람들도 내게 미소를 짓고 있었다. 하지만 내 머릿속에는 지묵의 미소밖에 떠오르지 않았다. 그 와중에도 나는 분분이 떨어지는 작은 꽃잎들이 그의 긴 속눈썹 위에 떨어지고 있지 않을까 궁금했다.

내가 무악족의 궁전을 떠나 검설성에 갈 때마다 나의 막내오빠, 지묵은 정문에 나와 나를 전송해주었다. 그는 나를 내려다보며 이렇게 말하곤 했다.

"접철, 돌아오길 기다리마."

궁전이 시아에서 멀어질 즈음, 뒤를 돌아보면 그의 장포가 바람에 펄럭이는 모습이 보였다. 그의 웃음 띤 얼굴은 성문가에 쏟아지는 맑고 희미한 별빛 같았다. 쉴 새 없이 내리는 싸락눈이 자살이라도 하듯 장렬하지만 부드럽게 검은색 성벽에 부딪쳤다.

그리고 매번 돌아올 때마다 높은 성벽 위에 앉아 나를 기다리고 있는 그가 보였다. 그의 무릎 위에는 오래된 거문고가 놓여 있었고 섬세한 그의 손가락이 현을 퉁겨 구성진 가락을 뽑아내고 있었다. 그럴 때면 수수께끼 같은 새들이 또 그의 머리 위를 맴돌며 우수수 흰 깃털을 떨어뜨렸다. 나는 조용하면서도 늠름한 나의 막내오빠를 보면서 눈가에 뜨거운 눈물이 고이는 걸 느꼈다.

나와 지묵은 성인이 되어 눈안개 숲을 떠난 뒤로 다시는 그곳에 갈 기회가 없었다. 따라서 함께 그 숲의 끝에 가서 슬픈 비명을 지르며 거목의 그늘을 통과하는 새들을 볼 기회도 더 이상 없었다. 단지 이따금 궁전의 높은 담 위에 나란히 서서 머나먼 빙해 저편을 바라볼 뿐이었다.

막내오빠는 해변에서 불어오는 차디찬 바람에 눈이 시리곤 했다. 하지만 그는 눈물이 줄줄 흐르는데도 고집스레 눈을 감지 않았다. 나는 그에게 왜 눈을 감지 않냐고 물었다. 그가 내게 고개를 돌리며 말했다.

"저 새들은 이 바람 속에서도 자유롭게 날고 있잖아. 그러니까 우리도 나약하게 굴면 안 되지."

나는 오빠를 물끄러미 바라보며 뭐라고 대답해야 할지 몰랐다. 그가 다시 웃으면서 말했다.

"그렇게 생각할 필요는 없어. 세상의 일들은 원래 답이 없는 거니까."

말을 마치고 그가 명랑하게 웃음을 터뜨렸다. 그의 웃음에서 꽃향기가 나는 듯했다.

지묵은 늘 내게 물었다.

"접철, 넌 빙해 저편에 뭐가 있는지 아니?"

나는 그에게 말했다.

"아버지가 말씀해주셨어. 그곳은 화족이라는 사악한 종족이 사는 곳이래."

지묵은 빙해 건너편 방향을 바라보면서 한참 동안 입을 다물었다. 그가 나를 등지고 있는 바람에 눈을 볼 수가 없었지만 나는 능히 짐작할 수 있었다. 그의 눈 속에는 분명 하늘을 나는 새 그림자가 가득차 있을 거라고.

해변의 바람은 언제나 거셌다. 막내오빠는 늘 내게 물었다.

"접철, 춥지 않니?"

그러고는 다가와서 장포를 벌리고 그 속에 나를 집어넣었다. 활짝 핀 꽃 냄새가 물씬 풍겼다. 나는 꽃들이 활개 치며 날리는 정원에 그와 함께 있는 걸 상상했다.

나의 막내오빠는 어린 시절부터 남들과 얘기하는 걸 좋아하지 않았다. 언제나 혼자 한 자리에 머물며 조용히 평범하게 시간을 보냈다. 그가 내게 가장 자주 한 말이 있었다.

"너, 나와 함께 떠나지 않을래?"

당시 나는 그의 뜻을 이해하지 못하고 물었다.

"떠난다고? 오빠, 우리 무악족을 떠난다는 거야?"

나를 바라보는 그의 눈 속에 저녁노을 같은 슬픔이 담겨 있었다. 그는 내 어깨를 붙잡고 얼굴을 숙이며 말했다.

"이 오빠는 너를 데리고 떠나고 싶어. 이곳을 떠나 빙해 저편으로 가고 싶어. 너는 어떠니?"

나는 새삼 그의 얼굴을 다시 보았다. 깊은 상흔처럼 고통의 표정이 새겨져 있었다. 나는 말했다.

"오빠가 가자고 하는 곳이면 어디든 따라갈게."

지묵이 내 어깨에 얼굴을 묻었다. 울음소리는 나지 않았지만 그의 눈물이 내 목을 타고 흘러내렸다. 나는 무악족 사람의 눈물이 이렇게 뜨거울 줄 몰랐다. 거의 화상을 입을 것 같았다.

지묵이 낮은 어조로 말했다.

"아니, 넌 어디에도 가서는 안 돼. 무악족의 궁전에서 새 왕이 되어 행복하게 살아가야 해. 잊어서는 안 되지, 너는 아버지가 가장 사랑하는 딸인 걸."

한 마리 산설조가 쉰 목청으로 우짖으며 다급히 하늘을 날아갔다.

내가 190살이 되었을 때, 아버지는 정식으로 내가 새로운 왕이 되었음을 선포했다. 그날, 널따란 궁전에 아버지의 목소리가 유난히 쩌렁쩌렁 울려 퍼졌고 궁전 위에 한참 동안 그 여운이 남아 있었다. 나는 대전 중앙에 서 있었다. 어디서 불어왔는지 모를 바람이 계속 내 머리칼을 날려 눈을 가렸다. 나는 지묵의 웃는 얼굴을 보고 싶었다. 그를 보면 이토록 안절부절하지 않을 것이다. 하지만 뒤엉킨 머리칼 사이로 내가 본 것은 그의 모호한 웃음이었다. 희디흰 치아, 멋진 눈썹은 여전했지만, 파열하는 아침햇살 같던 그의 웃음과는 차이가 있었다. 그래도 나는 금세 안정을 찾았다. 주위에 흐르는 활짝 핀 꽃향기를 맡았기 때문이다.

즉위식이 거의 끝나갈 때, 나는 환설제국의 지엄한 황제를 보았다. 내 즉위식에 참석하러 온 그는 나의 아버지처럼 건장하고 위엄이 넘쳤다. 그리고 감히 범접할 수 없는 신성한 광채를 발산했다. 그가 내게 다가와 미소를 지으며 말했다.

"접철, 난 네가 네 부왕父王이 가장 아끼는 딸임을 안다. 네게 거문고를 선물할 테니 손을 내밀어라."

무심코 손을 내밀었을 때, 나는 열 손가락 끝에서 경미한 통증을 느꼈고 그 통증은 곧 씻은 듯이 사라졌다. 나는 고개를 들어 황제를 보았다. 그는 여전히 웃으면서 말했다.

"접철, 네 영능력을 시험해 보거라."

그의 지시대로 주문을 외우자마자 돌연 내 두 손 사이에 열 가닥의 빛나는 녹색 현이 나타났다. 그 빛은 순식간에 대전 전체를 뒤덮었다. 그리고 손가락으로 가볍게 현을 퉁기자 예전에 들어보지 못한 선율이 흘러나왔다.

황제는 높은 옥좌에 앉아 내게 미소를 지으며 말했다.

"오늘부터 그 거문고를 환접금이라고 부르겠다."

이윽고 나와 대전의 모든 부족 사람은 무릎을 꿇었다. 나는 황제를 향한 찬양과 숭배의 함성을 들었다.

그런데 황제가 막 대전을 빠져 나가려다가 갑자기 걸음을 멈췄다. 그가 멈춘 곳은 바로 막내오빠 앞이었다. 나의 막내오빠, 지묵은 바닥에 무릎을 꿇고 묵묵히 고개를 숙이고 있었다.

나는 황제의 안색이 삽시간에 변하는 걸 보았다. 그의 눈 속에 서릿발처럼 차가운 기운이 번뜩였다. 그가 휙 고개를 돌려 아버지를 응시했다. 아버지의 얼굴이 두려움으로 창백해졌다. 이어서 황제의 얼굴이 시퍼런 살기로 뒤덮였다. 그의 전신에 폭증하는 엄청난 위력이 내 몸에까지 느껴졌다. 이때 나는 비로소 알았다. 그의 마법이 얼마나 무시무시한가를.

아버지의 힘없는 목소리가 들렸다. 그는 기어들어가는 목소리로 겨우 입을 열었다.

"폐하, 제가 어떻게 해야 할지 알고 있습니다."

나는 황제가 대전을 떠나는 것을 지켜보았다. 바람이 그의 곤룡포를 파고들어 날개를 편 백로인 양 긴 소매를 펄럭였다. 그가 대전을 나가자마자 나의 막내오빠가 풀썩 바닥에 쓰러졌다. 그의 눈은 감겨 있었고 머리칼은 멋대로 흩어져 있었다. 그리고 입에서 희고 영롱한 피가 끊임없이 흘러나왔다.

아버지가 다가와 그를 안고서 대전을 떠났다. 정문을 나서면서 그가 나를 돌아보며 말했다.

"접철아, 이제부터 넌 우리 무악족의 왕이다. 네 한 몸에 우리 부족 전체의 운명이 달려 있다."

아버지는 이미 떠났고, 다른 사람들도 모두 자리를 떴다. 나만 홀로 텅 빈 대전 가운데에 서서 어디로 가야할지 몰라 하고 있었다. 고개를 들어 높은 천정을 우러러 보았다. 눈물이 비처럼 쏟아졌다.

그날 이후, 나는 더 이상 나의 막내오빠, 지묵을 만날 수 없었다.

막내오빠가 내 곁을 떠난 날부터 나는 매일 비슷비슷한 꿈을 꾸었다. 꿈속에서 그는 항상 맑은 미소를 지으며 눈처럼 흰 옷을 입고 높은 성벽에 우뚝 서 있었다. 그는 내가 돌아오기를 기다리고 있었다. 무수히 많은 새들이 떼를 지어 날다가 흩어지기를 반복했다. 마치 순식간에 천 가지, 만 가지 모양으로 바뀌는 뜬구름 같았다. 깃털이 떠돌다 떨어지고 벚꽃이 봉오리를 터뜨리는 와중에 막내오빠는 바람 속에서 긴 옷을 휘날리며 거문고를 탔다. 그의 손가락은 건조하고 날렵했다. 밝고 탁 트인 그의 선율은 실로 파열하는 아침햇살 같았다. 그리고 오빠의 목소리가 들렸다. 그는 내게 자신의 절망, 고통, 무엇과도 바꿀 수 없는 사랑을 호소했다. 꿈이 마지막에 이르면 허공에서 춤추던 벚꽃들이 전부 붉은색으로 돌변했다. 물속에 녹아든 새벽빛의 환영처럼 진한 선홍색이었다. 그러고 나서 모든 것이 사라지고 천천히 흩어지는 안개 속에서 오빠의 웃는 얼굴이 깜박거렸다.

나는 틈만 나면 아버지에게 물었다. 막내오빠가 어디에 있냐고. 무슨 일이기에 날 보러 오지 않느냐고.

그때마다 아버지는 입을 다문 채 그저 하늘을 바라보며 허공을 긋고 지나가는 산설조를 손으로 가리킬 뿐이었다. 그는 내게 말했다.

"접철아, 저 새들을 보렴. 얼마나 자유로워 보이니!"

나는 문득 옛날 생각이 났다. 지묵을 따라 눈안개 숲 깊은 곳에 가, 숲 그림자를 뚫고 날아가는 새들을 보았고, 나무 그늘이 그의 눈동자 속에 떨어져 바뀐 신비로운 검은색을 보았다. 하지만 눈 깜짝할 사이에 백 년이 지나가버렸다.

하늘 끝에서 천둥이 울려, 환설제국 전체를 꿰뚫고 지나갔다.

나의 막내오빠, 지묵은 200살에 죽었다. 내 나이 190살에 무악족의 왕이 된 바로 그해의 일이었다.

내가 오빠를 죽였다. 내가 가장 사랑했던 지묵 오빠를, 몸에서 맑은 꽃향기를 풍기던 오빠를, 세상 누구보다 나를 사랑해준 오빠를, "접철만 있으면 난 영원히 쓸쓸하지 않을 거야"라고 말했던 오빠를.

막내오빠가 실종된 지 한 달 뒤, 나는 어떤 꿈을 꾸었다. 꿈속에서 지묵은 제단 아래 어둡고 축축한 공간에서 벽 위에 못 박혀 있었다. 헝클어진 머리칼에 가려져 그의 잘 생긴 얼굴을 볼 수가 없었다. 하지만 나는 알고 있었다. 오빠가 얼마나 고통스러울지를.

나는 다시 아버지를 찾아갔다. 아버지는 그제서야 오빠에 관한 비밀을 털어놓았다. 아버지의 목소리는 느리고 왠지 비현실적이었다. 나는 마치 몽롱하면서도 의식만은 뚜렷한 꿈을 꾸고 있는 듯했다. 꿈에서 깨었을 때, 내 뺨은 벌써 흐르는 눈물에 흠뻑 젖어 있었다.

아버지는 본래 지묵의 어머니야말로 자신이 평생 가장 사랑한 여자였다고 고백했다. 그런데 그녀는 붉은 눈동자와 불꽃처럼 일렁이는 긴 머리의 소유자였다. 바로 화족의 여자였던 것이다. 아버지에게 시집올 때 그녀는 아직 빙족 여성의 외모였지만 200살이 되자마자 돌연 눈과 머리칼이 모든 것을 불태우는 화염의 빛깔이 되었다. 빙족에게 붉은색은 재난의 불씨나 다름없었다.

그녀는 아버지를 위해 지묵을 낳았다. 지묵이 태어날 때, 그녀는 빙검으로 직접 자기 배를 갈랐다. 그러자 눈부신 불꽃들이 땅 위에 쏟아졌고 바로 그 속에서 지묵이 모습을 드러냈다. 편안한 표정에 초롱초롱한 눈빛을 가진 아기였다. 잠시 후, 불꽃이 사그러들자 그의 눈동자와 머리칼 색깔을 확인할 수 있었다. 그것은 아버지처럼 하얀 색이었다. 그러나 아버지는 알고 있었다. 200살이 되었을 때, 그 역시 화족의 외모를 되찾으리라는 걸.

내 즉위식 날, 황제는 지묵 옆을 지나치다가 그가 화족의 후예임을 알아챘다. 그래서 아버지에게 그를 제거하라고 명령한 것이다. 더욱이 황제는 가장 잔혹한 형벌을 내릴 것을 암시했다. 이 때문에 나의 막내 오빠는 40일간 빙검으로 벽 위에 못 박힌 채, 피가 다 빠져나갈 때까지 천천히 죽어가야 했다.

이 사실을 듣고서 나는 오랫동안 흐르는 눈물을 가누지 못했다. 마지막 피 한 방울까지 다 흘리고 가벼워질 대로 가벼워진 오빠의 외로운 육체가 떠올랐기 때문이다.

나는 마침내 제단 아래 어두운 석실에서 지묵을 보았다. 그는 몇 자루 빙검에 의해 두터운 현무암 벽 위에 못 박혀 있었다. 붉은 피가 그의 가슴을 꿰뚫은 빙검을 따라 쉴 새 없이 흘러내려 차가운 바닥에 고였다. 나는 그의 머리칼과 눈동자가 이미 불꽃의 선홍색으로 변했음을 알았다.

가까이 다가선 나를 그가 몸을 굽혀 내려다보았다. 머리칼에 가려진 그의 얼굴에서 나는 고통과 원한을 찾아볼 수 없었다. 오히려 감사로 가득한 고요한 표정을 보았다.

그가 내게 말했다.

"접철, 모든 걸 알아버렸구나."

나는 그의 붉은 눈동자를 바라보며 고개를 끄덕였다.

"응. 그래, 막내오빠."

그가 또 말했다.

"괴로워하지 마. 나는 한 번도 아버지를 원망해본 적이 없어. 그리고 너를 참 좋아했단다. 나는 이 세계에서 살 수 있었던 걸 행운이었다고 생각해. 나 대신 아버지를, 우리 무악족 사람 하나하나를 잘 돌봐줘."

내가 갔을 때는, 마침 세 번째 빙검이 그의 가슴을 꿰뚫는 시점이었다. 뼈와 살이 뒤틀리고 벌어지는 끔찍한 소리가 희미하게 들렸다.

나는 오빠의 잔뜩 찌푸린 눈썹을 보며 마음이 갈기갈기 찢기는 듯했다. 그가 나를 지켜보며 말했다.

"괴로워하지 마. 아직 두 번 더 찔려야 해. 그러고 나면 편히 잠들 수 있을 거야."

나는 더 이상 참을 수 없었다.

"오빠, 황제는 너무 잔인해. 난 용납할 수 없어!"

나는 즉시 그에게 다가가, 수중의 빙검을 소환하여 단칼에 그의 목젖을 찔렀다.

지묵은 고개를 떨궜고 그의 머리칼이 내 얼굴을 덮었다. 나는 내 눈 속에 떨어지는 그의 눈물을 느끼며 그의 목구멍에서 전해지는 어렴풋한 목소리를 들었다.

"왜 이런 어리석은 짓을…… 나 때문에 법을 어기다니……."

나는 잠긴 목소리로 말했다.

"오빠가 이렇게 괴로워하는 걸 내가 어떻게 볼 수 있어!"

지묵의 선혈이 내 손에 들린 빙검을 따라 흘러내려 나의 마법복을 붉게 물들였다.

자신이 혹형을 명령한 지묵을 내가 죽였다는 소식을 듣고 황제는 벽력처럼 화를 냈고, 나를 바라보는 아버지의 눈 속에는 슬픔과 안타까움이 그득했다. 나는 아버지를 꼭 껴안았다. 잠깐 사이, 아버지의 얼굴에 쭈글쭈글한 주름이 빠르게 자라는 넝쿨식물처럼 늘어나 있었다. 그가 말했다.

"너, 어떻게 할 셈이냐?"

"아빠, 저는 이제 무악족의 왕이 될 자격이 없어요. 이 궁전을 떠나 어디에서건 은거하며 여생을 보낼래요."

아버지는 아무 말도 하지 않았다. 하늘을 가르며 나는 새들의 긴 울음소리만 들렸다. 고개를 드니 펄펄 날리는 새들의 회색 깃털과 지묵 오빠의 눈빛이 어슴푸레 떠올랐다. 슬픔이 온 마음을 뒤흔들며 밀려들었다.

막 궁전을 떠날 채비를 하고 있을 때, 나는 높은 성벽 아래에서 한 여자를 만났다. 그녀는 자신의 이름이 연제라고 소개하면서, 지묵에 대한 나의 감정이 전설 속의 탄식의 벽을 감동시킬 수 있는지 보러 가지 않겠냐고 물었다. 나는 나의 부족이 살고 있는 궁전을 돌아보았다. 너무나 하찮고 위태로운 유리 궁전처럼 느껴졌다. 연제가 말했다.

"맞다. 그것은 유리 궁전에 불과하다."

나는 그녀에게로 휙 고개를 돌리며 물었다.

"내 생각을 어떻게 읽을 수 있죠?"

연제는 잠시 조용히 있다가 입을 열었다.

"난 네가 최고의 영능력을 지닌 악사라는 걸 안다. 너는 무악족의 신화에 나오는 탄식의 벽에 가보고 싶지 않느냐?"

나는 고개를 숙이고 생각에 잠겼다. 이제 검설성의 그 무엇도 내가 미련을 가질 만한 게 없었다. 나는 가볍게 고개를 끄덕였다.

고개를 끄덕이자마자 내 몸 주위로 수천, 수만 장의 꽃잎이 모여들었다. 그것은 환각이 아닌 게 분명했다. 연제가 손가락을 구부려 마법을 펼치는 걸 보았기 때문이다.

검설성을 떠나면서 내 머릿속에는 무수한 장면들이 떠올랐다. 막내오빠가 눈 쌓인 정원에서 내게 고개를 숙이고 미소를 짓고 있었다. 날아가는 새 그림자가 번지는 밤의 어둠처럼 그의 환멸이 더해가는 눈 속에 떨어졌다. 그리고 성문 앞에 서서 내가 돌아오길 기다리던 오빠의 별처럼 빛나던 눈, 꽃향기를 풍기던 옷자락도 보였다. 가장 높은 성벽 위에서 나를 기다리며 거문고를 타고 있었을 때, 그는 북방에서 불어오는 바람에 머리칼을 헝클어뜨리며 티 한 점 없는 마법복을 펄럭였다. 그의 눈물이 떨어져 나의 얼굴을 적시고, 또 그의 남색 마법복을 적시며 연꽃이 피듯 번졌다……

등 뒤에서 우르릉 우르릉 천둥소리가 이어졌다. 마치 도시 하나가 통째로 무너지고 있는 듯했다.

고개를 드니, 활짝 핀 꽃들의 맑은 향기가 사방을 꽉 채우고 있었다.

오빠, 오빠, 사랑하는 나의 오빠 지묵이 마침내 내 눈 앞에서 사라졌다.

오빠, 날 용서해줘. 나는 떠날 거야, 이 혼란한 궁전을, 내 푸른 청춘이 묻힌 성을 떠날 거야. 아마 하늘의 끝에서 다시 오빠의 영혼을 만날 수 있겠지. 그때가 되면 내게 미소를 지어줘, 아침햇살 같던 그 미소를. 그러면 난 웃으면서, 흐르는 눈물을 다 흘리고서 오빠가 자유로이 부르는 노래를 들을 거야.

성궤가 혼수상태에서 깨어나지 못하는 바람에 우리는 계속 발이 묶여 있었다. 북방호법의 영지를 눈앞에 두고 있었으므로 성궤의 도움이 없이 나아가면 언제 위험에 빠질지 모르기 때문이었다.

북방호법의 궁전인 현무궁은 설산 꼭대기에 있었다. 남방호법의 영지에서도 본 적이 있기는 했지만 날카로운 삼지창처럼 푸른 하늘을 찌르고 있는 그 희고 웅대한 궁전은 기괴하면서도 아름다웠다. 성궤가 잠들어 있던 며칠간 우리는 밤마다 그 궁전 첨탑 위의 별들이 신비한 궤적을 따라 위치를 바꾸는 걸 볼 수 있었다. 이따금 궁전 전체에서 눈부신 백색 광선이 발출되어, 성구와 성궤의 미간에 있는 흔적 같은 거대한 육망성을 하늘에 새겼다.

혼절한 지 사흘 만에 갑자기 성궤가 깨어났다. 하지만 잠시 후 또 의식을 잃었다. 깨어난 그 짧은 시간 동안, 그녀는 입에서 흰 피를 울컥울컥 토하면서 황탁의 소매를 움켜쥐고 고통스럽게 말했다.

"나를…… 나를 주작궁에…… 다시 데려다줘요."

이 말을 마치자마자 그녀는 깊은 잠에 빠졌다.

우리가 성궤를 데리고 이미 폐허가 된 주작궁으로 돌아오자 그녀가 깨어나기 시작했다. 전신의 영능력이 모두 흩어진 것처럼 약해질 대로 약해진 것처럼 보였다. 황탁이 흰색 방어결계 속에 그녀를 넣었고, 그녀는 그 속에서 하루하루 원기를 회복했다.

이렇게 주작궁에서 거의 보름을 기다린 뒤에야 비로소 성궤는 추스르고 일어날 수 있었다.

성궤는 내게 점성술사들 사이의 어떤 특수한 법칙에 관해 말해주었다.

"영능력이 강한 점성술사는 자신보다 약한 점성술사를 쉽게 제압할 수 있어요. 심지어 어린아이의 손목을 비틀 듯 조종하고 죽일 수도 있죠. 이것은 가장 오래된 빙하 시대부터 점성술사들 사이에 전해 내려온 전통이며 누구도 이 한계를 벗어날 수 없답니다. 그래서 점성술사인 사람이 영능력이 약하면 비참한 상황에 빠지기 쉬워요."

그래서 현무궁의 통제 범위 안에 들어갔을 때, 북방호법 성주星畫가 활동을 개시하면 곧장 자신의 능력이 완전히 봉쇄될 수 있을 뿐더러 자칫 그의 손에 무력하게 죽을 수도 있다고 했다. 게다가 현무궁은 설산의 최정상에 위치하고 있기 때문에 다른 어떤 호법들보다 성주의 통제 범위가 훨씬 넓다는 것이다.

나는 성궤에게 물었다.

"설마 그녀의 영능력이 그토록 강하단 말인가?"

성궤가 내 쪽으로 몸을 돌리고 말했다.

"그래요, 폐하. 폐하의 할머님이 얼마나 훌륭한 점성술사인지 아시죠? 그분이 폐하께 드렸던 생생한 환몽은 저희 오빠도 만들 수 없는 것이었어요. 하지만 할머님이 사용하시던 낙성장은 성주의 종성장縱星杖을 당해낼 수 없답니다. 요 며칠 현무궁 위에 떠 있던 별들을 보셨잖아요? 그것들이 쉼 없이 위치를 바꾼 것은 성주가 그 궤적을 조종했기 때문이에요. 별들의 운행까지 좌지우지하는 능력은 평범한 점성술사들로서는 흉내도 낼 수 없는 경지랍니다."

나는 머리를 숙이고 아무 말도 하지 않았다.

황탁이 다가와 자기 딸이라도 되는 듯 성궤를 안아 들고 미소 지으며 말했다.

"북방호법의 영역에 들어가면 내 방어결계 속에 들어가 있으면 되잖니. 네가 나오지만 않으면 절대로 성주에게 살해될 일은 없을 게다."

그의 웃는 얼굴은 침착하면서도 굳건했다. 나는 불현듯 옛날 화족이 검설성 아래까지 육박해 들어왔을 때의 아버지가 생각났다. 당시 그의 표정도 이렇게 단단한 한빙옥寒冰玉처럼 굳건했었다.

월신이 말했다.

"황탁, 그러면 당신은 어쩌려고요? 흑마법도 전혀 못하면서 누가 공격해오면 어쩔 거예요?"

황탁이 웃으며 대답했다.

"상관없어요."

이번에는 편풍이 나서서 말했다.

"걱정 말아요. 내가 황탁 옆에서 그를 지킬 테니. 그리고 요천도 있잖아요. 내 생각에 나와 요천이면 북방호법과 대적할 수 있을 겁니다."

그 후로 3일 동안, 성궤는 매일 밤 높은 산봉우리에 올라 별점을 쳤다. 그녀가 하늘을 우러러 낙성장을 치켜들면 별빛들이 모여 한 줄기 밝은 광선으로 쏟아지며 그녀를 감쌌다. 그 주변에는 언제나 거센 바람이 불었다. 그리고 그녀의 머리칼과 점성복이 허공으로 치솟으면 나는 은은한 대지의 진동을 느꼈다.

그처럼 오랫동안 강렬하게 진행되는 점성 의식은 처음이었다. 우리는 모두 산비탈에 서서 숨을 죽이고 있었다. 3일째 되는 날, 성궤가 의식을 끝내자마자 별빛들로 이뤄진 빛의 기둥이 유리처럼 부서져 그녀의 발치에 흩어졌다. 나는 정상에 있던 성궤의 그림자가 꼿꼿이 선 채로 뒤로 넘어가는 것을 보았다. 긴 옷자락이 찢어질 듯 바람에 펄럭였다. 성궤의 몸이 지면에 닿기 전에 어느새 황탁이 뛰어 올라가 그녀를 끌어안았다. 그리고 즉시 방어결계를 소환해 그녀를 그 속에 집어넣었다. 나는 그 투명한 빛의 공 속을 들여다보았다. 성궤의 입가에서 끊임없이 흰 피가 흘러나오고 있었다. 그녀의 상태는 북방호법의 영지에서 혼절했을 때와 거의 비슷했다.

세 번째 날에 성궤는 현무궁으로 들어가는 자세한 노선을 찾아냈다. 어디서 멈추고, 또 어디서 밤새 길을 재촉해야 하는지 알아내느라 성궤는 대부분의 영능력을 소진해버렸다. 황탁은 다시 영능력을 회복하는 결계를 펼쳐 성궤를 집어넣었다. 잠시 후, 우리는 그녀를 데리고 길을 떠났다. 북방호법의 영지에 들어간 뒤에도 그녀는 계속 황탁의 결계 속에 있어야 했다. 그렇지 않으면 성주에게 언제 목숨을 빼앗길지 모르기 때문이었다.

성궤가 택한 노선은 복잡하고 구불구불했다. 숲, 호수, 늪, 암석 지대를 차례로 건넜다. 과연 성궤의 예지는 정확했다. 우리는 북방호법의 영지에 사는 여러 점성술사들 근처를 가까이 지나치면서도 한 번도 정면충돌한 적이 없었다. 성궤는 그때마다 자신의 영능력을 발휘해 그들을 제압했다. 성주와 맞닥뜨리기 전에 우리가 전투력을 소모하지 않도록 하기 위해서였다.

열흘을 걸은 끝에 우리는 설산의 정상에 도착했다. 현무궁이 우리 눈앞에 우뚝 솟아 있었다. 그 궁전은 거의 하늘에 닿을 만큼 높았고 허공을 향해 솟은 성벽의 높이도 수천 장에 이르렀다. 성궤가 방어결계 속에서 현무궁의 구조를 설명했다.

"현무궁은 육망성의 형상에 따라 배치되어 있어요."

육망성의 각 모서리마다 높디높은 탑이 있으며 그 탑들은 별점을 치기에 최적의 장소라고 했다. 그리고 육망성의 중심이 바로 성주의 대전이며, 또 대전의 중심에 성주의 보좌寶座가 있다. 환설산 제성대의 현무암을 깎아 만든 그 보좌는 성주의 무궁무진한 영능력이 불어넣어져, 그녀의 영능력과 서로 보완 관계를 이루고 있다.

우리가 현무궁의 성문 앞에 섰을 때, 성궤가 말했다.

"폐하, 성주는 우리가 벌써 도착한 걸 모르고 있을 게 분명해요. 월신 언니가 몰래 다가가 암살을 시도하면 꼭 성공할 수 있을 거예요."

월신이 다가와 성궤를 둘러싸고 있는 투명한 원형 결계를 껴안으며 말했다.

"염려하지 마. 너를 이렇게 고통스럽게 만든 그녀를 죽여주고 말 테니까."

갑자기 머리 위에서 은은한 목소리가 울려 퍼졌다. 그 목소리는 이렇게 말했다.

"월신, 네가 직접 나를 보러 온다니, 참 좋은 생각이로구나. 그렇지 않으면 네 언니처럼 영문도 모르고 죽을 테니 말이야. 그리고 캐슬, 너를 왕으로 대접해주는 의미에서 길을 잃지 않게 내게 오는 길을 알려주마. 너희가 지금 서 있는 곳은 현뢰絃雷 제성대다. 똑바로 오다가 두 번째 골목에서 왼쪽으로 돌면 나를 보게 될 것이다. 그곳에서 너를 기다리겠다……."

곧이어 귀를 찢는 듯한 날카로운 웃음소리가 폭발했다. 귀를 막아도 소용이 없었다. 소리는 아무렇지도 않게 대뇌에 파고들어 웅웅 울려대며 극도의 고통을 느끼게 했다. 나는 성궤를 돌아보고 나서야 왜 성주가 그런 웃음을 터뜨렸는지 깨달았다. 이미 성궤는 방어결계 속에서 의식을 잃고 입에서 흘러나오는 흰 피로 점성포를 흠뻑 적셔놓은 상태였다. 황탁의 입가에서도 피가 흘러나오기 시작했다. 그는 한쪽 무릎을 꿇고 비상하는 산설조처럼 양손을 한껏 뒤로 뻗은 채 있는 힘껏 방어결계를 보호하려 했다. 하지만 그 결계는 점점 작아지는 동시에 두께도 얇아지고 있었다. 황탁의 미간이 잔뜩 찌푸려지고 몸도 눈에 띄게 뒤흔들렸다.

웃음이 뚝 그쳤다. 시작될 때와 마찬가지로 그 끝도 매우 급작스러웠다.

그 목소리가 다시 말했다.

"캐슬, 나를 보러 오거라. 내가 바로 네가 찾는 성주, 북방호법이다. 이 환설산의 가장 위대한 점성술사이니라. 보좌에 앉아 너를 기다리고 있겠다……"

성주는 진작부터 우리의 일거수일투족을 꿰뚫어 보고 있었다. 우리는 성주의 능력을 과소평가했던 것이다. 바람이 현무궁의 사면팔방에서 솟구치며 불어댔다. 우리들의 머리칼과 옷자락이 깃발처럼 나부끼며 춤을 추었다.

월신이 말했다.

"우리의 행동은 성주의 손바닥 위에 놓여 있어요. 그녀의 말대로 하는 것밖에는 다른 선택의 여지가 없는 것 같군요."

성궤가 방어결계 속에서 고개를 들고 내게 말했다.

"폐하, 성주의 능력이 이렇게 뛰어날 줄은 몰랐어요. 제가 감히 대항할 수 없을 정도에요. 죄송해요, 폐하……"

요천이 다가와 무릎을 꿇더니 성궤를 둘러싼 결계에 얼굴을 대고 말했다.

"너를 탓할 사람은 아무도 없단다. 푹 자거라, 맹세코 네게 아무 일도 일어나지 않게 해줄게."

성주가 우리 앞에 나타났을 때, 성궤와 황탁은 벌써 기절해 넘어져 있었다. 황탁의 방어결계는 거의 소진되어 겨우 몇 조각밖에 남아 있지 않았으며 땅 위에 엎어진 성궤는 인사불성이 돼버린 상태였다. 우리가 현뢰 제성대에서 정상으로 오르는 도중에 성주의 영능력은 갈수록 강해졌고, 그만큼 성궤가 받는 충격도 갈수록 심각해졌다. 황탁도 더 이상 방어결계를 지탱할 수 없게 되었다. 성궤는 피가 나도록 입술을 질끈 깨물고 극심한 고통을 참았지만 별 소용이 없었다. 나는 요천의 꽉 움켜쥔 손을 보았다. 흰 뼈가 피부 밖으로 돌출되어 있었다.

"왔구나, 캐슬."

성주가 말을 걸어왔지만 나는 그녀의 입술이 움직이는 걸 전혀 보지 못했다. 그녀의 목소리는 넓은 대전의 어느 알 수 없는 곳에서 들려왔다. 마치 꿈을 꾸고 있는 것처럼 몽롱한 분위기였다. 나는 성주가 환몽으로 우리를 조종하려 한다는 걸 알았다. 벌써 편풍과 요천의 얼굴에 몽롱한 표정이 떠올랐다. 하지만 월신은 아무 영향도 받지 않는 듯했다. 암살술에 능한 그녀에게 그런 암수는 전혀 통하지 않았다. 월신의 표정은 침중하고 살기가 가득했다. 나는 그녀의 손아귀 안에서 달빛이 뭉쳐져 한 자루 검 모양이 되는 것을 보았다.

성주의 목소리가 다시 들려왔다.

"월신, 네가 일부러 내게 그 달빛 검을 보여주고 있다는 걸 알고 있다. 네 진정한 살초가 그 검만이 아니라는 것도 알고 있지. 너는 내게 달려들어 먼저 그 검을 날린 뒤, 내가 막는 틈을 타 눈보라의 마법으로 나를 포위할 생각이겠지. 그리고 그 눈보라 속에 공작 쓸개의 독을 뿌려 내가 중독되면 재빨리 검을 찌를 작정이었지? 안 그런가, 월신?"

나는 월신의 침착한 표정을 보았다. 하지만 그녀의 눈은 경악과 공포의 빛을 감추지 못했다.

성주의 표정은 여전히 기괴하고 꿈결처럼 몽롱했다.

나는 처음으로 절망을 느꼈다. 환설산에 들어온 이후 봉천, 경인, 접철을 차례로 상대했지만 이토록 절망한 적은 없었다. 성주는 상대의 생각을 낱낱이 들여다볼 수 있었다. 그렇다면 어떠한 공격도 그녀에게는 무용지물인 셈이다. 나는 그녀를 격퇴시킬 방법을 찾을 수가 없었다.

나는 월신을 바라보았다. 그녀도 나를 바라보고 있었다. 그녀가 나와 함께 협공하려는 생각임을 알아챘다. 나는 고개를 끄덕였다.

하지만 곧 월신과의 협공도 그녀를 패배시킬 수 없다는 사실이 분명해졌다. 우리가 공격할 때마다 그녀는 미리 그것을 예측해냈다. 공격의 방향, 마법, 심지어 공격의 속도까지 한 치의 오차도 없이 알아맞혔다.

나와 월신은 땅 위에 엎어지고 말았다. 성주의 황홀하고 아득한 미소가 안개 속의 검은 만다라꽃처럼 파멸의 향기를 풍겼다. 위험하고 치명적인 향기였다.

"캐슬, 네 동생을 부활시키는 건 불가능하다. 너는 이 현무궁조차 통과하지 못하지 않느냐? 게다가 내 뒤에는 또 서방호법의 영지가 있다. 아무튼 현무궁의 영능력은 더욱 증가할 테니, 너희는 여기서 뼈를 묻을 수밖에 없다!"

성주의 손바닥 위로 광채가 번뜩이는 빛의 공이 떠올랐다. 그것은 점성술사 특유의 환몽이었다. 성구와 성궤도 그것을 사용한 적이 있었다. 나는 나와 월신이 그 환몽 속에 들어가기만 하면 영원히 깨어나지 못하리라는 걸 알고 있었다.

하지만 내게는 이미 반항할 힘이 남아 있지 않았다. 붉은 태양 아래 놓인 안개처럼 신속하게 영능력이 흩어지고 있었다. 월신을 향해 눈을 돌렸다. 그녀는 땅에 엎어진 채 나를 바라보고 있었다. 나는 그녀의 눈 속에서 절망의 빛을 읽었다.

내가 막 환몽 속으로 추락하는 순간, 불현듯 살을 에는 바람이 뒤에서 대기를 가르며 불어왔다. 그와 함께 무수한 날카로운 얼음 조각이 내 어깨를 넘어 날아갔다. 이윽고 퍽퍽 살 속을 파고드는 답답한 소리가 들렸다.

고개를 드니, 성주가 입을 딱 벌리고 믿을 수 없다는 표정으로 서 있었다. 선혈이 그녀의 가슴에 박힌 얼음조각들을 타고 흘러내려 보좌 위에 떨어졌다.

뒤를 돌아보니 편풍이 내 뒤에 서서 질끈 감은 눈꺼풀 사이로 뜨거운 눈물을 흘리고 있었다. 그리고 넘어져 있는 황탁 앞에 성궤가 산발을 한 채 드러누워 있었다. 그녀의 두 눈은 떠진 채로 하늘을 향해 있었으며 아무 표정도 없는 얼굴은 공허하기만 했다.

성주의 얼굴에 기괴한 미소가 떠올랐다. 그녀의 목소리는 여전히 아득해서 감을 잡을 수가 없었다. 그녀가 말했다.

"너희가 이 현무궁을 지나더라도 서방호법의 영지는 결코 통과할 수 없을 것이다. 왜냐하면 서방호법은……."

성주의 말이 채 끝나기도 전에, 그녀의 가슴에 박힌 얼음조각들 위로 갑자기 날카로운 가시가 돋아났다. 나는 성주의 몸이 파열되는 소리를 들었다. 원래 그녀를 패배시킨 마법은 단순한 파공빙검破空氷劍이 아니라 고도의 점차현빙주漸次玄氷呪였다. 첫 공격이 성공한 후에 곧바로 빙검들 위로 새로운 빙검이 돋아나 두 번째 공격을 하게 되어 있었다. 이 마법은 보통 자신보다 영능력이 뛰어난 적과 맞설 때만 사용한다. 터무니없이 많은 영능력이 소모되기 때문이다. 어떤 의미에서 보면 적을 죽이고 자신도 죽는 수법인 셈이다. 나는 이해가 가지 않았다. 풍족인 편풍이 어떻게 빙족 마법사들의 가장 강력한 수법까지 알고 있을까.

사실 나는 성주가 마지막 말을 끝맺기를 바랐다. 하지만 그녀는 다시는 한 마디 말도 할 수 없게 되었다. 땅바닥에 쓰러진 그녀의 시체에 다가갔다. 아직도 기괴하고 모호한 표정이었다. 나는 내심 그녀가 어떤 비밀을 알고 있었다고 느꼈지만 그게 정확히 뭔지는 가늠할 수 없었다.

우리는 성궤를 현무궁 뒤편의, 벚꽃과 자주색 붓꽃이 지천인 언덕에 묻기로 했다. 요천이 자신의 보검으로 성궤의 무덤을 팠다. 그는 아무 말도 하지 않았지만 나는 그의 눈물이 성궤의 몸을 덮을 검은 진흙 위에 방울방울 떨어지는 것을 보았다. 구덩이를 파는 동안, 땅 속의 단단한 돌멩이에 부딪쳐 그의 보검에 몇 군데 흠집이 생겼다. 이윽고 그가 성궤를 들어 구덩이 속에 넣었다. 그리고 손으로 한 줌 진흙을 퍼서 그녀의 몸에 끼얹었다. 검은 진흙이 성궤의 가냘픈 몸을 덮을 때, 나는 가슴 속에 커다란 구멍이 뚫리는 기분이었다. 머리가 어찔어찔하고, 밝고 가느다란 광선이 박히는 것처럼 태양혈太陽穴이 쑤셨다.

월신은 멀리 떨어진 벗나무 아래 서 있었다. 바람이 그녀의 머리칼과 긴 옷을 휘날렸다. 황탁은 그녀 옆에서 침묵을 지키고 있었고 조애는 성궤의 무덤 앞에 앉아 무악족의 진혼곡을 연주하기 시작했다. 나는 그 곡이 무악족의 가장 위대한 음악임을 알고 있었다. 오직 역대의 제왕들만이 사후에 그 연주를 들을 자격이 있었다. 또한 그 곡은 연주하는 악사의 영능력을 크게 소모시킬 뿐만 아니라, 죽은 이가 불멸의 영혼을 갖게 해준다고 알려져 있었다.

그날 밤, 나는 현무궁 상공에 울려 퍼지는 요천의 처량하고 웅장한 노랫소리를 들었다. 수많은 점성술사가 탑들 위에 모습을 드러냈다. 그들은 말없이 우리를 지켜보고 있었다. 나는 그들 중 대부분이 과거에 성궤와 같은 점성술사 부족의 일원이었으며 아주 오래 전, 이 환설산에 들어와 은거해왔음을 알고 있었다. 하늘 위에 올라서서 옷자락을 휘날리는 그들의 모습은 흰 연꽃처럼 아름다웠다. 아무도 말을 하지 않았고 요천의 노랫소리와 조애의 거문고 소리만이 구름 위를 떠돌았다.

그날 밤, 막 잠자리에 들려 할 때, 문득 성구의 얼굴이 떠올랐다. 그는 이미 누이동생의 죽음을 별점을 통해 알고 있을까, 아니면 아무 것도 모르고 매일 제성대에서 그녀의 안녕을 빌며 그녀의 조용한 미소를 떠올리고 있을까. 나는 괴로운 가슴을 안고 침묵에 빠졌다. 그저 깊디깊은 잠에 빠져들며 새벽하늘을 깨고 붉은 태양이 밝아오기만을 기다려야 했다.

나는 어둠 속에 잠겨 이튿날 잠이 깨지 않기를 바랐다. 그날 밤, 내가 눈물을 흘렸는지는 분명하지 않다. 다만 꿈에서 가위에 눌려, 목구멍 속 깊은 곳에서 시커먼 뭔가가 조금씩 입 밖으로 튀어나오는 것을 느꼈다. 그리고 피로 흥건해진 땅바닥에 쓰러져 있던 성궤의 마지막 모습이 눈앞에 가득했다.

마침내 나는 성주와 성궤의 죽음의 원인을 알았다. 본래 성주를 죽인 사람은 편풍이 아니었다. 바로 한 줄기 바람조차 못 견디는 성궤였다. 편풍은 자신이 대전 중앙에 진입했을 때, 성궤의 목소리를 들었다고 털어놓았다. 그녀는 이렇게 말했다고 한다.

"편풍 오빠, 잠시 후 영능력을 최대한 축적하면서 성주에게 대항할 힘이 없는 척 가장하세요. 그러다가 제가 공중에 얼음조각들을 띄우면 가장 쾌속한 바람으로 그것들을 성주의 가슴에 꽂아야 해요. 성주는 자신의 통제 아래 제가 반항할 힘을 잃었다고 생각하고 있어요. 따라서 제 행동을 예측하는 데는 전혀 힘을 쓰지 않을 거예요. 오로지 폐하와 월신의 행동에만 주의를 기울이겠죠. 편풍 오빠, 저를 꼭 도와주셔야 해요. 이것이 우리가 현무궁을 통과할 수 있는 유일한 방법이에요."

편풍의 설명이 이어졌다.

"그때 저는 성궤가 말한 그 유일한 방법이란 게 그녀 자신을 희생하는 것인지 전혀 몰랐습니다. 하지만 성주의 공격으로 정말 거의 힘이 떨어진 성궤는 겨우 남은 영능력으로 점성술사에게는 생소한 공격 마법을 구사하느라 목숨을 바쳐야 했습니다. 저는 그만 성주를 패배시키는 데 흥분한 나머지 성궤의 허약한 몸상태를 잊고 말았지요. 드디어 얼음조각이 성주의 몸에 박히고 숱한 가시가 그녀를 분해시켰을 때, 저는 어린아이처럼 기뻐하며 성궤에게 눈을 돌렸습니다. 그리고 보았지요, 그녀가 선혈 속에 쓰러져 있는 것을. 하늘을 향해 무표정하게 두 눈을 치켜뜨고 있었습니다. 마치 끝없이 하고 싶은 말이 많은 듯했습니다. 제 손 안에 조종되고 있던 바람이 제 소환술을 떨치고 사방으로 흩어졌습니다. 저는 텅 빈 손바닥을 펴고서 괴로움의 눈물을 흘렸습니다."

나는 옷깃을 꽉 여몄다. 하얀 눈송이가 머리 위로 날아다녔다. 동생이 죽은 뒤로 나는 한 번도 마법으로 눈송이를 막지 않았다. 하지만 지금처럼 내 몸에 떨어지는 눈이 차갑게 느껴진 적이 없었다. 나는 옷깃을 여민 채 어린아이처럼 입을 꼭 다물었다.

북방호법의 영지를 떠나기 전, 황탁이 내게 환몽 하나를 건네며 말했다.

"성궤가 제게 네 개의 환몽을 남겼습니다. 첫 번째 것은 이곳을 떠날 때 열어보라고 했고, 두 번째 것은 서방호법의 영지에 들어가서 열라고 했습니다. 그리고 세 번째 것은 길이 막혀 아무 단서도, 방향도 찾을 수 없을 때, 마지막 하나는 서방호법을 만났을 때 열어보라고 했습니다."

첫 번째 환몽은 내가 상상했던 것 이상으로 화사하고 아름다웠다. 짙푸른 하늘에 찬란한 불꽃이 터지듯 번쩍이는 공간 속에서 시간이 흘러갔다.

환몽 속에서 성궤는 내내 발랄하게 뛰어다녔다. 생전에는 그렇게 맘대로 뛰어다녀 본 적이 없지만 그녀는 벚꽃이 지천으로 내려앉은 눈밭을 환한 웃음으로 물들였다. 뛰어가는 그녀 뒤로 꽃잎들이 천천히 허공에 날렸다.

폐하, 제 뜻은 아니지만 함께 가지 못하는 저를 용서하세요. 저는 차라리 태어나지 말았어야 했어요. 어려서부터 저희 부족에게 온갖 걱정을 끼쳤답니다. 부모님은 저 때문에 눈물이 마를 날이 없었죠. 저는 두 분의 나이 드신 얼굴을 뵐 때마다 깊은 고통을 느꼈어요. 그리고 저희 오빠 성구, 그는 위대한 점성술사랍니다. 넓은 마음과 따뜻한 미소, 제게 대한 끝없는 사랑과 너그러움을 지녔지요. 하지만 저는 요절할 운명을 타고났어요. 저의 생명은 벚꽃 향기 가득한 어느 아침이나, 달빛 찬란한 검은 밤에 스르르 시들 게 분명해요. 그래서 저는 이렇게 죽어도 전혀 아쉬움이 없답니다.

여행 도중에 저는 줄곧 여러분의 보살핌이 필요했어요. 요천 오빠는 저를 안아주셨고, 황탁 아저씨는 저를 위해 영능력까지 써서 방어결계를 만들어주셨죠. 또 편풍 오빠는 바람을 조종해서 하늘의 음산한 먹구름을 걷어주셨어요. 저는 몇 번이고 강해지고 싶다는 생각이 들었어요. 그래서 여러분의 걱정을 덜어드리고 싶었어요. 하지만 제게는 방법이 없었죠. 길을 걸을 힘조차 없었으니까요.

폐하, 저는 태어나서부터 줄곧 환성궁의 가장 낮은 층에서 살면서 부족의 흥망성쇠를 예언했어요. 벚꽃이 쓸쓸하게 떨어지는 것도, 달이 질 때의 고요함도 볼 기회가 없었죠. 한 송이 꽃이 필 때의 가냘픈 소리도 들은 적이 없었어요. 저는 바깥 세계를 보고 싶었어요. 밖의 바람을 맞으며 옷과 머리카락을 휘날리고 싶었어요. 폐하, 제 생애의 마지막 날들을 그 컴컴한 제단을 벗어나 태양 아래 보내게 해주신 걸 감사드려요. 저는 주작궁의 거창한 성벽을 보았고, 탄식의 벽을 감동시킨 조애 언니의 연주를 들었어요. 그리고 우리 점성술사 부족의 신인 성주도 보았어요. 비록 그녀의 손에 죽지만 저는 그녀를 원망하지 않아요.

폐하, 저는 동생분과 이락 언니, 남상 언니에 대한 폐하의 깊고 뜨거운 마음을 이해할 수 있어요. 접철의 궁전에서 폐하가 조애 언니에게 환몽을 건넬 때, 저는 폐하의 끓어오르는 감정을 느꼈어요. 부디 자신의 의지에 따라 자유롭고 행복하게 살아가시기만을 바라요. 그리고 어느 날엔가 부활한 아이코스님이 다시 한 번 폐하의 눈썹에 입을 맞추며 형이라고 부를 수 있기를, 제가 저희 오빠, 성구에게 하듯 그럴 수 있기를 바라요. 폐하, 저 대신 오빠를 잘 돌봐주셔요.

폐하, 앞으로의 길은 저의 예언 없이 가셔야 해요. 부디 용감하게 나아가셔요. 사실 접철의 궁전에 있을 때, 이미 저는 이 현무궁에서 제 삶이 끝나리라는 걸 알았답니다. 하지만 감히 여러분께 말씀드릴 수가 없었어요. 운명이란 바꿀 수 없는 것이기에 그냥 웃으면서 받아들이기로 했죠.

폐하, 현무궁에 들어가기 전에 서방호법의 영지에 관해 점을 친 적이 있었어요. 그런데 별들이 예전에 보지 못한 상을 떠었어요. 서방호법이 특별히 강해서인지, 서방호법의 영지가 유난히 기괴해서인지 잘 모르겠어요. 지금 저로서는 서방호법의 영지가 환설산에서 벗어난 독립된 결계이며, 그 결계 전체가 서방호법의 마법에 의해 지탱되고 있다는 말밖에 해드릴 게 없네요. 그 세계가 어떤지는 예측할 수가 없어요. 다른 호법들의 경우처럼 거대한 궁전일 수도 있고, 얼음으로 봉쇄된 설원일 수도 있어요. 심하게는 화족의 세계일 수도 있어요. 폐하가 서방호법을 죽여 그의 영능력이 붕괴되고 흩어지면 그 세계도 온데간데 없이 사라질 거예요. 그런 다음, 여러분은 연제를, 이 환설산의 통치자를 만나게 되겠죠.

폐하, 저는 곧 떠나요. 하지만 여러분은 살아남아야 해요. 그리고 폐하, 오빠에게 제가 죽었다는 소식을 알리지 말아줘요. 저를 너무나 사랑해준 오빠를 괴로움에 빠뜨리고 싶지 않아요. 오빠만 생각하면 저는 귀밑까지 비스듬히 늘어진 그 검 모양의 눈썹이 떠올라요. 아, 칼로 도려내듯 가슴이 아파와요.

동생분이 말씀하신 것처럼 폐하, 부디 자유롭게 날아오르시기를……

　현무궁을 막 떠나려는 날, 나는 성구가 전서구를 통해 보내온 편지를 받았다. 편지에는 이런 말들이 씌어져 있었다.

　"폐하, 별점을 치다가 폐하 일행이 북방호법의 현무궁을 통과한 것을 알았습니다. 마음에 퍽 위안이 되었습니다. 부디 하루 속히 성에 돌아오시길 바랍니다. 그리고 폐하, 저 대신 성궤를 잘 돌봐주십시오. 별들을 보니 그 애 혼자 먼 곳에 가야 하는 것 같더군요. 그 애 혼자만 보내지 마십시오. 어려서부터 외로움을 타던 아이입니다. 그 애 곁을 지켜주시길 바랍니다."

　나는 편지를 꼭 쥐고 있을 수가 없었다. 한 줄기 바람에 편지가 날려 푸른 하늘 위로, 우리가 알지 못하는 세계로 날아올라 서방호법의 영지를 향해 둥둥 떠갔다.

　나는 마음속으로 서방호법의 영지가 어떤 곳일지 숱하게 상상해보았다. 현란하고 다채로운 곳일까, 아니면 위험이 첩첩이 도사리고 있는 곳일까. 하지만 막상 그 영지에 들어섰을 때, 나는 너무 놀라 말문이 막혔다. 눈앞에 펼쳐진 세계는 뜻밖에도 인간 세상의 모습이었다.

　우리가 서방호법의 영역에 발을 디딘 시간은 태양이 막 떠오르는 새벽녘이었다. 속세의 분위기가 물씬 풍겼다. 꽃바구니를 든 아리따운 아가씨가 이슬에 흠뻑 젖은 청석판靑石板 길 위를 걸으며, 실로 꿴 신선한 재스민 꽃다발을 사라고 소리치고 있었다. 길가에는 각종 찻집과 식당이 늘어서 있고 그 안에서 시끌벅적한 소리가 들렸다. 그리고 길가에서 빵을 구워 파는 행상은 지나가는 행인들에게 싸구려 웃음을 지어보였다. 그밖에 머리를 동여매고 오만한 눈빛을 번뜩이는, 화려한 검을 멘 젊은이도 보였으며, 푸른 비단띠를 두르고 검은 머리칼을 바람에 가볍게 나부끼는 가마 위의 아가씨도 눈에 띄었다.

진정으로 나를 놀라게 한 것은, 지면까지 은빛 머리칼을 늘어뜨린 우리 일행을 보고도 당황스러워 하는 사람들이 없다는 사실이었다. 행인들의 웃는 얼굴은 전혀 흔들림이 없었으며, 어떤 식당 점원은 우리 코앞까지 와서 식사를 안 하겠냐고 묻기까지 했다. 나는 월신을 돌아보았다. 성궤가 없는 지금, 위험을 피하기 위해 내가 기댈 것이라고는 자객 특유의 본성에서 비롯된, 월신의 야수에 가까운 민감함뿐이었다.

월신이 말했다.

"폐하, 이곳은 평범한 인간 세상이 아니에요. 거리 곳곳에서 살기가 느껴져요."

나는 고개를 끄덕였다.

"나도 아네. 속세의 보통 사람들이라면 우리 모습을 보고도 아무 반응이 없을 리 없지."

우리는 조심스럽게 앞으로 나아갔다. 발아래 눈이 밟히는 소리까지 분별할 만큼 신경을 곤두세웠다. 월신이 내 곁에서 귀띔을 했다.

"길가의 노점상들 중에 최고의 자객들이 숨어 있어요. 또 어느 노파는 실력을 가늠할 수 없는 뛰어난 마법사예요. 하지만 저 거지들은 진짜 거지인 것 같군요."

그 길고 번화한 거리의 끝에 다다랐을 때, 나는 안에서 음악이 흘러나오는 화려한 여관을 발견했다. 그 여관 입구에는 눈동자가 까맣고 잘 생긴 꼬마 남자 아이가 눈처럼 하얀 공을 갖고 놀고 있었다. 나는 그 꼬마 앞에 다가가 쭈그리고 앉아 물었다.

"얘야, 형하고 같이 공놀이하지 않을래?"

꼬마가 싱긋 웃었다. 맑은 샘물처럼 깨끗하고 환한 웃음이었다. 꼬마가 공을 내밀었다. 그 공을 받아든 나는 깜짝 놀라고 말았다. 그 공은 진짜 공이었다. 다시 말해 이 인간 세상의 사물들은 전부 진짜였다. 나는 서방호법의 영능력이 이 정도로 강력할 줄은 예상치 못했다. 마법을 현실화시킬 수도 있다니! 나는 길게 한숨을 쉬었다. 일행을 멈춰 세우고 다음 날 다시 논의해보기로 마음을 굳혔다.

고개를 돌리고 막 말을 꺼내려는데 요천의 텅 빈 눈빛이 눈에 띄었다. 그는 내 쪽을 바라보고 있었지만 전혀 표정이 없었다. 게다가 얼굴색이 이상한 푸른빛을 띠었다. 곧바로 그가 땅 위에 쓰러졌다. 서방호법의 영지에 들어서자마자 생긴 첫 번째 희생자였다.

요천이 쓰러졌지만 나는 너무 급작스러워 아무 반응도 보이지 않았다. 편풍이 재빨리 다가가 요천을 안았지만 이미 때는 늦었다. 황탁이 그의 콧구멍에 손을 대고 손목까지 짚어본 뒤, 고개를 가로저었다.

황탁은 왼손 새끼손가락을 구부려 요천의 몸의 곡선을 따라 피부 위를 훑었다. 그리고 고개를 들어 나를 바라봤다. 엄숙한 표정이었다.

"폐하, 요천은 독살되었습니다. 만성 독약입니다."

황탁은 독약을 쓴 범인이 암살의 고수인 게 분명하다고 말했다. 요천이 서방호법의 영지에 들어오자마자 급사하도록 정확하게 손을 썼기 때문이다. 그런데 만성 독약은 잠복기가 상당히 길다. 따라서 요천은 이곳에 오기 전에 벌써 중독되어 있었던 것이다.

황탁의 눈에 돌연 기괴하고 모호한 빛이 반짝였다 사라졌다. 그는 다시 잔혹하리만큼 냉정한 표정을 회복하고 말했다.

"폐하, 지금까지의 여정에서 누가 가장 요천에게 독을 쓸 기회가 많았습니까?"

모두들 안색이 변했다. 그의 질문이 무엇을 의도하는지 모를 사람은 없었다. 하지만 아무도 입을 열지 않았다.

한참 뒤에 나는 대답했다.

"다들 기회가 많았지. 월신, 조애, 편풍, 그리고 자네와 나까지."

편풍이 말했다.

"황탁, 우리 중 누구도 의심해서는 안 돼!"

월신도 냉랭한 어조로 말했다.

"내가 그를 죽였다면 좀 더 완벽하게 마무리했을 거예요. 아무리 당신이라도 사인을 밝혀내지 못 했을 걸요?"

조애는 고개를 숙인 채 입을 다물고 있었다. 그녀의 헝클어진 머리칼이 바람에 날리고 몇 가닥은 얼굴을 덮었다. 애처로울 정도로 연약해 보였다. 그녀는 접철과의 일전에서 영능력이 심각하게 소모되었다. 범인이 그녀일 가능성은 거의 없었다.

황탁이 말했다.

"나는 아무도 의심하지 않소. 단지 사실을 얘기하고 있을 뿐이오. 나도 우리 중 누군가가 요천을 암살했을 거라고는 보지 않소. 다만 범인의 암살술이 신의 경지에 이르렀다는 걸 모두가 알아줬으면 하오."

그날 밤, 우리는 여관에 짐을 풀었다. 그 여관은 화려하게 장식된 건물과 정자, 작은 다리가 놓인 시내까지 갖춰져 있었다. 우리는 울창한 대나무숲 속에 지어진, '청죽헌靑竹軒'이라는 이름의 아담한 목조 가옥에 묵었다. 푸른 대나무 잎 위에 남은 잔설이 이따금씩 바람이 불 때마다 꽃잎처럼 숲 속에 날렸다.

조애는 이곳을 퍽 마음에 들어 했다. 검설성에서 그녀는 하늘까지 닿는 현무암 돌기둥과 천정이 있는 거대한 궁전에 살았었다. 그래서 이렇게 작은 집은 본 적이 없었다며 신기해했다.

우리는 요천을 청죽헌 뒤의 공터에 묻었다. 원래 조애가 그를 위해 진혼곡을 연주하려 했지만 약해진 영능력 탓에 그럴 수가 없었다. 그녀가 나를 향해 미소를 지었다. 나는 그 미소 속에 담긴 괴로움을 읽을 수 있었다.

조애는 그날 밤, 저녁을 먹자마자 잠자리에 들었다. 나는 방으로 향하는 그녀의 뒷모습에서 그녀가 지칠 대로 지쳐 있음을 알았다.

얼마 뒤 나도 침대에 누웠지만 잠이 오지 않았다. 환설산에 들어와서부터 현재까지 벌어진 일들이 한 장면, 한 장면 머릿속에 겹쳐 떠올랐다가 어둠 속으로 사라졌다. 나는 서방호법이 여태까지 만난 적들 중에 가장 대단한 인물이란 걸 인정하지 않을 수 없었다. 우리에게는 그의 공격에 맞서 몸을 피할 능력조차 없었다. 나는 문득 암살술이야말로 마법 중에서 가장 대항하기 힘든 기술임을 깨달았다.

창문 쪽으로 몸을 돌렸다. 달빛이 창으로 쏟아져 들어와 바닥을 적셨다. 그리고 나는 벌떡 몸을 일으켜 창문 뒤로 몸을 숨겼다.

월신이 내 방 뒤편에 갑자기 모습을 드러냈다. 달빛이 그녀의 몸 윤곽을 뚜렷하게 비추었다. 그녀는 나를 등진 채로 건물 뒤편 공터에 서 있었다. 바로 요천의 무덤이 있는 곳이었다.

나로서는 월신이 이런 밤에 요천의 무덤가에서 뭘 하고 있는지 전연 상상이 가지 않았다. 갑자기 하늘에서 구름이 이동하며 달을 가렸다. 밝은 달이 순식간에 어두워지자 월신의 손에 든 달빛이 눈에 띄었다. 그녀가 무엇 때문에 마법을 동원하고 있는지 궁금했다. 주위에는 적은커녕 개미 새끼 한 마리도 없었다.

내가 이상스러워하고 있을 때, 소리 없이 황탁이 월신의 등 뒤에 나타났다. 칼날처럼 매서운 바람 속에서도 황탁의 마법복은 조금도 흔들리지 않았다. 나는 그가 전신에 방어결계를 치고 있다고 짐작했다.

하지만 월신은 그의 출현을 감지하고 "누구냐?"라고 낮게 소리지르며 홱 몸을 돌렸다. 이와 동시에 그녀 수중의 달빛이 검으로 화해, 아래에서 위로 황탁을 파고들었다. 그녀가 소리를 지르고 몸을 돌려 공격할 때까지 든 시간은 그야말로 찰나에 불과했다. 나는 이때 비로소 월신의 암살 속도와 실력을 확인했다. 그전까지는 줄곧 그녀의 능력을 낮게 평가했었다.

그런데 황탁은 그녀가 공격해올 것을 미리 알고 있었다는 듯, 침착하게 손을 뻗어 월신의 검날을 막았다.

월신이 손을 거둬들이며 말했다.

"당신이었군요."

황탁이 차가운 표정으로 말했다.

"여기서 뭘 하고 있는 거요?"

월신이 냉소를 지으며 말했다.

"당신이야말로 왜 여기 있는 거죠?"

"당신이 상관할 바가 아니오."

"저도 마찬가지예요."

말을 마치기 무섭게 그녀는 몸을 돌려 그 자리를 떠났다.

월신이 막 공터를 빠져 나가려 할 때, 황탁이 그녀를 등진 채로 낮은 목소리로 말했다.

"월신, 이 청죽헌에는 우리 일행밖에 없소. 그런데 왜 내게 다짜고짜 살초를 사용한 거요?"

월신이 발걸음을 멈췄다. 하지만 몸을 돌리지 않고 그렇게 서 있다가 아무 말 없이 가버렸다.

황탁이 어둠 속을 지키고 있었고 나는 그의 등에서 눈을 떼지 못했다. 방어결계를 이미 해제했는지 바람이 그의 옷자락을 들추고 달빛 아래 은빛 머리칼을 휘날렸다.

그날 밤, 나는 잠을 이룰 수가 없었다. 나중에 다시 몸을 일으켜 창문 밖, 요천의 묘지 쪽을 건너다보았다. 황탁이 언제 돌아갔는지는 몰라도 공터에는 달빛만이 휑댕그렁했다.

이튿날 아침, 내가 대문을 열고 나왔을 때, 월신과 조애는 벌써 일어나 있었다. 월신은 대나무숲 사이에 서 있었고 조애는 석등 위에서 거문고를 타고 있었다. 흰 눈과 푸른 대나무와 어울리며 바람 속에 머리칼과 옷자락을 흩날리는 두 여자의 자태가 한 폭의 그림처럼 아름다웠다. 벌써 멀리 있는 누각 위에 많은 남자가 올라가 이쪽을 바라보고 있었다. 속세 인간들의 눈에 그녀들은 마치 선녀처럼 보일 것이다. 속세의 어떤 여자도 그녀들의 미모를 따라갈 수 없었다.

황탁과 편풍도 건물 밖으로 나왔다. 월신은 황탁을 보았지만 표정에 전혀 흔들림이 없었다. 황탁도 마찬가지였다. 전날 밤, 둘 사이에 첨예한 결투가 벌어질 뻔했다는 사실이 전혀 믿기지 않았다. 나 역시 그들에게 전날 밤의 일에 관해 묻지 않았다.

황탁이 내 앞으로 걸어와 말했다.

"폐하, 우리가 중요한 것을 잊고 있는 듯합니다."

"그게 뭐요?"

내 물음에 그가 대답했다.

"성궤의 두 번째 환몽이 있지 않습니까?"

성궤의 두 번째 환몽에 들어간 나는 그것이 대단히 간단하다는 걸 깨달았다. 환몽 속에는 아무 것도 없었다. 짙은 회색 안개 속에서 성궤의 목소리만 끊임없이 울려 퍼졌다.

"태자太子라는 별명의 남자를 찾아가세요. 그의 이름은 적렬熵裂이에요."

나는 여관 점원에게 적렬이라는 사람을 아냐고 물었다. 그는 고개를 갸우뚱하더니 웃으면서 고개를 저었다. 나는 다시 물어보았다.

"그러면 태자는?"

나는 그의 얼굴에 공포의 빛이 스치는 걸 놓치지 않았다.

"무슨 일로 태자를 찾으시오?"

누군가 불쑥 내게 질문을 던졌다. 대청에 앉아 있던 삿갓 쓴 남자였다. 특이한 모양의 삿갓이 얼굴을 가리고 있어서, 그의 눈이 무척 반짝인다는 걸 삿갓 틈을 통해 겨우 알 수 있었다. 짙은 회색 윗도리 차림의 그 남자는 머리를 숙인 채 국수를 먹고 있었다. 내가 물었다.

"태자를 압니까?"

"알기야 알지."

"그는 어떤 사람입니까?"

"사람이 아닌 사람이오."

"그러면 신이란 말인가요?"

"그렇게 말할 수도 있겠지. 이 도시에서 그는 거의 신이니까."

"어떤 면에서 그렇죠?"

"지위, 부, 마법, 외모, 지혜, 모든 면에서 따라올 사람이 없소."

나는 계속 질문을 던졌다.

"우리를 그에게 데려다줄 수 있나요?"

"그럴 수 없소."

"왜 그럴 수 없단 말이오?"

편풍이 끼어들어 물었다.

"그러고 싶지 않으니까."

내가 남자에게 다가서려는 순간, 월신이 손을 뻗어 내 등을 두드렸다. 귓가에 그녀의 속삭임이 들렸다.

"6자 거리를 유지하세요."

나는 월신을 쳐다보았다. 그녀는 줄곧 그 남자를 관찰하고 있었다. 그녀의 육감은 틀릴 리가 없었다. 나 역시 그에게서 심상치 않은 기미를 느끼고 있었다.

월신이 다가가 몸을 숙여 남자의 귓가에 몇 마디를 속삭였다. 그런 다음, 허리를 펴고 그를 향해 미소를 지었다. 그가 나를 쳐다보며 말했다.

"좋소. 당신을 데려다주겠소."

편풍이 물었다.

"왜 마음이 바뀌었소?"

남자가 말했다.

"그러고 싶으니까."

말을 맺고서 그는 몸을 돌려 여관을 나섰다. 우리도 그를 따라 밖으로 나갔다. 월신에게 묻지 않을 수 없었다.

"그에게 뭐라고 했소?"

월신이 웃음을 터뜨리며 말했다.

"그의 등에 비수를 들이대고 있는 걸 못 보셨군요. 우리를 데려다주지 않으면 자기 명치에 칼이 관통하는 걸 보게 될 거라고 말했을 뿐이에요.”

그 남자는 쾌속하게 거리를 걸어갔다. 나는 그제서야 그가 보통 사람이 아니라는 걸 알았다. 그의 속도는 우리조차 놀랄 정도였다. 우리가 아무리 빨리 걸어도 그는 우리와 한 걸음의 간격을 계속 유지했다.

복잡하게 얽힌 골목들을 지나쳤다. 어떤 곳은 번화하고 사람이 들끓었지만, 또 어떤 곳은 한적하고 괴이한 기운이 감돌았다. 그는 어떤 곳이든 다 자기 손바닥처럼 익숙한 듯했다.

상당히 오래 걸은 끝에 커다란 저택이 눈앞에 나타났다. 남자가 말했다.

“대문으로 들어가 똑바로 걸어가시오. 그 끝에서 태자를 만날 수 있을 거요.”

나는 문 안쪽을 살폈다. 청색 석판을 깐 길이 기다랗게 이어져 있었다. 흰 눈에 덮인 그 길 끝에는 정교한 장식을 새긴 육중한 나무문이 있었다.

나는 그에게 고개를 돌려 물었다.

“태자가 저 안에 있소?”

하지만 남자는 벌써 사라지고 없었다.

편풍이 말했다.

“그 자가 언제 환영이형술을 쓴 거지?”

월신이 설명했다.

“그 자는 환영이형술을 쓴 게 아니에요. 이곳, 서방호법의 영지에 들어와서 한 번 시험해본 적이 있어요. 이 세계에서는 환영이형술이 봉쇄되어 있어요."

"그러면 어떻게 갑자기 사라질 수 있단 말이오?"

월신의 표정이 심각해졌다. 그녀가 말했다.

"그의 속도가 너무 빨랐기 때문이에요."

그 저택의 정원은 대단히 넓었다. 석판 위에 쌓인 눈은 막 내려서인지 티끌 한 점 없이 깨끗했다. 그리고 사람이 밟은 흔적도 없었다. 우리는 그 석판 길을 따라 걸어 들어갔다. 사방이 고요해서 우리 발에 눈이 밟히는 소리를 뚜렷이 들을 수 있었다.

편풍이 문고리를 흔들었다. 붉은 나무문에서 둔중한 소리가 울렸다. 하지만 안에서는 아무 기척도 없었다.

편풍이 말했다.

"설마 그 자가 우리를 속였단 말인가?"

그의 말이 끝나자마자 스르르 문이 열렸다. 사람이 없기는커녕 안에는 사람이 7명이나 있었다.

우리가 들어서자 또 자동으로 문이 닫혔다.

편풍이 물었다.

"어느 분이 적렬이오?"

아무도 대답하는 사람이 없었다.

집 안에는 창문이 하나 있었다. 그것을 통해 바깥 풍경이 내다보였다. 눈이 가득 쌓인 정원에 붉은 매화꽃들이 서로 경쟁하듯 만발해 있었다. 그것들은 흰 눈과 대조를 이루며 차가운 미모를 뽐냈다. 그리고 바람이 불어올 때마다 매화나무 가지 위에 쌓인 눈이 우수수 떨어져 내렸다.

창가에 장삼을 입고 눈이 별처럼 반짝이는 젊은 남자가 서 있었다. 그의 허리에 달린 옥패玉佩는 척 보기만 해도 한 성을 살 수 있을 만큼 값비싸 보였다. 그리고 그 옆에 까만 검집에 백금으로 테를 두른 검을 차고 있었다. 하지만 이 두 가지 외에 값져 보이는 물건은 더 없었다. 그의 장삼은 낡아 보였지만 구김살 없이 깨끗하고 몸에 잘 맞았다. 그는 그렇게 선 채로 묵묵히 꼼짝도 하지 않았다. 단지 그의 옷자락만 창문으로 불어드는 바람에 펄럭펄럭 소리를 냈다. 그의 모습은 마치 검집에서 빠져나온 잘 벼린 검과 같았다. 그리고 갑자기 들어온 5명의 이방인들 따위는 전혀 안중에도 없는 듯했다.

그의 옆자리, 즉 가장 안쪽 구석에는 머리가 온통 백발인 노인이 앉아 있었다. 노인이 백발인 건 빙족의 순수 혈통이어서가 아니라 속세의 인간이 노년에 이른 결과였다. 그의 옷차림은 상당히 높은 지위를 나타냈다. 금색 용이 수놓인 보라색 장포를 입고 있었다. 그런데 나는 그의 눈에서 우리를 멸시하는 눈빛을 포착했다. 게다가 우리를 무시한 채 한가로이 손톱을 손질하고 있었다. 누구든 그 광경을 보면 그의 회심의 무기가 바로 손톱임을 알 수 있을 것이다. 왜냐하면 너무나 날카롭고 단단한 그 손톱은 마치 머리카락을 날 위에 대고 불면 바로 잘려 나가는 열 자루의 비수 같았기 때문이다.

창 건너편에 서 있는 사람은 화려하고 빛나는 옷차림의 중년 부인이었다. 비록 젊지는 않지만 성숙한 분위기를 물씬 풍기는 그녀는 높이 틀어올린 머리에 비녀 대신 가는 은침을 가득 꽂고 있었다. 나는 그것들이 단순한 비녀가 아님을 간파했다. 그런 장신구는 언제든 치명적인 살인 무기가 될 수 있었다. 순간적으로 그녀의 손을 주목했다. 그녀가 투명하고 얇은 장갑을 끼고 있었기 때문이다. 의심할 여지없이 그녀는 독물의 고수임이 분명했다.

방 안쪽 중앙에서는 한 여자가 오래된 거문고를 타고 있었다. 그녀의 손가락 사이로 흘러나오는 음률이 실내를 가득 채웠다. 상당히 젊은 나이인 듯했지만 이상하게도 나이에 걸맞지 않은 연륜이 얼굴에서 묻어났다. 눈꼬리를 자세히 보면 자잘한 주름들이 눈에 띄었다. 그 여자를 관찰하던 나는 조애도 그녀를 유심히 보고 있음을 알았다. 이윽고 조애가 나를 향해 미소를 보냈다. 나도 금세 그 웃음의 의미를 이해했다.

방 가운데 놓인 긴 의자에는 모두 세 사람이 있었다. 왼쪽에 앉은 사람은 천신처럼 체격이 떡 벌어진 사내로서 사방에 눈이 내리는 날씨인데도 탄탄한 가슴을 풀어 헤치고 있었다. 그리고 오른쪽에 반듯이 앉아 있는 아름다운 부인은 퍽 신경을 쓴 옷단장에 표정이 오만해 보였다. 그녀의 발치에 한 시녀가 꿇어앉아 발을 주물러주고 있었다.

나는 월신을 돌아보았다. 그녀도 나를 보고 있었다. 그녀가 고개를 끄덕이는 걸 보고, 나는 그녀의 판단이 나와 같다는 걸 알았다.

나는 검을 찬 젊은이 곁으로 걸어갔다. 그가 몸을 돌려 내게 말했다.

"안목이 괜찮군, 내가 태자인 걸 알아내다니."

나는 고개를 저었다.

"당신은 태자가 아니야."

젊은이는 금세 난처한 표정이 되어 말했다.

"왜 내가 태자가 아니라는 거요?"

"여유가 부족하니까. 너무 긴장하고 있더군 그래. 방에 들어온 우리를 무시하는 척했지만, 실은 당황한 표정을 들킬까 숨기는 것에 불과했지. 그래서 창문 쪽을 보고 있었던 거야."

젊은이는 아무 말 없이 한켠으로 물러섰다. 얼굴에 분한 표정이 역력했다.

이번에는 월신이 손톱을 다듬는 노인 앞으로 다가갔다. 노인이 한숨을 쉬며 말했다.

"아무래도 너희를 속이기는 힘들 것 같구나. 내가 바로 태자다."

월신이 웃음을 터뜨리고 말했다.

"아니, 당신은 절대로 아니야."

"그건 왜지?"

노인이 무표정하게 물었다. 하지만 얼굴의 주름이 떨리는 것은 숨길 수가 없었다.

"당신은 저 젊은이보다 더 당황하고 있었어. 불안한 마음을 감추려고 손톱을 손질했지만 그럴수록 더 속을 드러낼 수밖에 없었지. 그리고 일부러 존귀한 티를 내려고 훌륭한 옷과 오만한 표정을 꾸며대더군. 하지만 내 추측이 틀리지 않다면 당신은 이곳에서 지위가 가장 낮은 사람이야."

그 노인은 끓어오르는 분노로 당장 얼굴이 흙빛이 되었다.

나는 이어서 머리에 가는 은침을 가득 꽂은 부인 앞으로 걸어갔다. 그녀가 웃으면서 물었다.

"설마 나도 아니라고는 말 못하겠지?"

"당신도 아니야."

"왜 그렇게 생각하지?"

"내 생각이 맞다면 당신은 독물의 고수야."

"그건 맞다."

"그렇다면 당신은 태자일 리가 없다."

"그게 무슨 말이냐?"

"독을 사용하는 자들은 마음이 순수하지 못하다. 최고의 자객이 될 수 있을지언정 한 지역을 다스리는 호걸이 될 수는 없다. 따라서 이 도시를 좌지우지하는 태자라면 결코 암기나 독을 써서 목적을 이루려는 자가 아닐 것이다. 더욱이 태자가 독을 잘 쓴다면 노골적으로 머리에 암기를 꽂고 있거나 고의로 장갑을 보여줄 리가 없다. 이것은 본래 당신들의 계책 중에서 가장 심혈을 기울인 부분이었겠지. 이곳이 암살의 대가인 서방호법의 영역이므로 내가 암살술이 뛰어난 인물일수록 지위가 높은 줄 알 거라고 예상했을 거야. 하지만 애석하게도 어릴 적 나의 부친은 내게 이런 말씀을 해주셨다. 진정으로 정의롭고 위대한 마음의 소유자가 아니면 최고의 경지와 지위에 오를 수 없다고."

조애가 거문고를 타는 여자에게 다가가 말했다.

"이제 쉬어도 돼요."

여자는 고개를 들어 조애를 바라보면서도 한 마디도 하지 않았다.

조애가 웃으며 말했다.

"접철 외에는 나보다 더 잘 음악을 이해하는 사람이 없어요. 당신의 음악 속에는 세심하고 부드러운 감정이 깃들어 있어요. 당신의 마음도 역시 그러리라고 봐요. 하지만 태자는 순수한 여자처럼 세심한 마음의 소유자일 수 없어요. 설령 태자가 여자라고 해도 분명 남자처럼 굳건한 내면세계를 가졌을 거예요."

조애가 바닥에 앉으며 말했다.

"이번에는 제가 거문고를 타볼 게요."

잠시 후, 방 안에 꿈결처럼 그윽하고 화려한 가락이 흘렀다. 탄식의 벽을 감동시킨 바로 그 가락이었다.

월신이 중앙의 긴 의자 쪽으로 걸음을 옮겼다. 그리고 건장한 사내에게 말했다.

"일어나라. 네 지위로는 이 자리에 앉지 못한다."

그 사내는 한참 동안 침묵을 지키다가 의자에서 일어났다. 월신을 향한 그의 눈빛은 마치 그것을 어떻게 알았냐고 묻고 있는 듯했다. 월신이 말했다.

"너는 쓸데없이 몸이 너무 건장하다. 그런 근육은 겉보기만 번드르르할 뿐, 실제로는 가치가 없다. 저기 거문고를 타는 조애도 수월하게 너를 쓰러뜨릴 수 있다."

말을 마치고서 월신은 오른쪽의 아름다운 부인 앞에 서서 허리를 숙였다.

"태자, 만나뵙게 돼서 반가워요."

그런데 고개를 들었을 때, 뜻밖에 그녀의 눈은 부인의 발을 주무르던 시녀에게 향해 있었다. 그녀가 말했다.

"이제 그만 쉬시지요."

나는 즐거운 웃음을 터뜨렸다. 월신의 판단은 나와 정확히 일치했다. 진짜 태자는 바로 그 시녀였던 것이다.

시녀가 동작을 멈추고 벌떡 일어섰다. 그리고 우리를 보며 한숨을 내쉬고는 말했다.

"어떻게 나인 줄 알았죠?"

"저 부인을 제외하면 남은 사람이 당신밖에 없으니까요."

나는 그녀의 얼굴을 찬찬히 뜯어보았다. 수려한 얼굴에 범접할 수 없는 분위기가 감돌았고 두 눈 속에는 자연스러운 위엄이 깃들어 있었다. 그녀가 다시 물었다.

"왜 하필 저 부인이 아니고 나라고 생각했죠?"

이번에는 내가 대답했다.

"처음에는 당신이라는 생각을 하지 못했습니다. 더욱이 당신은 부자연스러운 행동을 하지 않았으니까요. 그런데 갑자기 이런 생각이 들었습니다. 당신이라면 시녀가 발을 안마해줄 때, 저 부인처럼 똑바로 엄숙하게 앉아 있지는 않을 것 같았죠. 그리고 태자, 발을 주무르던 당신의 손이 또 많은 비밀을 알려주더군요. 당신은 매번 똑같은 힘으로 손을 움직였을 뿐만 아니라 보통 사람보다 훨씬 손가락이 민첩했습니다. 암기나 소환 마법을 사용하면 강력한 위력을 발휘할 법한 손으로 보였죠."

태자는 사람들을 전부 물러가게 했다. 월신의 예상은 정확했다. 존귀한 복장에 손톱을 매만지던 그 노인은 정말 신분이 가장 낮았다. 사람들을 좇아 맨 마지막으로 방에서 물러났다.

옷을 갈아입고 다시 우리 앞에 나타났을 때, 태자는 우아한 풍채의 남자로 변신해 있었다. 내 동생 아이코스와 동방호법 경인처럼 빼어난 미남이었다. 그는 아무 동작도 취하지 않았지만 우리는 그의 몸에서 발산되는 무형의 기운을 느낄 수 있었다. 그의 표정은 웃는 듯, 웃지 않는 듯 모호하고 신비로웠다.

사람들이 다 퇴장한 뒤, 태자가 물었다.

"당신들은 무슨 일로 나를 찾아왔습니까?"

내가 말했다.

"나도 잘은 모릅니다. 성궤가 내게 준 환몽에서 당신을 찾아가보라고 하더군요."

"성궤라고요?"

적렬은 자신도 모르게 목소리를 떨며 반문했다. 그가 아무리 숨기려 해도 월신의 눈은 속일 수 없었다. 그도 그것을 알았는지 한번 기침을 하고는 순순히 인정했다.

"그래요, 그녀를 압니다."

적렬은 우리에게 자세한 이야기를 털어놓았다. 그가 아직 검설성에 살고 있을 때, 성궤가 그를 구해준 적이 있다고 했다. 성궤가 별점을 치다가 적렬의 운세에 횡액이 닥치리라는 걸 알고 미리 환몽을 주어 경고를 했다는 것이다. 당시 적렬은 은퇴를 앞둔 빙족의 마법사였다. 이 일로 인해 그는 아직까지도 성궤의 도움에 고마움을 느끼고 있었다.

적렬이 내게 말했다.

"그녀가 당신들을 여기로 불러온 이상, 7가지 질문에 답을 해드리지요. 어떤 질문이든 다 괜찮으니 시작해보십시오."

"이곳은 보통의 인간 세상인가요?"

"아닙니다. 서방호법이 창출해낸 결계입니다. 이 안에 있는 자들 중 일부는 진짜 인간이지만, 또 일부는 서방호법을 추종하는 일류 자객들입니다. 그리고 이 세계에는 서방호법이 이끄는 천우千羽라는 거대 조직이 있는데, 그중에서 가장 대단한 인물은 봉황과 까마귀입니다. 특히 까마귀를 조심해야 합니다."

"어떻게 해야만 이곳을 벗어날 수 있습니까?"

"서방호법을 찾아 살해하면 이 결계도 따라서 붕괴할 겁니다."

"그러면 어떻게 서방호법을 찾아야 합니까?"

"기다리십시오."

"뭘 말입니까?"

"그가 당신을 찾아오기를 기다리십시오."

"만약 찾아오지 않으면?"

"그래도 계속 기다려야 합니다."

"서방호법은 누구입니까?"

"모릅니다."

"누가 알고 있지요?"

"아무도 모릅니다. 자, 캐슬, 7가지 질문이 다 끝났으니 이 집을 떠나십시오. 그리고 혹시 원하신다면 여기 머무르셔도 좋습니다. 다른 곳보다는 이곳이 더 좋을 겁니다."

내가 그의 제안을 수락하려 할 때, 월신이 내 말을 가로채어 말했다.

"괜찮아요. 저희 여관으로 돌아갈게요."

나는 월신이 왜 이곳에 머무르려 하지 않는지 이해가 가지 않았다. 하지만 그녀의 판단을 믿었으므로 반대하지 않고 고개를 끄덕였다.

여관에 돌아왔을 때, 여관 대청 안에는 숙박객이 7명이나 늘어나 있었다. 태자가 나를 향해 미소를 지으며 말했다.

"우리도 여기에 묵겠습니다."

그가 이유를 설명했다.

"이 세계에는 도처에 자객들이 깔려 있습니다. 봉황과 까마귀가 가장 위험한 자들이지만 아무도 그들의 진짜 신분을 알지 못합니다. 나와 내 부하들이 당신 곁에 머물고 있을 테니 무슨 일이 생기면 즉시 도움을 요청하십시오. 우리는 당신들에 비해 마법은 좀 처집니다만, 암살이 횡행하는 이 세계에서는 영능력만으로 강자와 약자를 구분할 수 없습니다."

그 여관에서 우리는 공을 갖고 놀던 귀여운 꼬마 아이를 다시 만났다. 점원은 내게 그 아이가 여관 주인의 아들이라고 말했다. 주인은 일이 있어 출타할 때마다 그 애를 자신에게 맡긴다고 했다. 꼬마는 뜻밖에도 나를 기억하고 있었다. 내게 달려와서는 냉큼 말했다.

"형, 나랑 공놀이 안 할래요?"

꼬마에게서 형이라는 소리를 듣자, 갑자기 수백 년 전의 일들이 떠올랐다. 내가 성인이 되고 아이코스는 아직 어린아이였을 때, 나는 그를 안고 속세의 눈보라 치는 길을 헤맸었다. 아이코스는 내 팔뚝에 안겨 편안한 얼굴로 잠에 빠져들기 일쑤였다. 그만큼 나를 믿었기 때문이다. 그의 마음속에서 나는 언제나 신이었다. 하지만 그가 가장 믿었던 그 신이 검으로 그의 가슴을 꿰뚫어버렸다. 그의 피가 폭설에 덮인 대지를 적시던 광경이 떠올랐다.

나는 꼬마를 들어 힘껏 안아주었다. 순간적으로 그 애가 아이코스라는 착각이 들었다. 나는 조그맣게 속삭였다.

"그래, 아이코스. 형이 너랑 놀아줄게."

눈물이 흘러내려 내 손등 위에 떨어졌다.

그 여관은 우리가 본 것보다 훨씬 넓었다. 우리가 묵는 청죽헌은 여관의 한 부분일 따름이었다. 여관 안에는 시내와 작은 다리, 벚꽃이 만발한 정원이 있었다. 그리고 청죽헌 뒤에는 인간 세상의 각종 식물이 가득한 화원까지 있었다. 그곳에는 평범한 인간의 선혈처럼 붉은 매화도 있었고 내가 가장 좋아하는 버드나무도 있었다. 버드나무는 아직 버들개지를 다 피우기 전이었다. 그 슬픔과 퇴폐의 상징이 바람에 날리는 걸 보려면 좀 더 기다려야 했다.

땅거미가 사방에 내려앉았다. 인간 세상의 밤은 순식간에 빛을 잠재우며 빠르게 밀려왔다. 검설성에서는 밤이 되더라도 쌓인 눈더미와 천 년을 녹지 않은 얼음, 희고 광대한 궁전에 달빛 혹은 별빛이 반사되어 밝게 빛났다. 그러나 이 여관은 그렇지 않았다. 어둠이 사람을 압박하는 무게로 다가왔다. 불빛이라고는 정원 입구에 걸린 붉은 등롱 몇 개뿐이었다. 그 등롱들은 바람에 쉴 새 없이 흔들리며 금방이라도 꺼질 듯 미약한 불빛을 깜박거렸다. 그리고 객실 안에도 작은 기름등잔 하나가 있을 뿐이었다.

우리 일행은 남쪽에 나란히 배치된 객실 5칸에 따로따로 묵고 있었다. 내가 내 방으로 들어갈 때는 벌써 어둠이 방 안의 물건들을 짙게 물들여놓은 뒤였다. 그래서 황탁이 등잔에 불을 붙이려고 우리를 등지고 있을 때, 월신이 몰래 내 등에 몇 개의 글자를 적었다. 나는 고개를 들어 그녀를 바라보았다. 그녀는 아무 표정도 짓지 않았다. 이때 황탁이 몸을 돌리며 말했다.

"폐하, 일찍 주무십시오. 제가 방어결계를 쳐드릴까요?"

"괜찮네. 자네나 몸 조심하게."

나는 그들을 내보내고 그들 방에 하나하나 등잔이 켜지는 걸 보고 나서야 문을 닫았다.

마음을 가라앉히려 했다. 며칠 동안 너무나 많은 일이 벌어졌다. 요천의 죽음부터 적렬의 출현까지, 나는 서방호법의 행동이 이미 완전히 개시되었음을 은연중에 느꼈다. 하지만 내게는 그것을 막을 만한 뾰족한 대책이 없었다.

내 왼쪽 방은 조애, 오른쪽 방은 황탁의 방이었다. 양쪽 끝방은 월신과 편풍의 방이었다. 그리고 적렬과 그의 부하들은 우리 건물 북쪽의 천초당淺草堂에 방을 잡았다. 두 건물 사이의 거리는 대략 7, 8장 정도였다. 그 사이에는 울창한 소나무와 삐죽삐죽한 바위들이 있었다.

그날 밤, 막 잠들려는 순간 지붕에서 누군가의 발자국 소리가 들렸다. 아니, 정확히 말하면 발자국 소리를 느꼈다고 해야 할 것이다. 그자의 동작이 너무 정교하고 세심해서 전혀 소리를 내지 않았기 때문이다. 단지 내 육감이 내게 알려왔다. 지붕 위에 분명히 사람이 있다고.

침상에서 몸을 일으키려는데 홀연히 등잔불이 꺼지며 눈앞이 컴컴해졌다. 순간 쉬익, 쉭, 허공을 가르는 파공성이 들리며 서늘한 빛 몇 점이 코앞에 출현했다. 나는 즉시 떨쳐 일어나 한 자 옆으로 몸을 이동했고, 빛들은 아슬아슬하게 내 옷을 스치며 날아갔다. 피부에 뼈를 파고드는 듯한 냉기가 느껴졌다. 나는 방금 그 서늘한 빛에 거의 죽을 뻔한 사실을 인정해야만 했다. 그 빛이 얼음조각이었든, 수리검袖裏劍이었든 아니면 독침이었든 하마터면 목숨을 잃을 뻔했다.

몸을 피하던 찰나에 나도 손을 뒤집어 지붕을 향해 한줄기 빙검을 발사했다. 기와가 깨지는 소리와, 날카로운 검날에 피부가 찢기는 소리가 들렸다. 이어서 누군가 지붕에서 굴러 떨어지는 소리도 들렸다.

나는 즉시 건물을 뛰쳐나갔다. 어느새 황탁이 공터에 나와 북쪽 천초당 쪽으로 달려가고 있었다. 내가 문을 여는 소리를 듣고 그가 물었다.

"폐하, 검은 옷을 입은 자를 보셨습니까? 그 자가 폐하의 방쪽 지붕에서 뛰어내렸습니다."

그는 나를 등진 채 달려가며 계속 말을 하고 있었다. 나는 서둘러 대답했다.

"그 자를 도망치게 해서는 안 돼!"

황탁은 역풍을 뚫고 날아가는 산설조처럼 전신을 펴고 쾌속하게 움직였다. 나는 황탁의 마법이 그렇게 대단하리라고는 예상치 못했다. 지금까지 그가 백마술밖에 할 줄 모른다고 여겼다. 그 순간, 나는 어떤 생각이 떠올라, 몸을 돌이켜 조애와 월신의 방으로 뛰어갔다.

내 예상대로 월신은 방 안에 없었다. 그런데 의아하게도 조애 역시 방에 있지 않았다. 그녀는 어디에 갔을까? 벌써 서방호법이나 그의 부하에게 살해된 건 아닐까?

나는 다리에서부터 위로 조금씩 소름이 끼치는 것을 느꼈다.

편풍이 내 뒤에 나타나 말했다.

"북쪽 건물에 같이 가시지요. 우리를 노린 자가 지금 그 안에 있습니다."

서둘러 북쪽 건물에 다다랐을 때, 그곳에는 황탁이 벌써 와 있었다. 그는 예리한 검날에 가슴 부위의 옷자락이 길게 베어져 있었다.

그가 나를 돌아보며 말했다.

"폐하, 범인은 검은 야행복夜行服을 입은 자입니다. 방금 전, 그 자와 바위 사이에서 공방을 주고받았습니다. 놈은 빙검에 능하더군요. 제 가슴에 검을 휘두르고 곧장 몸을 날려 이 건물 안의 방으로 뛰어들었습니다."

"누구 방으로 들어갔소?"

"확실치 않습니다. 하지만 여기에 검을 떨어뜨렸습니다."

그가 한 자루 빙검을 내보였다. 그것은 결코 인간 세상의 물건이 아니었다. 마법으로 응결시켜 만든 검이었다. 예리한 검날에는 영능력이 깃들어 있었다.

그런데 황탁에게서 그 검을 넘겨받은 나는 뭔가 이상한 점을 발견했다. 검자루가 유난히 미끄러웠다. 이것은 검객에게 금기에 속하는 사항이다. 검을 힘주어 잡을 수 없으므로 최고의 검법을 구사하기 힘들기 때문이다. 그러나 황탁 같은 고수에게 타격을 입힐 수 있는 자가 검법이 약할 리가 없지 않은가.

이때 북쪽 건물에 묵고 있던 사람들이 복도로 쏟아져 나왔다.

가장 먼저 나온 사람은 적렬이었다. 그는 아직 잠들지 않았었는지 낮에 본 것과 같은 옷을 입고 있었으며 머리도 단정하게 빗은 채였다. 영웅적인 기세로 사람을 압도하는 그에게서 꽃향기 같은 냄새가 풍겼다. 그의 눈은 어둠 속에서도 하늘의 별처럼 밝게 빛났다.

그가 물었다.

"무슨 일입니까?"

"누군가 지붕에서 나를 암살하려 했습니다."

적렬의 안색이 싹 바뀌었다. 그는 다른 사람들을 둘러보다가 황탁에게 말했다.

"그 자가 정말 검은 야행복을 입고 있었습니까?"

"확실합니다."

황탁이 복도에 나오는 사람들을 관찰하며 냉랭하게 말했다.

"그러면 그 자가 이 건물에 들어오는 걸 본 뒤로 지금까지 얼마나 시간이 지났죠?"

"얼마 지나지 않았습니다."

"정확히 얼마나 말입니까?"

적렬이 물었다. 나는 그의 물음의 의도를 알아채고 대신 질문했다.

"옷을 갈아입을 만한 시간이었나?"

황탁이 한 마디, 한 마디 힘주어 말했다.

"그렇지 않습니다."

적렬 옆에 서 있는 사람은 검을 찬 잘 생긴 젊은이였다. 나는 이때서야 그의 이름이 아조㛑照라는 걸 알았다. 그는 적렬과 달리 맨발에 흰색 잠옷을 입고 있었다. 머리도 빗지 않은 채 어깨까지 드리우고 있었다.

낮에 화려한 옷을 입고도 신분이 가장 낮았던 노인은 이름이 동섭潼燮이었다. 그는 흰 여우가죽 망토를 걸쳤고, 그 안에 한 마리 청룡青龍을 수놓은 남색 잠옷을 입고 있었다. 그 청룡을 보니 불현듯 지금 내가 서방호법 청룡의 영지에서 점점 미궁에 빠져들고 있고, 전혀 반격할 능력이 없다는 생각이 들었다.

낮에 긴 의자에 앉아 있었던, 의탁鉞橾이라고 불리는 부인도 적렬과 마찬가지로 자지 않은 듯했다. 그리고 그녀 옆에는, 낮에 그녀와 나란히 앉았던 근육 투성이 남자가 서 있었다. 적렬은 내게 그의 이름이 어파魚破라고 알려주었다. 그는 잠이 들었다가 누군가에 의해 깬 것 같았다. 머리가 헝클어진데다 얼굴이 붉고 눈까지 빨간 걸로 봐서 한바탕 술에 취해 있었던 게 분명했다. 대취한 후에 억지로 잠을 깨면 얼마나 불쾌한지 알기 때문에 난 그에게는 질문을 던지지 않았다.

그리고 장갑을 낀, 독물의 고수인 부인은 적렬조차 이름을 몰랐다. 다만 '침'이라는 외자 별명만 알고 있을 따름이었다. 그녀는 부드러운 짙은 검정색 잠옷을 입고 있었다. 그런데 이상하게도 여전히 그 투명한 장갑을 끼고 있었다. 설마 밤에도 그것을 끼고 잔단 말인가?

나는 황탁에게 물었다.

"자객이 검은 옷을 입고 있었다고 했나?"

"예, 맞습니다."

"그러면 저 여자란 말인가?"

나는 침을 지목하며 물었다.

"아닙니다."

"왜 아닌가?"

"그 자는 몸에 착 달라붙는 옷을 입고 있었습니다. 그런데 침의 잠옷은 헐렁하고 부드럽습니다. 저런 옷은 움직이기에 불편할 뿐만 아니라 불필요한 소리를 냅니다. 경험 많은 자객은 결코 저런 옷을 입고 행동하지 않습니다."

"그러면 여기서 혐의가 가장 큰 사람은 당신이겠군."

나는 낮에 거문고를 탔던 여자에게 고개를 돌리며 말했다. 적렬은 그녀의 이름이 화효花效이며 과거에 한 요정의 유명한 악사였다고 말했다.

그녀가 물었다.

"왜 날 의심하는 거죠?"

"당신만 품이 큰 회색 장포를 입었기 때문이오. 그 장포 밑에 뭘 입고 있는지 궁금하군."

"뭐라고 생각하시나요? 검은 야행복?"

"그럴 수도, 그렇지 않을 수도 있겠지."

화효의 표정이 보기 싫게 일그러졌다. 그녀가 또 물었다.

"만약 제가 옷을 벗기 싫다고 하면 어떻게 되죠?"

"그러면 넌 지금 여기에서 죽을 것이다."

적렬이 딱 잘라 말했다. 나는 그가 여태껏 해온 말들이 항상 절대적으로 유효했을 거라고 생각했다. 적렬 정도의 지위에 다다른 인물들은 하나같이 말이 무겁고 신중하다. 단 한마디라도 실언을 하면 아랫사람의 과오를 바로잡을 기회를 영원히 잃을 수 있기 때문이다. 그런 그가 한 말이니 한치의 어긋남도 있을 수 없을 것이다.

화효는 고개를 숙인 채 입술을 질끈 깨물었다. 나는 그녀가 무슨 생각을 하고 있는지 알 수가 없었다. 황탁은 어느새 손에 힘을 축적해

놓은 듯했다. 그의 왼손에서 은은한 은빛 광채가 발산되었다. 나 역시 왼손 새끼손가락을 구부리고 혹시 있을지 모를 그녀의 도주나 기습에 대비했다.

하지만 화효는 도망을 치지도, 공격을 하지도 않았다. 그냥 순순히 그 회색 장포를 벗었다.

그녀가 옷을 벗자마자 나는 후회하고 말았다. 그녀의 장포 속에는 야행복이 없었다. 아니, 다른 어떤 옷도 없었다. 그녀는 사실, 속에 아무 옷도 입고 있지 않았던 것이다.

화효는 여전히 입술을 깨물고 있었다. 나는 그녀의 눈가에 물기가 반짝이는 것을 보았다.

나는 고개를 돌리며 말했다.

"미안하오, 내가 착각을 했소. 어서 옷을 입으시오."

"월신과 조애는 어디 있습니까?"

"두 사람은 방에 없었습니다."

"그러면 왜 그들을 의심하지 않습니까?"

적렬이 나를 주시했다. 그의 눈빛은 바늘 끝처럼 날카롭고 차가웠다.

"월신은 아닙니다."

나는 담담하게 말했다.

"그걸 어떻게 아십니까?"

이번에 물은 사람은 황탁이었다.

나는 황탁을 바라보았다. 전날 저녁, 그와 월신이 부딪쳤던 일이 생각났다. 나는 그들 두 사람 사이에 분명히 어떤 비밀이 있음을 알았다. 단지 황탁도, 월신도 내게 얘기하지 않고 있을 뿐이었다. 그래서 나는 황탁에게 물었다.

"자네는 왜 그렇게 월신을 의심하는가?"

"저는 월신뿐만 아니라 모두를 다 의심합니다."

"그렇다면 자네에게 설명해주지. 방금 전 내 방에 들어갔을 때, 월신은 내 등에 손으로 '등잔을 조심하세요'라고 글씨를 적었네. 그 등잔의 불은 자네가 붙였지. 그때 자네는 등잔에 기름이 얼마 남아 있지 않다는 걸 알아채지 못했나? 그 등잔에 기름을 부은 자는 정확히 계산했던 거야. 자기가 나를 암살하러 올 때까지만 기름이 지탱할 수 있도록 말이야. 그 이유야 당연하지. 갑자기 불이 꺼지면 사람의 눈은 순간적으로 사물을 분별할 수 없게 되니까."

"그러면 조애는 어떻게 된 겁니까?"

황탁이 물었다.

"모르겠네. 조애가 방 안에 없을 턱이 없는데 말이야. 아직 몸이 완전히 회복되지 않아서 쉬어야만 하잖나. 아무튼 지금은 모두 자기 방에 돌아가는 게 낫겠네. 내일 다시 이야기하도록 하지."

"그러면 월신과 조애는 어떻게 합니까?"

"방법이 없네. 기다리는 수밖에."

그날 밤, 나는 잠을 이루지 못했다. 머릿속으로 방금 일어난 사건을 계속 되새기고 있었다. 어느 정도 짚이는 점이 있기도 했지만 여전히 안개 속처럼 모호했다. 나는 내 자신이 몇 가지 중요한 일들을 놓치고 있는 게 분명하다고 생각했다. 하지만 그것들이 뭔지는 정확하게 알 수가 없었다.

아침에 자리에서 일어나 밖에 나가보니 적렬과 그의 부하들이 벌써 문 밖에 나와 있었다. 그리고 뜻밖에 월신과 조애도 그곳에 서 있었다. 조애는 조용히 웃으며 거문고를 어루만지고 있었다.

나는 그들에게 다가가 물었다.

"조애, 어젯밤 자네는……."

"조애, 간밤에 잘 주무셨소?"

내 말이 끝나기도 전에 적렬이 끼어들었다.

"네. 편안하게 잘 잤어요. 동이 틀 때까지 꿈도 꾸지 않고요."

"그것 참 잘 됐군요. 몸도 좋지 않으신데 푹 쉬셔야죠."

적렬이 아무렇지도 않은 듯 태연하게 웃으며 말했다. 하지만 내 손바닥에는 미세한 땀방울이 배어나오고 있었다. 조애가 왜 거짓말을 하고 있는 걸까?

"월신, 당신은 어땠소?"

"저는 여기 없었어요. 외출을 했었죠."

내가 물었다.

"어디에 갔었나?"

그녀가 나를 쳐다보며 말했다.

"어제 밤, 한 가지 일을 알게 됐어요. 밤에 폐하를 찾아뵙고 말씀드리겠어요."

나는 그녀의 표정에서 결코 꾸며대고 있는 게 아님을 알아챘다. 그녀는 틀림없이 어떤 일을 밝혀낸 게 분명했다.

"폐하, 저도 몇 가지 말씀드릴 게 있습니다."

황탁이 월신을 힐끗 보고서 내게 말했다.

그날 밤, 황탁은 내게 요천이 만성 독에 당한 게 아니라고 밝혔다. 나중에 무덤을 파고 요천의 시신을 끌어내 살펴보니, 정수리의 빽빽한 모발 밑에 한 가닥 가는 침이 꽂혀 있었다는 것이다. 그리고 그 침 끝에는 극독이 묻어 있었다고 말했다.

황탁이 말했다.

"폐하, 혹시 우리가 막 이 세계에 들어왔을 때, 그러니까 요천이 죽었을 때, 우리 주변에 의심스러운 자가 있었는지 기억하십니까?"

"주위에 뛰어난 자객들이 숨어 있다고 월신이 말했었지. 하지만 그들은 공격해오지 않았네. 월신이 있었으니 감히 수작을 부릴 엄두를 내지 못했겠지."

"그러면 이건 기억하십니까? 요천이 혼절해 쓰러질 때, 제일 먼저 달려와 그를 안은 사람은 편풍이었습니다. 마치 요천이 쓰러질 걸 미리 알고 있었던 것처럼 말이죠. 당시 편풍이 요천의 머리를 감싸 안았던 걸 저는 똑똑히 기억하고 있습니다."

"황탁, 자네는 뭘 말하고 싶은 건가?"

"폐하, 뭘 말씀드리려는 게 아닙니다. 단지 우리가 빠뜨리고 넘어간 일들을 깨닫고 알려드리는 겁니다. 판단은 폐하께서 해주십시오."

바로 이때, 월신이 문가에 나타났다. 그녀는 황탁이 내 방에 있는 것을 보고 아무 말도 하지 않았다.

황탁이 그녀를 곁눈질하며 내게 말했다.

"폐하, 제 방에 돌아가 있겠습니다."

월신은 황탁과 똑같은 이야기를 내게 해주었다. 그녀는 전날 밤 내가 암습을 당할 때, 요천의 시체를 보러 가느라 방에 없었던 거라고 말했다. 또한 무덤 사방의 풀들이 몽땅 말라 죽었다면서, 그것은 요천의 시체에 퍼진 독 이외에 머리에 꽂힌 작은 침 때문이라고 덧붙였다.

나는 그녀에게 황탁이 이미 그 일을 알고 있다고 알리지 않았다. 단지 그녀에게 한 가지 질문을 던졌다.

"자네는 누가 요천을 죽였다고 생각하나?"

월신은 우리 중에 범인이 있다고는 생각지 않는 듯했다. 그녀가 말했다.

"폐하, 머리에 은침을 가득 꽂은 부인을 기억하시나요?"

"침 말인가?"

"예, 한번 살펴보고 싶어요. 그녀의 은침이 요천의 정수리에 꽂힌 침과 같은 건지, 아닌지 말이에요."

막 내 방을 나서려던 월신이 갑자기 몸을 돌리며 물었다.

"폐하, 어젯밤의 암살 기도는 좀 이상하지 않나요?"

"자네가 말하려는 건……."

"검은 옷의 자객을 본 사람도, 또 자객이 북쪽 건물에 들어가는 걸 본 사람도 다 황탁이에요. 모든 이야기가 황탁 한 사람의 입에서 나왔죠. 게다가 그의 명치는 예리한 검날에 옷자락이 잘려 있었죠. 폐하,

폐하의 빙검으로 그의 옷을 벨 수 있는지 생각해보신 적이 있나요?”

나는 물끄러미 월신을 바라보았다. 두려움과 한기가 느껴지기 시작했다.

월신은 이미 요천의 시신에서 그 은침을 취해 갖고 있었다. 은침은 은색이 아니라 은백색을 띠고 있었고 은보다 훨씬 단단했다. 그리고 불빛 아래 비쳐보니 침 끝이 이상한 녹색으로 반짝였다. 의심할 여지 없이 강력한 극독이었다. 다음으로 침의 머리 부분은 눈에 잘 띄는 선홍색이었다. 그 부분을 자세히 살펴보다가 나는 소스라치게 놀랐다. 침 머리에 봉황의 머리가 새겨져 있었다!

“봉황!”

나는 자신도 모르게 소리를 질렀다.

나를 지켜보고 있던 월신이 심각한 표정으로 고개를 끄덕였다.

내가 손을 뻗어 침을 만지려 하자 월신이 얼른 제지하며 말했다.

“폐하, 이런 독은 정말 조심하셔야 해요. 상처가 없어도 피부를 통해 독소가 스며들 수 있어요. 그러면 치명적이지는 않더라도 무거운 부상을 입을 수 있어요.”

나는 묵묵히 은침을 바라보았다. 황탁의 말에서, 그리고 월신의 말에서 문득 어떤 생각이 떠올랐다.

그날 밤에는 아무 사건도 일어나지 않았다. 나는 편안한 잠에 빠져 연이어 몇 개의 꿈을 꾸었다. 인간 세상에 오래 머물다 보니, 꿈에 보이는 검설성에서의 일들이 수면에 비친 그림자처럼 비현실적으로 느껴졌다. 잠깐 사이에 수백 년의 세월이 흘러간 듯했다. 한때 아이코스와 함께 했던 시간은 다시는 돌이킬 수 없다. 오직 꿈속에서만 잘 생기고 제멋대로였던 그를, 냉혹할 때는 살기 어린 표정이지만 즐거울 때는 어린애처럼 달콤한 미소를 짓던 그를 만날 수 있다.

내 동생, 아이코스. 그는 지금 하늘 위에서 슬픈 노래를 부르고 있을 것이다. 죽은 영혼도 추위를 두려워할까. 그는 여전히 멋대로 보호막도 치지 않고 머리 위에, 어깨 위에, 검처럼 날카로운 눈썹 위에 꽃잎 같은 눈송이를 가득 맞고 있을까. 꿈속에서는 다툼도, 왕위도, 혈통의 차별도, 그리고 살인과 배반도 없었다. 오직 우리 두 형제만 검설성에서 가장 높은 성벽 위에 올라 역풍에 긴 머리를 날리고 있었다. 눈송이, 벚꽃 송이가 우리의 머리칼 사이로, 옷자락 사이로 흩어져 날렸다. 천 년, 만 년을 우리는 그렇게 서서 환설제국 전체를 굽어보고, 우리의 백성을 굽어보고, 조수가 들락대는 빙해와, 빙해 저편에 지천으로 피어난 붉은 연꽃을 굽어보았다.

한 마리 거대한 산설조가 검설성 상공을 낮게 날아갔고, 뒤이어 무수한 산설조 떼가 우리의 머리를 스치고 날아갔다. 나는 바람 속에 퍼덕이는 날개소리를 들었다. 그 희고 거대한 새 무리가 하늘 끝으로 사라진 뒤, 쪽빛 하늘에 내가 한시도 잊지 못한 이들의 얼굴이 출현했다. 은은한 남색 머리칼의 이락, 사랑에 용감했던, 그래서 내 마음을 아프게 한 남상, 나의 형과 누나, 그리고 성스러운 전쟁에서 희생된 빙족의 용사들…… 그들의 미소가 하늘 가득 넘실대다 안개처럼 천천히 흘어졌다.

꿈의 말미에 나는 10년간 계속되는 검설성의 겨울 폭설 속에 홀로 서 있었다. 주위에는 사람도, 심지어 목소리도 존재하지 않았다. 다만 포효하는 바람 소리만 끝없이 귓전을 후려칠 뿐이었다. 이윽고 검설성이 내 등 뒤에서 소리 없이 무너져, 그 날리는 먼지가 하늘과 태양을 가렸다.

나는 눈물을 흘리기 시작했다. 꿈속에서부터 꿈이 끝날 때까지, 그리고 자리에서 일어나 정신을 차릴 때까지 눈물을 흘렸다.

무릎을 끌어안고 침대에 앉은 채로 벽에 머리를 기댔다. 조그맣게 속삭이는 내 목소리가 들렸다.

"아이코스, 잘 지내고 있니? 이 형은 네가 너무나 보고 싶구나……"

아침에 일어나보니 창밖의 폭설은 벌써 그쳐 있었다. 대나무 잎 위에 쌓인 눈이 바람결에 조금씩 흩날리고 있었다.

여관 대청에 들어서니 월신 등이 식사를 하고 있었다. 거문고를 타는 여인, 화효를 제외하고는 모두가 다 그곳에 모여 있었다. 그런데 이상하게도 월신이 어떤 사람과 같은 탁자에 앉아 있었다. 그 사람은 바로 적렬의 부하들 중 독물에 가장 밝은 여인인 침이었다.

나는 가까이 다가가 침 옆에 자리를 잡았다. 점원이 와서 내게 뭘 먹을지 물었다. 그래서 음식을 주문하고 있는데 침이 내게 말을 건넸다.

"캐슬님, 밤에 제 방으로 좀 와주시지 않겠어요?"

나는 의혹의 눈초리로 그녀를 보았다. 그녀의 의도가 짐작이 가지 않았다.

그녀가 내게 미소를 지었다. 희미하고 신비로운 미소였다. 그녀가 말했다.

"당신의 친구, 요천이 독침에 당한 것을 알고 있어요. 저녁에 와주시면 그 독침에 관해 말씀드리겠어요."

나는 월신을 바라보았다. 그녀는 고개를 숙인 채 묵묵히 차를 마시고 있었다. 나는 다시 침에게 고개를 돌리며 말했다.

"좋소. 밤에 당신을 찾아가겠소."

그날 저녁, 나는 내 방으로 월신을 불러 말했다.

"월신, 나와 함께 침을 만나러 가주겠소?"

월신이 말했다.

"그러죠. 폐하, 부디 조심하셔야 해요."

나와 월신은 사람들이 다 잠들었을 때를 기다려 방에서 나왔다. 그런데 우리가 침의 방 밖에 도착했을 때, 그녀의 방 안에는 불이 꺼져 있었다. 게다가 아무 소리도 들리지 않았다. 사방이 온통 칠흑 같은 어둠뿐이었다.

나는 새끼손가락을 구부렸다. 갑자기 눈보라가 내 몸을 휘감으며 춤을 추기 시작했다. 뿐만 아니라 눈발이 점점 더 거세졌다. 나는 문을 열자마자 무수한 독침이 나를 향해 날아들까 염려스러웠다. 월신을 돌아보았다. 그녀도 왼손을 머리 위로 치켜들고 있었다. 그녀의 손에 담긴 달빛이 그녀의 몸 전체를 감싸고 있었다.

잠시 후, 월신이 문을 여는 동시에 그녀의 몸에 어린 달빛이 방 안으로 쇄도해 들어갈 때, 우리는 침을 보았다. 그녀는 정면으로 우리를 향한 채 의자에 앉아 있었다. 미소를 짓고 있었지만 그 표정이 말할 수 없이 괴상했다. 이윽고 우리가 방으로 들어가려 하자, 갑자기 그녀가 외마디 비명을 지르며 뒤로 물러났다. 나 역시 재빨리 뒤로 몸을 물려야 했다. 그녀의 손 안에서 빛나는 싸늘한 광채를 보았기 때문이다.

그녀는 머리칼에 꽂혀 있던 은침을 다 뽑아 손에 쥐고 있었다. 언제든 우리를 향해 뿌릴 수 있는 태세였다.

그런데 나와 월신이 문 밖에서 한참을 기다리고 있는데도 그녀는 전혀 동작을 취하지 않았다. 나는 온몸의 방어력을 끌어올린 채 방 안으로 들어갔다. 침은 아직도 괴상한 미소를 짓고 있었다. 나는 비로소 그녀의 얼굴이 뻣뻣하게 굳어 있다는 사실을 깨달았다.

"죽었어요."

월신이 수중의 달빛을 거두며 말했다.

이튿날 아침, 침의 시신을 여관 뒤편의 공터에 묻었다. 모두가 그녀의 무덤가에 서 있었다. 새로 판 진흙으로 쌓은 무덤이 흰 눈밭 속에서 유난히 눈을 자극했다. 그녀가 머리에 꽂고 있던 무시무시한 독침들도 함께 묻었다. 우리는 그녀의 무덤 위에는 푸른 풀이 자라지 않으리라는 걸 알고 있었다. 독침에 묻은 독이 흙 속에 퍼져 생전에 그녀가 암살의 고수였음을 증명해줄 것이다.

"본래 그녀가 봉황이었군요"

조애가 느릿느릿 말했다. 머리칼이 그녀의 눈 위에 드리워져 얼굴을 가리고 있었다. 하지만 그녀의 피곤하고 무력한 표정까지 가리지는 못했다.

조애의 말대로 침이 봉황인 것은 거의 확실해보였다. 월신이 의심한 대로, 침의 독침은 요천의 목숨을 빼앗은 독침처럼 머리 부분에 봉황 무늬가 새겨져 있었기 때문이다. 하지만 그녀는 왜, 누구에 의해 살해된 것일까? 그녀가 정말 봉황이었다면 서방호법이나 까마귀를 제외하고 어느 누가 감히 그녀를 죽일 수 있단 말인가? 풀리지 않는 의문이 꼬리에 꼬리를 물고 이어졌다.

나는 황탁을 돌아보았다. 그는 무표정했지만 눈빛만은 여전히 날카로웠다. 나는 그가 무슨 생각을 하고 있는지 짐작할 수 없었다. 그는 입을 꾹 다문 채 침의 무덤을 응시하고 있을 뿐이었다.

침이 죽은 뒤로 며칠간 여관은 매우 잠잠했다. 평소와 다름없이 숙박객이 들어오고, 또 나가는데 우리는 뭘 기다리고 있는지 한심스러웠다. 적렬이 말한대로 서방호법이 알아서 찾아와주기를 기다려야 했다. 그렇다고 변변한 방어 능력이 있는 것도 아니면서.

월신은 어디에 있는지 행방을 알 수 없을 때가 많았지만 황탁은 방 안에만 처박혀 있었다. 편풍과 조애는 여관 주인의 아들과 자주 공놀이를 하곤 했다. 그리고 나는 청죽헌 앞의 대나무숲 속 대나무 잎에서 떨어지는 미세한 눈송이를 지켜보고 있었다. 눈송이가 내 머리 위에, 내 어깨 위에, 내 반짝이는 흰 눈동자 속에 녹아들었다.

사흘 뒤, 모두를 공포 속에 몰아넣는 사건이 일어났다. 봉황은 애초에 죽은 게 아니었다.

그날, 주인의 아들이 내게 울면서 달려왔다. 그 애는 내 손을 잡고 자기가 애지중지하는 꽃이 말라죽었다며 여관 뒤편으로 나를 데려갔다. 그곳에 가자마자 나는 할 말을 잃었다. 나중에 도착한 월신과 황탁도 나처럼 심각한 표정이 되었다.

청죽헌 뒤편의 널찍한 풀밭 가운데, 상당히 큰 면적의 풀들이 말라죽어 있었다. 마치 선명하게 생채기가 난 것 같았다.

황탁이 말했다.

"땅 밑에 무슨 문제가 있군요."

월신이 다가가 손에 달빛을 응집시켜 땅을 내리찍었다. 나는 곧 갈라진 흙 속에서 한 줌의 침을 발견했다. 그 침들에 묻은 극독이 풀을 말라죽게 한 것이다. 그런데 그 침들의 머리 부분에는 봉황의 형상이 새겨져 있지 않았다.

황탁이 말했다.

"침의 시체를 다시 살펴봐야겠습니다."

무덤을 파헤쳐 침의 시체를 끌어냈다. 뻣뻣해진 시체 위에 햇빛이 쏟아졌다.

황탁이 침의 손가락에 있는 멍을 가리키며 말했다.

"이게 뭔지 아시겠습니까, 폐하?"

나는 고개를 저었다.

"왜 이런 멍이 생긴 거요?"

황탁이 대답했다.

"그녀가 죽고서 몸이 경직되었을 때, 누군가 그녀에게 손을 댔습니다. 억지로 손가락을 벌린 것 같습니다."

이번에는 월신이 말을 이었다.

"그 자가 공격할 때, 침은 머리의 독침을 뽑아 손에 쥐고 있었어요. 하지만 미처 날리지 못하고 죽고 말았죠. 그 후에 그자는 억지로 침의 손가락을 벌려 원래 있던 독침을 봉황의 독침으로 바꿔치기 했어요. 우리가 그녀를 봉황으로 착각하게 하려는 속셈이었죠."

적렬은 말없이 심각한 표정으로 듣고만 있었다. 한참만에 그가 조용한 어조로 말했다.

"이제 그만 묻읍시다. 다시는 그녀를 건드리지 말아주시오."

다음날 아침, 대청에서 식사를 하고 있을 때, 황탁이 돌연 내 곁에 와 자리를 잡았다. 그는 곁에 있던 점원에게 뭘 먹을지 말하고 난 뒤, 아무 말 없이 내게 손바닥을 펴 보였다. 그의 손바닥 위에는 백지가 놓여 있었고, 또 그 백지 위에는 무덤에서 파낸 침들이 놓여 있었다.

나는 그 침들을 꼼꼼히 살폈다. 황탁이 아무 이유 없이 내게 그것들을 보여줬을 리가 없기 때문이었다. 불까지 켜고 한참을 들여다보다가 나는 표정이 크게 흔들렸다. 황탁이 웃고 있었다. 내가 비밀을 찾아낸 걸 알았기 때문이다.

침들 중 몇 가닥 끝에 핏자국이 있었다. 다시 말해, 독침을 바꿔간 자가 이미 그 침에 찔렸고, 아마도 지금까지 독에 중독되어 있다는 얘기다.

황탁이 말했다.

"이런 독을 치료하려면 반드시 몇 가지 특별한 약재가 필요합니다."

나는 황탁의 눈이 반짝이는 걸 보고 얼른 그의 생각을 알아챘다.

"이 여관에서 누가 그런 약재를 샀는지 알면 중독된 자가 누군지도 알 수 있겠군."

황탁은 고개를 끄덕였다.

"중독된 자가 누구인지 알면 누가 봉황인지 확실해질 겁니다."

매일 한 번씩 짐을 실은 마차가 여관 문 앞에 멈춰 선다. 그러면 점원과 지배인이 나가, 여관에 필요한 물품들을 일일이 점검한다. 그중에는 당연히 약재도 있을 것이다. 그리고 혹시 여관 손님이 주문한 물건이 있으면 짐꾼이 직접 그 손님의 방에까지 가져다준다.

우리는 이 도시의 대형 약방들에서 매일 여관에 약재가 들어오는 걸 확인했다. 그중 대부분은 여관에서 약탕을 끓일 때 쓰는 보약이었고, 나머지 소량의 약재는 적렬의 부하인 의탁의 방으로 들어갔다.

나와 황탁이 이 일을 알리자, 적렬은 고개를 저었다. 의탁은 절대로 아니라는 것이다.

"의탁은 예전부터 약을 복용해왔습니다. 오래 전에 입은 부상을 계속 치료하지 않기 때문이죠. 내 저택에 있을 때는 전문가가 매일 약을 마련해줬지만, 지금은 이 여관으로 약재를 보내올 수밖에 없게 되었죠."

적렬이 계속 말했다.

"의탁이 복용하는 약은 영능력을 회복하기 위한 것들입니다. 해독제와는 거리가 멀지요."

적렬의 방을 나오면서 황탁이 내게 말했다.

"폐하, 그래도 의탁의 처방전을 봐야만 합니다."

낙초재落草齋는 이 도시에서 가장 큰 약방이었고 의탁에게 약을 갖다준 이들은 전부 이 약방의 점원이었다. 우리는 약방 안에 들어가 의원을 찾고 그에게 의탁의 처방전을 물었다.

그 의원은 억지로 미소를 지었지만 내심 내키지 않아 하는 것을 알수 있었다. 그는 의원으로서 환자의 사적인 비밀을 남에게 누설할 수없다고 말했다.

황탁이 한발 앞으로 나서며 말했다.

"당신이 그 처방전을 보여주면 내가 언제든 당신 환자 세 명을 치료해주리다."

의원이 경멸의 미소를 지으며 말했다.

"나는 이 도시 최고의 의원이오. 내가 왜 당신에게 환자 치료를 부탁한단 말이오?"

황탁이 내게 눈짓을 했다. 나는 당장 옆에 있던 점원을 끌어당겨 빙검으로 그의 가슴을 꿰뚫었다. 의원의 놀라 어쩔 줄 몰라 하는 표정이 눈에 띄었다. 바닥에 콸콸 선혈을 쏟는 그 점원을 뒤로 하고 나와 황탁은 웃으며 그곳을 떠났다. 막 대문을 나서려는데 의원의 떨리는 목소리가 들렸다.

"제발 가지 마시오."

황탁이 손 위에 응축된 빛으로 그 점원의 가슴을 부드럽게 어루만지자, 빙검에 찔려 피가 흐르던 상처가 천천히 아물었다. 그러다가 마지막에는 반들반들한 피부가 모습을 드러냈다. 마치 아무 일도 일어나지 않은 것처럼 깨끗했다. 뻣뻣하게 굳어 그 광경을 바라보는 의원의 눈에 경이와 두려움이 가득했다.

우리 수중에 들어온 처방전은 분홍색의 얇고 투명한 종이였다. 그 위에 의원의 필체가 어지럽게 휘갈겨져 있었다. 처방전 끝에서 우리는 세 가지 특이한 약재 이름을 발견했다. 공설초崆鱈草, 화섬서火蟾蜍, 백빙주사塊冰蛛絲.

황탁이 말했다.

"이 세 약재는 최상급의 해독제입니다."

나는 물끄러미 그를 바라보았다. 그의 눈에서 기이하면서도 사람을 빨아들일 듯한 광채가 번쩍였다. 나는 그의 생각을 알아챘다.

여관에 돌아온 나는 천초당의 안뜰에서 의탁을 보았다. 금빛이 비치는 검은 장포를 입은 그녀는 화려하고 신비로워 보였다. 그녀의 표정도 활짝 핀 검은 만다라꽃처럼 오만하고 신비로웠다. 나를 보고서 그녀는 바람 부는 얼어붙은 호수 같은 미소를 지어보였다. 그 미소가 그녀의 얼굴 위에 미세하고 잔잔한 파문으로 서서히 번져갔다. 그녀가 입을 열었다.

"캐슬님, 안녕하신가요?"

"그런대로 좋소. 약을 복용하는 것 같던데 건강은 괜찮소?"

이마 위로 내려온 머리칼을 모으며 그녀가 웃으며 말했다.

"괜찮아요. 그냥 보약인 걸요, 뭐. 신경 써주셔서 감사합니다."

그날 밤, 황탁이 내 방에 찾아와 내게 말했다.

"폐하, 우리 의탁의 방에 가봅시다."

"가서 뭘 하려는 건가?"

"그녀의 약재가 보약이 전부인지 봐야겠습니다."

나는 그에게 말했다.

"그 일은 월신을 시켜야 하네."

황탁이 미심쩍은 듯 한참 나를 본 뒤에 물었다.

"왜 월신을 시키려 하십니까?"

"만약 의탁이 봉황이라면 오직 월신만이 그녀와 암살 기술을 겨룰 수 있네."

황탁이 창밖의 어둠을 바라보며 고개를 끄덕였다.

그날 밤, 나와 황탁, 월신은 천초당에 있는 의탁의 방 앞으로 갔다. 그녀는 이미 잠들어 있는 듯했다. 방 안에 불이 꺼져 있었다.

문을 미는 순간, 나는 문득 이상한 느낌이 들었다. 마치 예전에 이와 똑같은 상황을 겪어본 것 같았다. 월신을 돌아보았을 때, 그녀의 표정도 나와 마찬가지였다. 눈빛을 교환한 우리는 잠시 후, 어떤 상황이 벌어졌는지 동시에 확인했다. 하지만 이미 때는 늦었다. 마룻바닥에 누워 천정을 바라보고 있는 의탁, 그녀의 표정은 믿을 수 없다는 듯 잔뜩 뒤틀려 있었다. 그녀를 죽음에 이르게 한 건 목에 그어진 가느다란 상처였다. 살인범은 그녀가 전혀 예상치 못한 인물임이 분명했다. 왜냐하면 그녀는 아무 반격의 태세도 못 갖춘 채 죽었기 때문이다. 예상 밖의 인물이 아니었다면 그녀가 그렇게 속수무책으로 당했을 리 없었다. 적렬이 몇 번이고 얘기해준 바에 따르면, 의탁의 영능력의 수준은 마법사에 비해 절대 뒤지지 않았다.

월신이 방 안의 등잔에 불을 붙였다. 의탁의 침상 옆에 궤짝 하나가 놓여 있었다. 궤짝은 잠궈지지 않은 채 활짝 문이 열려 있었다. 황탁이 궤짝 속의 물건을 확인하고 내게 말했다.

"전부 약재로군요. 하지만 그 세 가지 해독제는 보이지 않습니다."

월신이 말했다.

"의탁은 봉황이 아니에요. 그녀를 죽인 범인이 진짜 봉황일 거예요. 약을 훔치러 왔다가 의탁에게 발각되자 살인을 저지른 거죠. 그리고 우리가 갑작스레 들이닥치는 바람에 궤짝 문을 못 잠그고 달아난 거예요."

내가 월신에게 물었다.

"그러면 봉황이 누구라고 생각하나?"

월신이 대답했다.

"돌아가서 이야기해보죠."

여관에 돌아오니 방에는 아무도 없었고 다들 대청에 모여 있었다. 빠진 사람은 조애뿐이었다.

적렬이 대청 중앙에, 그 옆에 편풍이 앉아 있었다. 한쪽 편에는 화효가 거문고도 없이 조용히 앉아 있었다. 그리고 다른 편에는 검을 찬 미남자 아조가, 그 옆에는 노인인 동섭과 근육질의 사내, 어파가 나란히 앉아 있었다.

나는 적렬에게 질문을 던졌다.

"방금 이곳에 없었던 사람이 누구죠?"

"다들 해가 지자마자 여기서 술을 마시기 시작했습니다. 중간에 아조와 어파가 잠시 자리를 비운 적이 있습니다."

"한 사람을 죽일 수 있을 만한 시간이었나요?"

월신이 이어서 물었다. 금세 표정이 심각해진 적렬이 힘주어 말했다.

"아니오, 그럴 만한 여유는 없었소."

아조가 차가운 눈초리로 월신을 보며 말했다.

"닭 한 마리 죽일 여유도 없었소."

적렬이 나직한 어조로 내게 물었다.

"이번에는 누가 죽었습니까?"

"의탁입니다."

내가 대답하는 순간, 갑자기 황탁이 외마디 소리를 질렀다. 그가 다급하게 말했다.

"우리가 중요한 걸 빠뜨렸습니다."

그가 문을 박차고 나갔고, 나와 월신도 그의 뒤를 따랐다. 나는 황탁이 어디로 가는지 어렴풋이 알 것 같았다.

　우리가 도착했을 때, 그 도시에서 가장 큰 약방, 낙초재는 이미 하늘을 찌를 듯한 화염에 휩싸여 있었다. 그 앞에 서서 나는 새삼 검설성의 환영천에서 일어난 대화재를 떠올렸다. 아이코스는 붉은 혀를 낼름대는 그 불길 속에서 외로이 누워 하얀 눈동자를 반짝이고 있었다.
　황탁과 월신의 얼굴 위에 불 그림자가 일렁였다. 나는 그들의 변화하는 표정을 지켜보다가 황탁에게 물었다.
　"이런 일이 생길지 어떻게 알았나?"
　"우리가 아주 중요한 일을 빠뜨렸기 때문입니다. 폐하, 그 세 가지 약재가 뭐였는지 기억하십니까?"
　"기억하네. 공설초, 화섬서, 백빙주사였지."
　"그런데 폐하, 그 세 가지 약재는 환설산과 검설성에만 있는 것들 아닙니까? 속세의 한 평범한 의원이 영능력이 뭉쳐야 자라는 그 약재들을 어떻게 알 수 있단 말입니까?"
　"그렇다면 그 의원은……."
　"맞습니다. 그 의원은 누군가가 변장한 겁니다."
　월신이 천천히 말했다.
　"조애에게 가서 묻는 게 낫겠어요. 오늘 저녁, 어디에 있었는지."

　이튿날 저녁, 우리는 의탁의 시체를 묻은 뒤, 다 같이 여관 대청에 모였다. 화효 한 사람만 어디에 있는지 보이지 않았다. 적렬이 점원에게 음식을 날라오게 했다. 그날의 요리는 무척 풍성했지만 다들 입맛이 없어 보였다. 하나둘 목숨을 잃어가는 와중에서 식욕을 느낄 리가 없었다. 점원이 상을 다 차렸는데도 화효는 나타나지 않았다. 그래서 우리는 점원을 물러가게 한 뒤, 계속 화효를 기다렸다.

모두들 화효도 살해된 게 아닐까 우려하고 있을 즈음, 드디어 화효가 모습을 드러냈다. 대충 옷을 차려입은 그녀는 화장도 하지 않아 얼굴이 창백해 보였다.

적렬도, 나도 아무 것도 묻지 않았다. 이윽고 식사가 시작되었다.

수저를 든 지 얼마 되지 않아 나는 갑자기 월신의 얼굴에 살기가 가득한 것을 보았다. 그때까지 그녀가 그토록 살기등등한 표정을 짓는 걸 본 적이 없었다. 곧 그녀가 손에서 달빛을 번뜩이며 자리를 박차고 튀어나갔다. 그런데 막 문을 열려는 찰나, 월신은 통로에서 지붕을 껴안고 있는 주인의 아들을 보았다. 그 꼬마는 놀라고 두려운 표정으로 입을 딱 벌린 채 청죽헌 쪽을 바라보고 있었다. 꼬마의 눈에 어린 끝없는 공포가 모두의 마음을 섬뜩하게 했다. 월신이 청죽헌 쪽으로 날듯이 달려갔다. 그녀의 긴 옷자락이 바람 속에서 찢어질 듯한 소리를 냈다.

'봉황이 나타났구나!'

나는 월신이 염려되어 역시 옷을 떨치며 일어섰다. 그런데 돌연 위가 극심하게 아프고 눈앞에 현란한 색깔이 퍼지면서 무수한 환각들이 땅 위로 솟구쳤다. 황급히 뒤를 돌아보았다. 모두가 바닥에 넘어져 있었다. 누군가 음식에 독을 푼 것이다! 오직 황탁과 조애만 검은 바람 속에 소매를 휘날리며 멀쩡히 서 있었다. 나는 눈앞이 컴컴해지는 걸 느끼며 바닥에 쓰러졌다. 의식을 잃기 직전, 내 시야에 들어온 광경은 놀랄 만한 것이었다. 황탁이 조애에게 공격을 가하고 있었다. 그의 방어결계가 완전히 펼쳐진 상태였고, 조애도 무음금을 꺼내 선율을 고르기 시작했다. 반짝이는 흰 나비들이 거문고 현 위로 날아올랐다. 나는 조애가 어느새 접철의 암살 기술을 습득했음을 알았다. 하지만 황탁과 조애 중에 누가 승자가 될지는 미지수였다. 나는 더 이상 버틸 힘이 없었다. 어둠이 무너져 내리며 한 점 빛도 없는 심연 속에 빠져들었다.

정신이 돌아왔을 때, 나는 여전히 대청 안에 있었다. 다른 사람들도 차츰 깨어나고 있는 중이었다. 황탁이 중독된 그들을 돌보고 있었는데, 이상하게도 조애가 그 옆에 서 있었다. 월신도 벌써 돌아와 실내 한 귀퉁이에 묵묵히 서 있었다.

도대체 무슨 일이 일어난 건지 막 물으려는데 황탁이 묻지 말라며 눈짓을 보냈다. 나는 황탁의 얼굴을 쳐다보았다. 모든 게 예측하기 힘든 방향으로 바뀌고 있는 듯했다.

월신이 다가와 내 앞에 무릎을 꿇고 말했다.

"폐하를 지켜드리지 못해 죄송합니다."

"자네만 무사하면 됐네. 그 자를 붙잡았나?"

월신이 말했다.

"실패했어요. 곧장 쫓아갔지만 점점 살기가 희미해졌어요. 놓친 걸 알고 돌아와보니 쓰러져 계시더군요."

그 뒤로 며칠 동안 하늘과 대지에 온통 큰 눈이 내렸다. 차례로 사람들이 살해된 탓에 여관의 분위기는 무척 가라앉아 있었다. 어느 날 저녁에는 죽은 자들의 망령이 하늘을 스치는 소리가 들렸다. 절망, 공포, 숙명, 배반, 암살, 따뜻함, 선혈, 벚꽃 등 모든 환각이 백조의 깃털 같은 눈송이에 섞여 검은 대지를 뒤덮었다.

나는 죽음이 몰고 온 침침하고 무거운 느낌에 이미 신물이 나 있었다. 그것은 끈적끈적한 어둠처럼 가슴을 답답하게 했다. 하지만 죽음의 연쇄는 아직 끝난 게 아니었다. 이번 희생자는 뜻밖에도 편풍이었다.

편풍이 죽은 시각은 정오였다. 태양이 흔들리는 대나무 잎 사이로 가늘고 미세한 광선을 내리 쏘고 있었다. 편풍의 참혹한 비명이 들렸을 때, 나와 황탁은 내 방 안에 함께 있었다. 곧바로 뛰쳐나온 우리가 편풍의 방 입구에 도착했을 때, 화효도 천초당에서 막 달려온 참이었다. 그녀가 숨을 헐떡이며 말했다.

"방금 무슨 소리를…… 들은 것 같은데……."

그녀는 바로 입을 다물었다. 황탁의 침중한 표정을 보았기 때문이다. 나 역시 같은 표정이었으리라. 그런데 방문을 밀어보니 열리지가 않았다. 안에서 잠겨 있었기 때문이다.

황탁이 나를 보며 말했다.

"편풍을 죽인 자가 아직 안에 있을 겁니다."

화효가 놀라 뒷걸음질을 쳤다. 나는 그녀를 돌아보며 말했다.

"뒤로 물러나 있으시오."

황탁이 손을 펼쳐 방어결계를 소환하고 자신과 나를 감쌌다. 하지만 문을 박차고 들어간 순간, 안에서는 아무 반응도 없었다. 텅 빈 무덤 속처럼 조용하기만 했다. 하긴 방 안이 무덤 같다는 건 실제로 맞는 말이었다. 편풍이 공포에 질려 뒤틀린 표정으로 바닥에 누워 있었다. 의탁이 죽었을 때의 표정과 동일했다.

편풍의 방은 건물의 가장 구석에 있었기 때문에 창문이 없었다. 오직 방문이 유일한 출구였다. 따라서 살인범은 아직 방 안에 남아 있는 게 분명했다.

그런데 황탁이 내게 엉뚱한 소리를 했다.

"폐하, 사람들을 찾으러 가시죠."

이어서 그는 화효를 돌아보며 말했다.

"당신은 여기서 범인이 달아나지 못하게 지키고 계시오."

그러더니 황탁은 내 손을 끌고 그 자리를 떠났다. 나는 어떻게 화효 혼자 그곳에 남겨둘 수 있냐고 물으려 했지만 황탁은 내 손을 잡은 채 이상한 손동작을 해보였다. 나는 그에게 어떤 속셈이 있는 게 분명함을 알아채고 그냥 그의 뒤를 따랐다. 그런데 복도 모퉁이를 돌자마자 황탁이 걸음을 멈추더니 내게 조용히 지켜보라고 권했다.

그 각도에서는 화효의 상반신밖에 보이지 않았다. 하반신은 복도 난간에 가렸다. 하지만 그녀가 방에 다가가 문을 열고 수상하고도 은밀한 미소를 짓는 것을 볼 수 있었다. 방에서는 아무도 나오지 않았다.

그런데도 그녀는 고개를 돌려 복도 끝을 바라보았다. 마치 누군가 방에서 나와 복도 끝으로 사라졌다는 듯한 동작이었다. 황탁을 돌아보았다. 그의 표정은 여전히 차갑고 딱딱했다. 순간, 내 머릿속에 수많은 생각이 스쳤다.

이 여관에서 빚는 술은 상당히 유명했다. 풍류를 즐길 줄 아는 적렬은 자주 대청에 술자리를 마련했다. 점원에게 이런 손님은 당연히 환영의 대상이었다. 그래서 안주를 차릴 때면 희희낙락, 웃음이 얼굴을 떠나지 않았다. 돈벌이를 앞에 두고 웃지 않을 사람이 어딨겠는가.

나는 황탁, 월신, 조애와 같은 탁자에 앉아 있었다. 그리고 적렬은 아조, 어파, 동섭과 함께 앉아 있었다. 단지 화효만 보이지 않았다.

황탁이 술 한 잔을 기울인 뒤, 적렬을 돌아보며 말했다.

"이제 당신에게 누가 봉황인지 말씀드릴 수 있습니다."

적렬이 들고 있던 술잔이 바닥에 떨어졌다. 도자기 잔이 깨지고 술이 바닥을 적셨다. 아조와 어파도 안색이 바뀌었다. 적렬이 물었다.

"누가 봉황이오?"

황탁이 방어결계를 펼치고 월신의 손에서 달빛이 번쩍이며 한 자루 빛의 검이 출현했다. 나도 최대한 영능력을 소환하여 몸 주위에 무수한 얼음조각을 순환시켰다. 그리고 조애의 거문고 소리도 귀를 찢을 듯 날카롭게 울리기 시작했다. 빛나는 거문고 현에서 흰 나비들이 날아올라 대청을 꽉 채웠다.

분위기가 순식간에 얼어붙었다. 바닥에서 바람이 솟구쳐 올라 실내를 감싸고 돌았다. 사람들의 긴 머리와 옷자락이 휘날리고 대청을 밝히던 등불이 꺼질 듯 말 듯 일렁였다. 심지어 마룻바닥이 뒤흔들리기도 했다. 사람들이 영능력을 끌어모으면서 적렬 등은 한바탕 큰 전투가 벌어지리라는 것을 눈치챘다. 그래서 그와 아조, 어파, 동섭은 동시에 새끼손가락을 구부려 자신들의 무기를 소환해냈다. 아조의 무기는 자줏빛 광채가 번뜩이는 좁고 긴 빙검이었으며, 어파의 것은 변화무쌍한 삼극검三棘劍이었다. 그리고 동섭의 무기는 남색의 소환용 마법지팡이였다. 마지막으로 적렬의 무기는 뜻밖에도 어화궁馭火弓이었으며, 몸체가 붉은 그 화살은 사용이 금지된, 빙족의 전설적인 병기였다.

점원은 벌써 너무 놀란 나머지 입을 딱 벌린 채 땅바닥에 뻣뻣하게 주저앉아 있었다. 기어서 자리를 빠져나가려 했지만 두려움 때문에 몸이 맘대로 움직여지지 않았다. 겨우 엉금엉금 문 쪽으로 다가가면서 "살려주세요, 살려주세요"라고 중얼거렸다.

황탁이 번쩍 몸을 날려 그를 가로막으며 말했다.

"걱정 마라, 쉽게 죽이지는 않을 테니. 너가 죽인 사람이 그토록 많은데 설마 그러기야 하겠느냐, 봉황!"

점원의 표정이 단박에 차갑게 가라앉았다. 방금 전까지 질겁하여 주저앉아 있던 자와는 완전히 다른 사람인 듯했다. 지금 그의 눈빛은 침착하고 예리했으며 온몸에서 사람을 압박하는 살기가 발산되었다.

그가 몸을 돌려 나와 월신, 조애를 보며 물었다.

"내가 봉황인 줄 어떻게 알았느냐?"

조애가 희미하게 미소 지으며 말했다.

"이리 와서 우리에게 거문고나 한 곡 타주세요, 화효."

순간, 봉황의 안색이 흉측하게 일그러졌다. 그녀가 말했다.

"내가 화효인 것까지 알고 있다니!"

적렬의 눈이 놀라움으로 휘둥그레졌다. 아무도 범인이 화효일 거라고는 생각지 못했을 것이다. 이것은 원래 완벽에 가까운 암살 계획이었다.

봉황이 창문 밖을 바라보며 조용히 말했다.

"까마귀, 이제 나와도 좋다."

그녀가 말을 마치자마자 모든 이의 시선이 창밖을 향했다. 하지만 밖에는 짙은 어둠뿐이었다. 그러나 나는 바람에 옷자락이 스치는 소리를 들었다. 내가 고개를 돌렸을 때, 봉황은 이미 반대편 창 쪽으로 달려가고 있었다. 나는 그녀가 이 집을 탈출하려 한다는 걸 알았다. 그녀가 아무리 강하다 해도 이곳에 모인 사람 전부를 상대할 수는 없기 때문이었다.

창문에 거의 접근한 봉황이 갑자기 바닥에 나동그라졌다. 그녀가 분노의 눈초리로 나를 쏘아보았다. 내가 그녀에게 다가가며 말했다.

"네가 도망갈 줄 알고 건물 사면에 미리 견고한 얼음을 둘러쳐 놓았다. 대문과 창문도 마찬가지다. 내가 해제 마법을 쓰지 않으면 누구도 밖으로 나갈 수 없다."

봉황의 안색이 어두워졌다. 일순간에 늙어버린 듯했다. 그녀가 내게 물었다.

"너는 언제부터 나를 의심하게 됐느냐?"

"첫날 네가 지붕에서 나를 암살하려 했을 때부터."

"어떻게 나인 줄 알았지?"

"그날, 너는 회색 장포 속에 아무 것도 입지 않고 있었다. 황탁은 그 검은 옷을 입은 괴한이 옷을 갈아입을 여유가 없었을 거라고 말했지. 하지만 단순히 옷을 벗는 거라면 그리 시간을 들일 필요가 없지."

"그래서 나를 의심하게 된 건가?"

"아니. 그때는 조금 이상하게 생각했을 뿐이다. 그 후로 너는 또 침을 죽였지."

"내가 침을 죽인 건 또 어떻게 알았지?"

"당시에 나는 네가 침을 죽였다고는 생각지 못했다. 단지 점원을 의심했을 뿐이다. 그때는 아직 네가 점원인 줄 몰랐다."

"그건 왜지?"

"그날 아침, 나와 월신은 침에게 저녁에 찾아갈 거라고 약속했다. 하지만 그녀는 우리가 도착하기 전에 무참히 살해되었지. 그런데 아침에 침과 얘기를 나눌 때, 우리 옆에 있던 사람은 점원뿐이었다. 나는 그때부터 점원을 의심하기 시작했다. 그리고 너는 침을 살해한 뒤, 자기가 쓰는 봉황침을 그녀의 손에 쥐어주고, 그녀의 침은 땅 속에 묻어버렸다. 우리가 침을 봉황으로 오인하게 하려는 속셈이었겠지. 하지만 너는 그녀의 침에 묻은 극독을 계산에 넣지 않았다. 그 바람에 극독이 풀을 말려 죽였고, 우리도 침이 봉황이 아니라 침을 죽인 자가 진짜 봉황임을 알아차렸지.

네 실수는 이뿐만이 아니다. 장갑도 끼지 않고 침의 머리에서 독침을 빼다가 그만 손에 독이 침투했지? 너는 그 사실을 들키지 않으려고 그때부터 더는 거문고를 뜯지 않았다.

그래도 넌 독을 해독하지 않을 수 없었다. 하지만 해독에 필요한 약재를 공공연히 날라올 수는 없었다. 할 수 없이 은밀히 약방의 의원을 죽인 뒤, 그와 똑같이 변장하고 그 진귀한 약재들을 구해 약방으로 들여왔다. 본래 너는 우리가 의심의 대상을 계속 바꾸기를 바랐을 것이다. 그래서 의탁의 처방전에서 마지막 세 약재의 이름을 해독제로 바꿔치기 했겠지. 하지만 그로 인해 나는 더더욱 너를 의심하게 됐다."

"그건 어째서지?"

봉황이 내게 물었다.

"속세의 일개 의원이 이 세상에 공설초, 화섬서, 백빙주사라는 약재가 있는 줄 알 리가 없기 때문이다. 그래서 나와 황탁은 그 의원도, 의탁도 결코 보통 사람이 아니라는 걸 알았다."

"그 다음엔?"

"그 다음에 너는 약을 훔치러 의탁의 방에 들어갔고 결국 그녀에게 발각되었다. 그래서 그녀를 죽인 거겠지."

봉황이 날카롭게 웃어젖힌 뒤, 말했다.

"내가 의탁을 죽였다면 어떻게 계속 대청에서 적렬과 술을 마시고 있었겠느냐?"

나는 그녀를 지그시 응시했다. 그녀의 눈빛은 비웃음으로 가득했다.

"하긴, 그때 대청 안에 있는 너를 보고 나는 거의 내 판단을 포기

할 뻔했다. 그 자리에 없었던 사람은 너가 아니라 조애였지. 그래서 나는 두 가지 가능성을 떠올렸다. 첫째는 네가 정말 대청 안에 계속 있었고, 약재를 훔치러 들어간 자가 점원이었을 가능성. 이 경우에 점원은 까마귀일 거라고 추측했다. 그리고 둘째는 범인이 조애일 가능성. 네가 그 자리에서 조애를 빠지게 만든 건 훌륭한 계책이었다고 인정해주마. 그때 나와 황탁은 모든 혐의를 조애에게로 돌렸지."

"그렇다면 어떻게 다시 조애를 믿고 나를 의심하게 됐느냐?"

"그날 네가 독을 뿌린 덕분이다. 네 계책이 훌륭하기는 했다. 까마귀를 시켜 월신을 유인해내는 수법을 쓰다니. 월신이 자리에 있으면 음식에 손을 대자마자 재깍 독이 든 걸 감지해냈을 테니 어쩔 수 없었겠지. 결국 그녀가 나간 뒤에 모두가 독에 중독되어 쓰러졌다. 그때 너도 중독된 것처럼 가장했지. 어쩌면 이것은 네 원래 계획들 가운데 가장 훌륭한 것이 될 수 있었지만, 오히려 정반대로 네 허점을 드러내고 말았다. 왜냐하면 이미 그전에 황탁이 음식을 검사하고 음식에 독이 섞여 있다는 걸 알았기 때문이다. 그런데 그는 이 사실을 숨긴 채 미리 해독제만 가늠해놓고 누가 중독되지 않는지를 살폈다. 중독되지 않는 사람이 곧 독을 뿌린 사람일 것이기 때문이었다. 하지만 이때 공교롭게도 조애가 음식을 먹지 않은 덕에 독의 피해를 면했다. 반대로 너는 중독된 것처럼 가장하고 있었지. 황탁이 당장 그녀를 독을 뿌린 범인으로 단정한 것도 무리가 아니었다."

"그러면 왜 계속 그녀를 의심하지 않았나?"

"네가 황탁의 해독제를 먹었기 때문이다."

"모두가 먹었는데 왜 하필 나만 의심했느냐?"

황탁이 끼어들어 말했다.

"내 해독제가 원래 일종의 독약이었기 때문이다. 중독되지 않은 사람이 먹으면 자신도 모르게 얼굴색이 남색으로 변하지. 조애와 싸우기 직전, 나는 네 안색이 변한 걸 보았다. 그래서 알았지, 독을 뿌린 자가 다름 아닌 너라는 걸."

다음으로 내가 이어서 말했다.

"우리는 그때부터 완전히 조애를 신뢰하게 됐다. 그래서 그녀에게 사건이 일어난 밤마다 방 안에 없었으면서 왜 방에서 자고 있었다고 말했느냐고 물었다. 그런데 조애는 여전히 아무 데도 간 적이 없다고 말했다. 그래서 그날 밤, 우리는 조애의 방 안에 숨어 있기로 했지. 한밤중이 되자 네가 들어오더군. 너는 미혼향迷魂香을 써서 조애를 잠들게 한 다음, 그녀를 침상 밑에 밀어 넣고 나갔다. 그제서야 우리는 왜 사건이 있을 때마다 조애를 방에서 보지 못했는지 알았다. 사실은 침상 밑에 숨겨져 있었던 거야. 그리고 동이 틀 즈음, 너는 다시 조애를 침상 위에 올려놓았지. 그랬으니 조애로서는 자기가 줄곧 방 안에 있었다고 말할 수밖에 없었고, 우리도 그 명백한 거짓말로 인해 조애를 의심할 수밖에 없었던 거지. 네 계획은 실로 주도면밀했다."

"그래서 그때부터 나를 의심했던 거냐?"

"그렇다. 하지만 완전히 단정짓지는 못했다. 편풍이 변을 당하고 나서야 네가 봉황임을 확신했지."

"그러면 너희는 일부러 나를 편풍의 방 앞에 남겨두었던 거냐?"

"그렇다. 우리는 구석에 숨어, 네가 문을 열고 살인범을 놓아주는 걸 지켜보았다. 비록 똑똑히 보지는 못했지만 나는 방 안에서 누군가 나왔음을 알았지. 그 자가 은신술을 썼는지, 아니면 다른 방법을 썼는지는 잘 모르겠지만."

"점원이 나라는 건 또 어떻게 알았지?"

"우리는 한때 점원이 까마귀일 거라고 생각했다. 나중에서야 점원도 너라는 걸 알았지. 먼저, 너는 점원과 함께 있었던 적이 없었다. 그가 있을 때마다 너는 자리에서 빠져 있었지. 우리 모두가 너를 기다리고 있을 때도 꼭 점원이 물러간 다음에야 뒤늦게 나타났다. 더욱이 화장도 하지 않고 창백한 얼굴로 말이야. 분명히 점원으로 꾸민 분장을 막 지웠기 때문이겠지. 어디 그뿐이냐? 우리가 침을 찾아가기 전, 그리고 의탁을 찾아가기 전에도 우리 옆에 있으면서 우리말을 엿들을 수 있었던 자는 너밖에 없었다. 그리고 그날 밤, 황탁이 주운 검은 손잡이가 너무 미끄러웠다. 나는 그 이유를 나중에야 알았다. 손잡이에 묻은 게 다름 아닌 식용유라는 사실을. 점원이 아니면 누가 손에 식용유를 묻히고 다니겠느냐. 그 후로 나는 네 손을 자세히 관찰했다. 악사의 손도 절대로 미끄러워서는 안 된다. 조애의 손을 보면 알 것이다. 누구보다 깨끗하고 건조하며 부드럽지. 이것은 악사가 반드시 갖춰야 할 조건이다."

황탁이 내 옆으로 다가와 말했다.

"우리는 점원이 바로 너라는 걸 안 뒤에 까마귀는 또 다른 자일 거라고 추측했다. 의탁이 살해될 때, 너는 확실히 적렬과 함께 술을 마시고 있었으므로 의탁의 살인범은 까마귀인 게 분명하다. 그리고 편풍이 죽었을 때, 그의 방문은 안에서 잠겨 있었다. 그때 너는 우리와 함께 밖에 있었으므로 편풍을 죽인 자도 까마귀일 것이다."

봉황이 나를 쳐다보며 한숨을 쉬었다.

"여태까지 네가 무능한 왕인 줄 알았다. 어리석고 나약하다고만 생각했지. 하지만 내 눈이 틀렸던 거로군. 너는 계속 입을 다물고 있었지만 누구보다도 상황을 잘 파악하고 있었어. 자, 내게 또 물어볼 것이 있나?"

"물론이다. 첫 번째, 우리는 까마귀가 편풍의 방에서 나오는 걸 보지 못했다. 그가 은신술을 쓴 것이냐? 하지만 이 세계에서는 은신술과 환영이형술이 봉인되어 있다. 그가 어떻게 쓸 수 있었던 거지? 그리고 두 번째, 까마귀가 누구냐?"

봉황이 힐끗 나를 보고는 괴상한 웃음을 지으며 말했다.

"너는 영원히 알 수 없을 것이다. 이제 보니 너도 잘 모르고 있었구나. 절대로 가르쳐주지 않겠다!"

"더 이상 반항할 여지가 없을 텐데?"

"내가 입을 열면 네가 아니라 까마귀가 날 죽일 것이다. 나는 까마귀의 마법에 대항할 능력이 없다. 그러나 입을 열지 않으면 까마귀가 날 구해줄 것이다. 왜냐하면……."

봉황이 말을 마치기도 전에 나는 그녀의 얼굴에 기괴한 파란색이 번지는 걸 보았다. 하지만 그녀는 아직 모르고 있었다. 나는 그녀의 얼굴을 손가락질하며 말했다.

"봉황, 네 얼굴이……."

"내 얼굴? 그게 무슨 소리냐?"

그녀는 자기가 이미 중독된 것을 모르는 듯한 표정이었다. 보아하니 중독자 자신도 모르게 퍼지는 종류의 독인 게 분명했다.

이윽고 봉황이 외마디 비명을 질렀다. 이제야 진상을 깨달은 것이다. 그녀는 벽에 걸린 청동거울 앞으로 달려가더니 미친 사람처럼 고래고래 소리를 질렀다.

"이건 아냐, 까마귀가 나를 죽이다니……."

하지만 이미 늦었다. 그녀는 목소리가 점점 잦아들다가 뒤로 벌렁 넘어졌다. 황탁이 달려가 그녀를 안고서 황급히 물어보았다.

"빨리 말해라! 까마귀가 누구냐?"

"까마귀는, 까마귀는……."

봉황은 말을 끝맺지 못했다. 영원히 입을 열지 못하게 되었다.

까마귀는 아무도 믿지 않았다. 오직 죽은 사람밖에는. 죽은 사람만이 비밀을 지킬 수 있기 때문이었다.

큰 눈이 쉬지 않고 내렸다. 눈 깜짝할 사이에 인간 세상의 설날이 다가왔다. 생각해보면 옛날 수십 년간 인간 세상을 떠돌면서 나는 한 번도 이 떠들썩한 인간들의 명절을 즐긴 적이 없었다. 여관 문가에 줄줄이 붉은 등이 내걸렸고 끊임없이 내리는 함박눈은 새해가 가까울수록 점점 더 커져만 갔다. 그것은 거위의 깃털처럼 펄펄 날리며 대지를 온통 뒤덮었다. 눈보라 속에서 붉은 등들이 좌우로 흔들거렸다. 따뜻한 붉은 빛이 거리 곳곳에 넘실댔다.

큰길가에 아이들이 쏟아져 나와 눈밭 위를 뛰어다녔다. 아이들은 부스럼이 나고 허름한 차림이었지만 맑은 눈빛과 찬란한 웃음을 갖고 있었다. 아이들만의 기쁨과 천진함이 느껴졌다. 때때로 월신과 황탁이 문가에 나와 있으면 다가와서 호기심 어린 눈으로 두 사람을 바라보기도 했다. 그들의 맑은 은색 머리칼이 긴 옷을 따라 수은처럼 흘러내린 것이 신기했기 때문이다. 월신과 황탁은 쪼그리고 앉아 그 애들과 함께 놀아주기도 했다. 따뜻한 웃음으로 아이들을 받아주는 이 두 사람이 검설성에서 가장 무시무시한 인물이라니, 나조차 상상하기 어려웠다. 특히 월신은 최강의 자객이 아니던가. 하지만 월신의 미소를 보면서 나는 마음이 따뜻해지는 것을 느꼈다. 처음 보는 그녀의 웃음이었다. 알고 보니 그녀의 웃음은 늦봄의 바람처럼 온화하고 편안했다.

조애는 항상 여관 주인의 아들과 즐겁게 놀아주었다. 나는 그 꼬마 아이가 어린 시절의 아이코스와 성격이 비슷하다고 느꼈다. 인간 세상을 떠돌던 시절, 나는 내 자신이 아이코스의 아버지 같다고 생각했다. 내가 아버지처럼 건장하고 잘 생긴 성인의 모습이 된 뒤에도 아이코스는 아이의 얼굴과 몸을 유지했기 때문이다. 그는 눈이 크고 여자아이처럼 얼굴이 예쁘장했다. 내가 아이코스를 안고 이 길, 저 길을 헤맬 때면 그는 내 품 속에서 두리번거리며 좋아라 했다. 그러면 나도 모르게 함께 웃음을 터뜨리곤 했다. 그러다가 우리는 곧 검설성으로 돌아왔고 아이코스도 나보다 더 크고 잘 생긴 왕자가 되었다. 그때 아이코스는 내게 이런 말을 했다.

"형, 사실 나는 인간 세상에서 형이 웃던 얼굴이 제일 그리워. 깜박이는 눈과, 눈송이가 내려앉은 긴 속눈썹, 흰 치아 그리고 웃을 때 입가에 그려지던 부드럽고 강한 선……."

그는 고개를 숙여 내 눈썹에 입을 맞췄고 흐트러진 그의 긴 머리가 내 얼굴을 덮었다.

명절을 맞아 여관의 숙박객이 점차 줄어들었다. 돌아갈 집이 없는 사람도 그 비슷한 곳을 찾아 여관을 나갔다. 그렇지 않으면 혼자 여관에 남아 한밤중, 창문 밖 골목에 눈 내리는 소리를 들으며 스산한 외로움을 느낄 수밖에 없었다.

하지만 나는 수백 년 넘게 그런 삶을 살아왔다. 매일 텅 빈 무덤 속 같은 검설성을 거닐었고 지붕 위에서 부서지는 별빛을 보며 빙해 가에서 들려오는 젊은 인어들의 노랫소리를 들었다. 그리고 그때마다 수백 년 전, 어느 황혼녘에 들었던 인어들의 장송곡을 떠올렸다.

여관에 새 점원이 들어왔다. 이번에는 어려서부터 인간 세상에서 자란 평범하고 착실한 사람이었다. 그는 맨 처음 은색 머리칼을 지면까지 드리운 우리를 보고 한동안 입을 다물지 못했다.

새해가 가까워지면서 사람들의 얼굴에 차츰 따뜻한 웃음이 감돌았다. 그들의 얼굴에 번지는 고요하고 행복한 빛을 보면서 나도 희미하게나마 즐거운 기분을 느꼈다. 그럴 때면 우리는 청죽헌 앞의 텅 빈 정원에 모여 마법을 선보였다. 조애는 거문고 소리로 나비들을 소환해 여관 위 하늘을 맴돌게 했다. 월신은 수중의 달빛을 부숴, 그 빛나는 파편을 주위의 앙상한 나뭇가지 위에 걸었다. 마치 나무들 사이에서 별들이 반짝이고 있는 듯했다. 그리고 나는 땅 위의 눈송이를 들어올려 마법으로 그것들을 분홍색 벚꽃으로 바꿔놓았다. 그 광경을 본 점원은 눈이 커지고 할 말을 잃었지만, 곧 재밌어 하며 자기 아내와 애들까지 데려와 구경을 시켰다. 그들의 눈에 긴 옷을 입고 백발을 기른 우리는 곧 위대한 신이었다.

나는 평생 처음으로 속세의 명랑하고 단순한 기쁨을 맛봤다. 그리고 마법이 살육, 죽음, 선혈만을 가져오는 게 아님을, 희망과 정의, 고매한 영혼을 부를 수도 있다는 걸 깨달았다.

그러나 설날 밤, 또 다시 죽음의 그림자가 다가왔다. 잊고 있던 참혹한 기억의 조각들이 영원히 깨지 않는 악몽처럼 다시 용솟음쳤다.

그날 밤, 우리가 대청의 식탁에 둘러 앉아 있을 때, 갑자기 밖에서 아조의 고함 소리가 들려왔다. 황탁과 월신의 안색이 동시에 어두워졌다. 황탁이 말했다.

"까마귀입니다."

모두가 밖으로 뛰쳐나갔다. 그런데 산발을 하고 상반신을 벗은 아조가 정원 한가운데 서 있었다. 그는 자신의 독특한 자줏빛 빙검을 든 채 수상쩍은 미소를 짓고 있었다. 적렬이 다가가 물었다.

"아조, 뭘 하고 있는 건가?"

아조는 묵묵부답이었다. 그의 눈 속에는 끝없이 내리는 눈송이가 가득했지만 수상쩍은 남색 기운을 감출 수 없었다.

적렬이 더 가까이 다가서려 할 때, 등 뒤에서 멈추라는 조애의 목소리가 아련히 전해졌다. 아조는 이미 환몽에 의해 조종되고 있었다. 지금 환몽을 다룰 수 있는 인물은 오직 그녀뿐이었다.

조애의 거문고 소리가 빠르고 격렬하게 울렸다. 순간, 무수한 은색 선이 주위의 공간을 가르면서 수천, 수만 마리의 나비들로 바뀌었다. 나는 조애가 환몽을 조종하고 있음을 알았다. 그녀는 아조를 공포스러운 환몽 속에서 끌어내 자신의 환몽 안으로 데려오려고 했다.

아조의 긴 머리가 갑자기 위로 치켜들렸다. 그의 주변에 광풍이 일어나 하늘을 향해 소용돌이쳤다. 그런데 뒤를 돌아보니, 조애의 입에서 하얀 피가 흘러나오고 있었다. 그 피는 정원의 검은 흙 위에 떨어져 크고 작은 나비로 변했다. 곧장 황탁이 달려가 그녀를 자신의 방어 결계 속에 넣었다.

조애의 눈빛이 흐려졌다. 기절하려는 찰나, 그녀가 내게 말했다.

"저 환몽은 아무도 통제할 수 없어요. 환몽을 만든 자가 너무 강해요……."

아조의 죽음은 너무도 비참했다. 그는 한평생 차고 다닌 보랏빛 빙검을 높이 치켜들어 자신의 명치에 내리꽂았다. 빙검이 그의 가슴을 파고들 때, 나는 가죽과 살덩이가 갈라지는 갑갑한 소리를 들었다. 이윽고 아조의 눈에 서린 남색 그림자가 사라지고 흰 눈동자가 돌아왔다. 드디어 환몽에서 빠져나온 것이다. 하지만 그는 빠져나오자마자 죽음과 대면해야만 했다.

그의 몸이 뒤로 넘어갔다. 그는 몸이 기울어지는 상태에서 나와 적 렬을 보며 말했다.

"캐슬님, 태자님, 조심하십시오, 남색의 그……."

하지만 그는 더 이상 말을 잇지 못했다. 그의 눈이 푸른 하늘을 향한 채로 서서히 빛을 잃었다.

새해가 왔다. 죽음의 흰 그림자 아래 천천히 다가왔다.

나는 예전에 경험해보지 못한 한기를 느꼈다.

큰 눈이 내리고 있었다. 한 점 한 점, 온 세상을 뒤덮고 있었다.

탁자 위에 등불이 켜져 있었다. 기름등잔의 부드러운 불빛이 방 안에 흩어졌다. 그 침침하고 노란 불빛이 겨울의 을씨년한 분위기를 적지 않게 누그러뜨렸다.

조애는 여전히 황탁의 방어결계에 싸인 채 침상에 누워 있었다.

월신은 창문가에 서 있었다. 바람이 어둠을 가르며 불어와 그녀의 머리카락을 날렸다. 황탁이 물었다.

"아조의 죽음을 어떻게 생각하십니까, 폐하?"

나는 까마귀의 소행일 거라는 말밖에 하지 못했다. 월신이 내게 몸을 돌리며 말했다.

"그렇지 않을 수도 있어요. 서방호법이 나타났는지도 몰라요."

"그러면 누구란 말인가?"

내 물음에 그녀가 말했다.

"둘 다 가능성이 있지요."

월신은 누워 있는 조애를 바라본 뒤, 내게 고개를 돌리며 말했다.

"폐하, 잠깐 나가시지 않겠어요?"

인간 세상의 겨울은 검설성의 겨울보다 훨씬 추웠다. 신년이 됐는데도 개구쟁이 아이들이 놀다 지쳐 집으로 돌아가고 나면 거리가 휑해졌다. 아이들이 태우다 버린 종이조각만 땅 위에 나뒹굴었다.

월신이 바람을 등진 채 내게 말했다.

"폐하께 정중하게 말씀드리고 싶은 일이 있어요. 첫째, 저는 조애가 의심스러워요. 그리고 둘째, 황탁 역시 의심스러워요. 저는 둘 중 하나가 서방호법이라고 생각해요."

나는 월신의 눈동자 가득 비치는 눈보라를 보았다. 문득 온몸이 텅 비는 기분을 느끼며 힘없이 그녀에게 물었다.

"왜 그렇다고 생각하지?"

"조애에 관해서 먼저 폐하께 한 가지 여쭙고 싶어요. 접철의 궁전을 통과한 뒤, 환몽을 조종하는 그녀의 능력이 어떻다고 느끼셨나요?"

"거의 일류 점성술사의 영능력에 도달했더군."

"저와 비교하면요?"

"솔직히 말해 자네보다 위일 거야."

"정확해요, 폐하. 조애의 환몽을 만드는 능력은 이미 제 수준을 넘어섰어요. 어떤 의미에서 보면 그녀는 벌써 훌륭한 점성술사가 된 거나 마찬가지죠. 사실, 제가 배운 암살 기술 중에도 환몽으로 사람을 조종하는 수법이 있답니다. 아조가 바로 그 수법에 목숨을 잃었지요.

그런데 폐하, 혹시 아십니까? 오늘 아조를 삼킨 그 환몽은 저조차도 제거할 능력이 있었습니다. 단지 조애가 먼저 손을 쓰기에 그녀가 간단히 해결하겠거니 여기고 가만 놔뒀습니다. 하지만 천만뜻밖에 조애는 그 환몽에 의해 부상을 당했고 아조는 제가 손 쓸 사이도 없이 죽어버렸습니다."

"월신, 그러니까 자네 생각은……."

"제 생각은 이래요."

월신이 나를 보며 천천히 힘주어 말했다.

"조애는 환몽을 제거할 수 있었으면서도 아조를 구하지 않았고, 자신은 부상을 가장하고 있어요."

"그러면 황탁은 왜 의심하는 건가?"

"조애가 부상을 당한 척하는 걸 황탁이 모를 리가 없어요. 하지만 그는 아무 소리 없이 그녀의 연기에 맞장구를 쳐주고 있어요. 게다가 그에게는 불가사의한 점이 한두 가지가 아니에요. 구체적으로 뭔지 꼭 집어 말하기는 힘들지만, 아무튼 그건 제 직감이에요."

길고 긴 거리의 끝에서 월신의 등 뒤로 바람이 불어왔다. 그 차가운 바람은 얇고 예리한 얼음 조각처럼 내 얼굴을 난도질했다. 나는 월신을 바라보며 익히 경험해보지 못한 절망을 느꼈다.

나는 인정하지 않을 수 없었다. 서방호법이야말로 내가 부딪쳐 본 적들 중에 가장 대단한 적수라는 걸. 그는 직접 몸을 드러내지 않고도 닭 목을 비틀 듯 쉽게 내 측근들을 제거했다. 나는 눈밭 가운데 멍하니 서서 한 명, 또 한 명 죽어가는 그들을 하릴없이 바라만 보고 있었다.

그날 밤, 내가 여관으로 돌아왔을 때, 조애의 방은 벌써 불이 꺼져 있었다. 황탁의 방도 마찬가지였다.

방에 들어와 자리에 누웠지만 악몽들이 연이어 찾아와 나를 내리눌렀다. 죽어간 망령들이 하늘에서 흐릿한 자태로 내려와, 내 귓가에 말을 하고, 미소를 띠고, 암울한 표정을 지어 보였다. 지나간 일들이 밀려와 꿈속을 뒤흔들었다. 모든 사물이 흔들리고 부서져 요란한 소리를 내며 무너져 내렸다. 나는 그 폐허에 서서, 누렇게 시든 벚꽃들의 시체 위에 서서 철철 눈물을 흘렸다.

거대한 산설조 몇 마리가 허공을 가르며 지나갔다. 그것들의 맑은 울음소리가 내 하얀 동공 위로 지울 수 없는 상흔을 남겼다.

마지막 꿈에 이르러서는 불꽃같은 붉은 연꽃이 대지 위에 흐드러지게 피었다. 그 꽃들은 수백 년 전, 아이코스가 죽을 때처럼 하늘 끝에서 용암처럼 분출했다. 구름 사이로 그렇게 용솟음치다 결국 모든 것을 묻어버렸다.

불길이 하늘을 찌를 듯 솟구쳐 올랐다.

환몽의 두 번째 희생자는 어파였다. 그는 아조와 흡사하게 스스로 자기 가슴에 삼극검을 꽂았다. 역시 눈 속에 괴상한 남색 기운이 감돌고 어둡고 흐릿한 미소를 지었으며 땅에서 세찬 광풍이 일어났다.

우리가 달려갔을 때, 이미 그의 가슴은 삼극검에 꿰뚫린 상태였다. 월신이든, 조애든 그를 삼킨 환몽을 제거할 여유가 없었다.

그 다음, 세 번째 희생자는 동섭이었다.

적렬은 바닥에 쓰러진 동섭을 보고서 아무 말도 하지 않았다. 단지 푸른 하늘만 바라보고 있었다. 그는 한참이 지나서야 입을 열었다.

"제 마지막 부하가 죽었습니다. 다음 차례는 아마 저겠지요."

새해 벽두부터 너무나 많은 죽음이 있었다. 우리는 새로 온 점원에게 그들의 죽음을 알리지 않았다. 그는 평생 그런 기이한 죽음이나 암살을 겪어봤을 리가 없는, 순진하고 단순한 사람이었기 때문이다. 그는 그냥 단순하고 행복한 속세의 인간에 불과했고 자기 삶에 만족하고 있었다. 아마도 가족들과 백 년쯤 즐겁게 살아가다가 조용하고 평안하게 이승을 하직할 사람이었다. 때로는 그런 삶이야말로 정말 행복한 삶이 아닐까 생각이 들었다. 반면에 나는 황제이긴 하지만 끝없이 얽매이는 삶을 살아야 하고, 절정의 영능력을 갖고 있긴 하지만 영원히 고독함을 면할 수 없다.

점원은 매일 같이 눈코 뜰 새 없이 바빴다. 다시 유랑을 시작하는 나그네와 여행 중인 숙박객을 항상 웃는 낯으로 맞이했다. 여관 주인의 아들인 꼬마도 날마다 남색 공을 갖고 공놀이를 했다. 꼬마는 우리를 볼 때마다 웃으며 같이 놀아달라고 보챘다. 이처럼 인간 세상은 관성에 따라 똑같이 돌아가고 있었다. 전혀 달라진 게 없었다.

그러나 죽음의 기운은 여전히 우리 머리 위에 머물고 있었다. 짙고 두터운 먹구름처럼 흩어질 줄을 몰랐다.

아조와 어파가 어떻게 환몽의 조종을 받게 되었는지 아무도 알지 못했다. 그들의 영능력을 감안하면 절대로 그렇게 쉽게 자살할 지경까지 몰릴 리가 없었다. 아마도 처음에 전혀 방비하지 않은 상태에서 환몽에 빠져들어 돌이킬 수 없게 된 게 분명했다. 그러나 수수께끼 같은 살인이 이어지고 있는 와중에 아조와 어파가 경계를 늦추고 있었을 리는 없었다. 따라서 환몽 속으로 그들을 끌어들인 자는 틀림없이 그들이 추호도 의심한 적이 없는 인물이었을 것이다. 사건이 일어난 뒤 월신도 그렇게 말했지만 나는 말을 아꼈다. 황탁도 마찬가지였다. 왜냐하면 우리 모두가 완전히 방향을 잃고 앞으로 무엇을 해야 할지 몰랐기 때문이다. 그저 까마귀와 서방호법이 계속 살인을 해주길 기다리는 꼴이었다.

황탁이 불현듯 말을 걸었다.

"폐하, 혹시 성궤의 세 번째 환몽을 기억하십니까?"

월신이 눈빛을 반짝이며 말했다.

"그래요, 성궤가 그랬죠, 나아갈 방향도, 단서도 없을 때 열어보라고."

그 환몽은 길지만 극히 단순했다. 환몽 전체가 내 동생, 아이코스에 관한 내용이었다. 환몽 속에서 그는 먼 곳을 향해 끝없이 달려가고 있었다. 그의 등 뒤로 벚꽃과 눈송이가 떨어져 내려 그의 발자국을 덮었다. 그는 아득히 먼, 거의 지평선과 맞닿는 곳에 이르러 어린 시절의 모습으로 변했다. 그가 지평선 위에 서서 내게 미소를 지었다. 펄펄 내리는 함박눈이 그의 손바닥 위에 쌓여 흰 공으로 바뀌었다. 그의 목소리가 아련히 들려왔다. 나를 부르고 있었다.

"형, 행복해? 행복한 거야?"

나는 성궤가 왜 그런 환몽을 남겼는지 이해가 가지 않았다. 내게 아이코스를 기억하게 하는 게 지금 무슨 의미가 있단 말인가? 그리고 왜 하필 모든 단서가 사라진 이 시점에 그 환몽을 열어보라고 했을까?

문득 옛날에 성구가 내게 준 환몽이 생각났다. 나와 아이코스가 낙앵파에서 마법사 시험에 통과하는 환몽이었다. 혹시 그 환몽에서처럼 뭔가 중요한 세부를 놓친 것이 아닐까 생각이 들었다.

나는 다시 환몽 속으로 들어갔다. 꼼꼼하게 모든 장면을 점검했다. 그리하여 환몽의 끝에서 마침내 성궤가 말하려고 한 비밀을 발견했다.

눈은 이미 그쳐 있었다. 푸른 대나무 잎 위에 두텁게 쌓인 눈이 바람에 버들개지처럼 흩날릴 뿐이었다.

조애가 정원에서 거문고를 타고 있었고, 나와 황탁은 말없이 방 안에 앉아 있었다.

잠시 후, 우리는 조애의 날카로운 비명 소리를 들었다. 창문가로 달려가 살펴보니 조애의 눈이 으스스한 남색으로 물들어 있었다. 갑자기 그녀의 장포와 긴 머리칼이 하늘을 향해 솟구치고, 거문고도 그녀의 영능력에 의해 정수리 바로 위에 떠올랐다. 현에서 무수한 흰 나비가 튀어 나와 그녀를 중심으로 맴을 돌았다.

황탁이 나를 보고 고개를 끄덕였다. 그가 말했다.

"폐하께서 예상하신 것과 딱 맞아 떨어지는군요."

나와 황탁이 정원에 들어섰을 때, 조애의 머리는 산발이 되어 바람 속에서 춤을 추고 있었고 그녀의 눈동자는 한층 더 짙은 남색이 되어 있었다. 그리고 여관 주인의 아들이 놀라 어쩔 줄을 모르며 그 옆에 서 있었다. 꼬마가 눈에 그렁그렁 눈물을 담은 채 두려워하며 말했다.

"누나, 왜 이러는 거야?"

나는 꼬마에게 다가가 무릎을 꿇고 머리를 쓰다듬어주었다.

"누나는 괜찮아. 그냥 네 환몽에 빠져 있는 것뿐이니까. 아무 일 없을 거야."

꼬마가 무슨 소린지 모르겠다는 듯 나를 빤히 쳐다보며 말했다.

"형, 그게 무슨 말이에요?"

나는 선뜻 손을 들었다. 그리고 짧고 예리한 빙검으로 꼬마의 머리를 묶은 검은 끈을 잘랐다. 꼬마의 머리칼이 길게 땅바닥에 흩어졌다. 서방호법이 만들어낸 이 인간 세상에 온 이후로 내가 본 가장 긴 머리칼이었다. 적렬의 머리칼조차 꼬마의 상대가 되지 못했다. 어쩌면 꼬마와 비교할 때, 적렬은 철이 덜 든 어린아이와도 같았다.

끊어질 듯 휘날리던 조애의 머리칼이 긴 마법복을 따라 수은처럼 조용히 흘러내렸다. 그녀의 눈은 맑은 흰색이었고 눈동자도 다시 얼음처럼 깨끗하고 차분해졌다. 그녀가 말했다.

"얘야, 난 괜찮아. 네 환몽의 통제에 걸려들었을 뿐이야."

순간, 꼬마의 얼굴이 형언할 수 없이 차갑고 오만한 표정으로 바뀌었다. 얼굴에 살을 에는 삭풍이 부는 듯했다.

꼬마가 나를 보았다. 한 마디 말도 없었지만 눈빛만은 예리하고 도전적이었다. 내가 입을 열었다.

"까마귀, 이제 그만해도 된다."

까마귀가 나를 향해 말했다.

"내가 까마귀인 줄 알다니…… 불가능해, 이건 불가능한 일이야."

내가 말했다.

"맞다. 불가능한 일이지. 하지만 난 알아냈다."

까마귀가 나와 조애를 번갈아 보며 말했다.

"연극을 벌인 거로군. 조애는 처음부터 환몽에 걸려든 게 아니었어!"

조애가 말했다.

"그렇다. 난 연극을 하고 있었지. 하지만 인정할 건 인정해야겠지. 너는 내가 본 이들 중 가장 완벽하게 환몽을 조종하는 인물이다. 하마터면 네 환몽에 빠져 소생하지 못할 뻔했지. 미리 대비하지 않았으면 거문고 줄로 스스로 목을 졸라 죽었을 거야."

까마귀가 내게 말했다.

"너희는 어떻게 나를 의심하게 됐느냐?"

"의탁이 죽을 때, 봉황은 분명히 대청에서 적렬 등과 함께 술을 마시고 있었다. 따라서 의탁을 죽인 범인은 결코 봉황이 아니었다. 게다가 이런 일을 서방호법이 직접 나서서 할 리가 없으니 의탁의 범인은 까마귀가 틀림없다고 판단했다."

"그러면 어떻게 까마귀가 나라고 의심하게 됐느냐?"

"의탁의 목에 생긴 상처를 보고 그 상처가 아래에서 위로 베인 칼자국임을 알았다. 즉, 의탁을 죽인 자는 그녀의 키보다 낮은 위치에서 손을 쓴 것이었지. 그래서 우리는 그녀의 살인범이 분명 체격이 왜소하며, 또한 그녀가 절대로 의심한 적이 없는 자라고 생각했다. 왜냐하면 그녀가 전혀 반항한 기미가 없었기 때문이다."

"그리고 또?"

"편풍의 죽음도 단서가 되었다. 그때 황탁은 암살범이 아직 방 안에 있을 거라고 말했다. 하지만 우리는 방에서 나오는 사람을 보지 못했다. 확실히 누군가 나오긴 나왔는데도 말이다. 그 자는 바로 너였다. 네 키가 너무 작아서 화효, 즉 봉황의 허리에도 닿지 않기 때문에 복도 난간에 가려 보이지 않았을 뿐이다. 우리가 서 있던 자리에서는 봉황이 투명한 인간이 나가는 걸 보고 있는 듯한 착각이 들었다."

"그래서 나라는 생각이 들었나?"

"아직은. 그냥 억측이라고만 생각했지. 한발 더 나아가 너를 의심하게 된 건 월신의 말 때문이었다."

"어떤 말이었지?"

"우리들 모두가 독에 중독된 날, 누군가 월신을 유인했던 것을 기억하나? 그날 우리가 문을 열었을 때, 너는 복도에서 겁에 질린 표정으로 청죽헌 방향을 바라보았지. 그래서 월신이 달려나갔지만 돌아온 뒤, 내게 이렇게 말하더군. 그 방향으로 갔지만 살기가 점점 희미해졌다고. 나는 나중에서야 깨달았다. 사실 그 살기는 네가 문가에 서서 만들어낸 것임을. 본래 암살의 고수인 너로서는 살기를 만드는 것쯤이야 식은 죽 먹기였겠지. 그리고 월신이 나타나자 재빨리 그것을 회수하여 의심 받을 여지를 없앴겠지."

까마귀의 얼굴에 표독스럽고 증오에 찬 표정이 떠올랐다. 그가 힘주어 내게 말했다.

"계속 말해보거라."

"그 다음에 성궤의 환몽을 보았다. 성궤는 그 속에서 내 동생, 아이코스를 보여주었다. 그의 어릴 적 모습은 지금의 너와 거의 똑같았다. 게다가 너처럼 손에 공을 들고 있었지. 단지 네 것과 달리 하얀색 공이었다. 처음에 나는 이 환몽이 무엇을 의미하는지 몰랐다. 나중에서야 결국 이해가 되었지.

나는 아직도 기억하고 있다, 이 세계에 들어오자마자 너를 만났던 일을. 그때 네가 들고 있던 공은 눈처럼 흰색이었다. 그런데 지금 너의 공은 차가운 남색이다. 아조가 죽을 때 무슨 말을 남겼는지 아는가? 그는 내게 '캐슬님, 조심하십시오, 남색의 그……'라고 말했다. 그때 나는 그가 뭘 조심하라고 하는 건지 몰랐지만 지금은 알고 있다. 바로 네 남색 공을 조심하라고 한 것이다. 나중에 내 물음에 조애가 알려줬지. 영능력이 강한 자는 환몽을 응집해 실체로 만들 수 있으며 공으로 만드는 것도 가능하다고. 만약 누군가 그 공을 건드리면 순식간에 환몽에 빠져들 수 있다고도 말해줬다. 그래서 우리는 조애를 시켜 네 공이 살인용 환몽인지 아닌지 시험해 보게 했다. 그래서 결국 우리의 예상이 틀리지 않았음이 밝혀졌다."

까마귀가 조애를 향해 말했다.

"원래 너는 내 환몽에 걸려들지 않고도 거짓 시늉을 했구나."

조애가 고개를 끄덕였다.

"맞다. 황탁이 미리 내 몸에 방어결계를 쳐주어서 일반적인 마법은 내 몸을 뚫고 들어올 수 없었지. 그리고 잊지 마라, 나 역시 환몽을 조종할 능력이 있다는 걸."

까마귀는 우리 가운데 서서 고개를 떨구고 입을 다물었다. 그의 모습은 영락없이 귀여운 남자 아이였다. 이런 꼬마 아이가 이 세계에서 서방호법 다음 가는 암살의 고수일 거라고 누가 상상할 수 있었겠는가?

황탁의 결계가 이미 주위의 공간을 동결시켰고 조애도 거문고를 소환했다. 그 가운데 서서 까마귀가 무슨 생각을 하고 있는지 나는 알 수가 없었다. 다만 그의 눈빛이 이리저리 불안정하게 바뀌고 있음을 감지했다.

잠시 후, 그가 웃음을 터뜨리며 나를 향해 다가와 고개를 쳐들었다.

"형, 나 좀 안아줄래?"

그 순간, 나는 주변의 공기가 요동치며 거대한 소용돌이가 이는 것을 느꼈다. 그리고 눈 깜짝할 사이에 내 앞에 나의 사랑하는 동생, 아이코스가 나타났다. 눈처럼 희고 빛나는 머리칼, 귀엽고 순진한 얼굴, 나를 향해 빙그레 짓는 미소…… 몇 백 년 전 내 품에서 쌔근쌔근 잠자던, 지금도 내 꿈속에서 조용히 미소 짓는 그 아이코스였다. 눈앞에 온통 화려한 색채가 반짝이고 머릿속 가득 동생의 목소리가 울렸다.

그가 말했다.

"형, 나 좀 안아줄래? 응? 응?"

아이코스가 쫑긋 뒤꿈치를 세우고 내 뺨을 어루만지려 했다. 그런데 그의 손이 내 뺨에 닿기 직전, 황탁이 내 몸에 심어놓은 방어결계가 발동했다. 투명하게 빛나는 공이 나를 감싸는 동시에, 아이코스가 멀리 튕겨 나가 눈밭 위를 뒹굴었다. 그가 땅 위에 엎드린 채 구슬 같은 눈물방울을 뚝뚝 눈 위에 떨궜다. 그가 울면서 말했다.

"형, 왜 날 모르는 척하는 거야?"

나는 칼로 베이는 듯한 아픔을 느꼈다. 찢어지는 통증이 가슴을 멍하게 울렸다. 나는 가까이 다가가 허리를 숙이고 내 동생을 안아주려 했다.

"아이코스, 무서워하지 마. 형이 네 곁에 있어줄게."

내가 허리를 굽히는 찰나, 돌연 아이코스가 까마귀로 변했다. 일시에 환각이 사라지고 까마귀의 음산한 남색 얼굴이 나타나는 동시에 한 줄기 희고 차가운 섬광이 내 목을 향해 그어졌다. 미처 뒤로 물러날 여유가 없었다. 순간적으로 온 몸이 얼음처럼 굳어졌다.

까마귀의 손에 들린 날카로운 칼날이 목에 들이닥칠 때, 나는 문득 그의 미소가 딱딱하게 굳어지는 것을 보았다. 그의 칼은 한 치도 더 나아가지 못했다. 나는 그의 가슴을 꿰뚫은 한 줄기 달빛을, 그리고 그의 뒤에 서 있는 월신의 냉혹하고 번뜩이는 얼굴을 보았다. 그녀의 머리칼이 바람에 날려 스산한 비명처럼 예리하게 허공을 찌르고 있었다.

이윽고 까마귀가 천천히 내 앞에 쓰러졌다. 그의 몸이 막 땅 위에 무너지는 찰나, 그의 처량한 목소리가 내 귓가에 울렸다.

"형, 왜 나를 안아주지 않는 거야? 왜…… 왜?"

대기 속에 커다란 벚꽃들이 나타났다. 그것들은 일시에 평범한 인간들의 피처럼 붉은 색으로 변했다. 나는 대지가 흔들리는 소리를 들었다. 하늘 끝에서 울리는 무겁고 답답한 천둥소리 같았다.

고개를 들자 소리 없이 눈물이 뺨을 타고 미끄러졌다. 먼 하늘에서 아이코스의 목소리가 들려왔다.

"형, 부디 자유롭게 날아오르길……."

청죽헌 뒤편에 눈으로 뒤덮인 무덤 두 기가 또 늘었다. 봉황과 까마귀는 차갑고 딱딱한 진흙 아래 나란히 누워 있었다. 봄이 오면 그들의 무덤 위에 연하고 푸른 들풀이 자랄 수 있을지 나는 알지 못했다. 그러나 그들의 무덤가 옆에 선 벚나무는 꽃피는 계절이 오면 눈부시게 찬란한 꽃봉오리를 터뜨릴 것이다.

사실 그 벚나무만큼 잔인한 나무는 없을 것이다. 뿌리 아래 묻힌 시체가 많으면 많을수록 아침놀과 석양처럼 더 화려하고 빛나는 꽃을 피울 테니까.

월신과 황탁이 바람 속에 우두커니 서 있었다. 그들의 표정은 피곤하지만 여전히 굳세 보였다. 그들의 마법복이 바람에 날려 펄럭이는 소리를 냈다.

조애의 표정만이 유달리 구슬퍼 보였다. 까마귀가 죽은 날, 조애는 내게 말했다.

"폐하, 폐하를 도와 동생분을 되살리고 난 뒤, 저는 이 어지러운 세계를 떠날래요."

나는 왜 그런 생각을 하느냐고 물었다.

"이 세계는 살인과 피비린내로 가득해요. 숱한 망령들이 구름 위를 떠돌면서 매일 밤낮으로 노래를 부르고 있어요. 저는 그 어두운 노래들이 가슴 속을 파고들어 너무나 괴로운데도 저항할 방법이 없어요. 폐하, 저도 접철처럼 인간 세상으로 가야겠어요. 그곳에서 저를 사랑해줄 남자를 찾을래요. 아마도 그는 제 마법과 음악을 이해하지 못하겠지요. 하지만 저는 명랑하고 맑은 웃음, 든든한 가슴만 있어주면 돼요. 그러면 기꺼이 제 천 년, 만 년의 수명을 버리고 그의 어깨에 기대 늙어갈 수 있어요.

폐하, 제 어머니를 아시지요? 그분은 폐하의 아버님의 어전 악사셨답니다. 사실, 어머니는 예전에 돌아가셨어요. 그것도 인간 세상에서요. 따뜻한 햇볕이 내리쬐고 푸른 풀이 지천인 인간 세상에서 웃으며 숨을 거두셨죠. 그 때 어머니의 백발 성성한 남편이 눈물을 흘리며 임종을 지켜보았대요. 저는 어머니가 죽기 전에 보내주신 마지막 환몽에서 그 모든 걸 보았어요. 그 환몽만 생각하면 아직도 슬픔에 젖는답니다. 솔직히 저는 늘 괴로워하며 자문하곤 해요. 왜 나는 속박된 신으로 살아야 하는지 말이에요."

나는 조애에게 말했다.

"몇 백 년 전에 나도 그 문제로 괴로워한 적이 있었지. 내 자유를 위해 내가 가장 사랑하는 동생을 잃었으니까."

조애가 몸을 돌렸다. 구름이 소리 없이, 그리고 천천히 우리 두 사람의 머리 위를 지나갔다.

신년이 훌쩍 지나갔다.

시간은 여전히 강물처럼 흘러갔다. 나는 때때로 키 큰 벚나무 가지 위에 누워 하늘에 걸린 촉촉한 붉은 태양을 바라보았다. 마치 깊은 강 바닥에 누워, 수면 위의 낙엽이 조용히 떠가는 모습을 지켜보고 있는 듯했다.

할머니가 말한 대로 나는 마침내 묵묵히 세월이 가기만을 기다리는 고독한 왕이 되었다.

서방호법은 언제 나타날지 여전히 기약이 없었다. 나와 월신, 황탁, 조애는 영능력이 창조해낸 이 인간 세상에 발이 묶여 아무 데도 갈 수 없었다.

나는 이곳에서의 상황을 마법으로 양피지에 적었고, 전서구를 통해 그것을 성구에게 보냈다. 나는 그에게 앞으로 어떻게 해야 할지 의견을 물었다.

그러나 성구의 전서구가 돌아왔을 때, 그가 적은 종이 위에는 단지 '기다리십시오'라는 말 한 마디밖에 없었다. 맨 처음 우리가 어떻게 서방호법을 만날 수 있느냐고 한 내 질문에 적렬이 내준 답과 똑같았다.

적렬은 벌써 떠났다. 그가 떠날 때 폭설은 이미 그쳐 있었다. 나와 월신, 황탁, 조애 앞에 드높은 기세로 서 있던 그는 여전히 이 인간 세상에서 가장 위대한 인물이었다.

적렬이 웃으면서 내게 말했다.

"캐슬님, 제가 도울 수 있는 일은 다 한 것 같습니다. 사실, 별로 도움이 돼드린 건 없지만 말입니다. 봉황과 까마귀는 이미 죽었고, 서방 호법은 제가 상대할 수 있는 인물이 아닙니다. 캐슬님, 부디 몸조심하십시오."

적렬이 내 앞에 무릎을 꿇고 고개를 들어 나를 바라보았다. 거리에 비치는 햇살처럼 따뜻한 웃음을 지으며 그가 말했다.

"폐하, 당신은 제가 지금까지 봐왔던 환설제국의 황제들 중에 가장 젊고 위대한 분이십니다. 앞으로도 제 도움이 필요하시다면 언제든 전서구로 불러주십시오. 혹시 제가 죽었다면 제 자손들이라도 지체 없이 폐하 앞에 나타날 겁니다."

나는 고통스러운 마음으로 고개를 끄덕였다. 그리고 적렬이 돌아서서 떠나는 것을, 그의 뒷모습이 갈수록 작아져 눈이 녹고 있는 길 끝으로 사라지는 것을 지켜보았다.

나는 이 시끄러운 인간 세상 속에서 장포를 날리며 외롭게, 하지만 씩씩하게 걷는 그의 모습을 상상할 수 있었다. 그는 비록 모든 것을 잃었지만 생명 속의 정기는 잃지 않았다. 그 정기가 있으므로 그는 여전히 불멸의 신이었다. 적렬은 바로 그런 인물이었다.

나는 월신과 황탁을 돌아보았다. 그들 두 사람은 나란히 서서 부드러운 머리칼을 땅에 드리우고 있었다. 마치 무수한 살인과 격투를 치르고 편안히 쉬고 있는 듯한 장면이었다. 그들의 영능력은 시간이 갈

수록 강해지고 있었다. 그들의 머리칼은 이미 검설성의 어떤 마법사보다도 길었다. 심지어 성구와 성궤도 미칠 수 없을 정도였다.

조애가 고개를 떨군 채 그들 뒤에 서 있었다. 나는 그녀의 눈 속에서 반짝이는 눈물을 보았다.

잠시 후, 아름다운 선율이 흐르며 끝없는 창공 속으로 솟구쳐 올랐다. 조애가 만들어내는 흰 나비들이 무리지어 투명한 파도처럼 허공에 넘실거렸다. 지나가는 행인들이 선녀라도 본 것처럼 안색이 바뀌었다. 그들은 지면까지 은색 머리칼을 늘어뜨린 이 절세 미녀를 보고 그만 할 말을 잃었다.

투명한 하늘 위에 불멸의 선율만이 영혼처럼 선회하며 춤을 추었다. 천천히 비단을 찢듯이 새가 뜬구름을 스치며 바삐 날아갔다.

하늘에 투명한 상처들이 숱하게 나타났다가 차츰차츰 사라졌다.

떠난 지 사흘 만에 적렬의 시체가 성문 밖, 먼지가 풀풀 날리는 역로驛路 옆에서 발견되었다. 우리가 달려갔을 때, 다시금 폭설이 내리기 시작했다. 희디 흰 눈송이가 점점이 그의 시체 위에 내려앉았다. 그의 시체는 벌써 식어서 딱딱하게 굳어 있었고 얼굴의 표정은 놀라움으로 일그러져 있었다.

나는 적렬의 시체 옆에 서서 연회색 구름으로 가득한 하늘을 우러러 보았다. 뼈를 얼리고 가르는 듯한 소리가 들렸다. 하늘에 기다란 틈들이 생겼다 사라지고 있었다. 백색의 번개들이었다.

조애는 눈에 물기를 담은 채 침묵을 지키고 있었다.

황탁은 적렬의 시체를 점검하고 있었고 월신도 그 곁에 서 있었다. 가까이 다가가 황탁에게 물었다.

"어떻게 죽은 건가?"

황탁은 묵묵히 적렬의 가슴 부위의 옷깃을 열어젖혔다. 그의 탄탄한 가슴에 피와 살이 엉겨붙은 세 개의 구멍이 있었다. 그리고 그의 눈빛은 공허와 경악으로 얼어붙어 하늘을 향하고 있었다. 나는 고개를 돌렸다. 차마 더 바라볼 수가 없었다. 조애는 진작에 멀찌감치 물러나 고개를 숙이고 헛구역질을 했다.

잠시 후 월신이 입을 열었다.

"폐하, 그의 손을 보세요."

나는 적렬의 손에서 이상한 점을 발견했다. 왼손 손가락이 기괴한 모양을 취하고 있었다. 점성술사가 점성술을 행할 때 마법을 소환하는 손 자세와 똑같았다.

"폐하, 적렬이 예전에 점성술사였나요?"

"모르겠네. 그는 내게 그런 말을 한 적이 없었는데."

월신이 나를 쳐다보며 말했다.

"그러면 왜 죽기 전에 점성술을 쓰려고 했을까요? 혹시 그가 점성술로 뭔가를 발견한 것 때문에 암살을 당한 걸까요?"

나는 뭐라고 대답할 말이 없어서 하늘만 바라보고 있었다. 하늘 위에 서방호법의 얼굴이 어른거리는 듯한 느낌이 들었다. 오직 하나 감지할 수 있었던 건 서방호법의 경멸에 찬 미소뿐이었다. 그의 눈에서 발산되는 차가운 빛줄기가 예리한 칼날처럼 내 몸 속에 파고들었다.

벚꽃이 어지러이 지고 있었다. 핏빛 석양이 서둘러 지평선 아래로 가라앉고 주위의 바람이 공허하고 싸늘하게 돌변했다.

여관에는 여전히 사람들이 드나들었다. 속세의 시끌벅적함이 영원히 끝나지 않을 듯이 계속되었다. 앞으로도 해가 솟고 달이 질 것이며 초목은 피었다가 또 시들어갈 것이다. 절세의 미모를 뽐내는 여인들은 꿈결 같은 춤을 추고 있고 검을 멘 청년들은 푸른 하늘 아래 말을 타고 광활한 벌판을 달리고 있지만, 누가 알겠는가? 번개 같은 칼날 아래 얼마나 많은 기다림의 눈빛이, 그리고 또 얼마나 생생한 추억들이 땅 속에 묻힐지를. 아무도 살육 속에 사라져간 생명과, 비명 속에 우뚝 일어섰던 장렬함을 알아주지 않을 것이다.

내가 아는 것은 오직 숱한 밤마다 내가 두 뺨에 뜨거운 눈물을 적시리라는 것뿐이었다.

나는 자주 청죽헌의 넓은 정원을 거닐었다. 걸음을 뗄 때마다 처량한 기분을 느꼈다. 그러다보면 청죽헌과 천초당에서 사람들의 왁자지껄한 웃음소리가 들려왔다. 그 소리는 거의 매일 밤낮으로 흩어지지 않는 안개처럼 여관을 뒤덮었다. 예전에는 인간 세상의 그런 소란스러움이 따뜻하게 느껴졌다. 그러나 많은 이들이 곁을 떠나버린 지금은 그렇지 않았다. 눈보라 속에 우뚝 선 대나무는 변함없이 옥처럼 푸르고 벚꽃들도 여전히 멋대로 피었다 떨어지는데, 내 옆에는 가까이 와서 폐하라고 불러줄 사람이 거의 없었다. 성궤, 요천, 편풍, 침, 아조, 동섭, 어파, 의탁, 적렬, 심지어 봉황과 까마귀까지 영원히 사라져버렸다. 오직 그들의 미소 띤 얼굴만이 겨울 안개처럼, 전생에 본 것처럼 눈앞에 흐릿하게 어른거릴 뿐이었다.

정원의 벚나무가 다시 새 잎을 피우고 조금씩 희망의 연녹색을 띠어갔다. 조애는 늘 키 큰 나무 아래 앉아 거문고를 연주했다. 하지만 마법을 사용하지 않고 고도로 세련된 선율을 구사할 뿐이었다. 여관 안에 있는 사람들은 그런 그녀의 솜씨와 자태를 볼 때마다 넋을 잃었다. 그래도 그녀는 눈을 꼭 감은 채 주변의 시끄러운 반응에 아랑곳하지 않았다. 접철과 봉황, 까마귀와의 전투를 치르면서 조애는 최고의 무악사가 되었다. 그녀의 머리칼은 이미 월신, 황탁에 버금가게 길어지고 순백색으로 반짝였다. 그러나 그녀의 눈빛에 담긴 우수는 언제나 날 괴롭게 했다.

조애는 나무 그늘 아래, 초봄의 밝은 햇볕을 맞으며 하얀 뺨이 온통 눈물에 젖을 때까지 거문고를 탔다. 그리고 태양이 뉘엿뉘엿 지면서 빛과 어둠이 뒤섞일 즈음, 자기 방으로 돌아갔다.

멀리서 그녀의 외로운 그림자를 보고 있으면 내 마음에도 갈래갈래 투명한 균열이 일어났다. 나는 고개 들어 지는 해를 바라보다가 문득 우리가 이곳에서 벌써 여러 달을 머물렀음을 깨달았다.

나는 조애를 향해 걸어갔다. 하지만 겨우 두 발자국을 떼고 걸음을 멈췄다. 월신이 남색의 별빛 도안이 새겨진 검은 장포를 입고 그녀 뒤에 나타났기 때문이다. 나는 그 옷이 월신의 가장 좋은 마법복임을 알고 있었다. 옷에 그려진 별빛은 원래 영능력이 주입된 것이어서 옷을 입은 사람이 마법을 소환할 때마다 영능력을 크게 증가시켜 준다.

월신이 조애의 등 뒤에 서서 입을 열었다.

"멈춰요."

조애가 고개를 돌렸다. 물처럼 담담한 표정이었다. 그녀는 아무 말 없이 월신을 바라보았다.

"조애, 아조를 죽인 그 환몽은 정말 그렇게 대단한 것이었나요?"

조애가 고개를 숙이고 말했다.

"그래요. 그 환몽을 만든 자의 영능력은 확실히 나를 능가했어요."

"그러면 환몽을 제거하는 당신의 능력은 나보다 위인가요?"

조애가 월신을 쳐다보며 말했다.

"잘은 모르겠지만, 아마 거의 비슷할 거예요."

조애는 고개를 돌렸다. 햇빛이 계곡물처럼 그녀의 머리칼 위로 흘러내렸다. 그리고 그녀 주변에서 바람이 일어나, 허공 속으로 넘실대며 사라졌다.

월신이 그녀를 마주 보고 섰다. 냉담한 표정이었지만 그녀의 손 안에는 얼음 조각처럼 날카롭고 번쩍이는 빛이 담겨 있었다.

이윽고 조애가 자리에 앉아 조용히 거문고를 타기 시작했다. 부드러운 곡조가 유유히 흐르면서 무수한 새떼가 그녀의 머리 위에 나타나 맴을 돌았다. 나는 주변의 대기가 규칙적으로 뒤흔들리는 것을 느꼈다. 아득히 먼 곳에서 전해지는 것처럼 조애의 목소리가 아련하게 들려왔다. 그녀가 말했다.

"월신, 너는 나를 계속 의심해왔구나!"

월신이 말했다.

"의심할 만하니까 의심한 것이다."

조애의 웃음 띤 얼굴은 막 봉오리를 터뜨린 연꽃 같았다. 그녀의 미소가 하늘에 가득한 안개처럼 삽시간에 눈앞에 번지고 흰 나비들이 솟구쳐 눈송이처럼 하늘을 가렸다. 한편 월신도 몸을 움직이기 시작했다. 그녀의 달빛이 흰 나비들 속에서 번개처럼 명멸하자 산산조각난 나비들의 잔해가 우수수 떨어져 검은 대지 위에 쌓인 눈 속에 소리 없이 녹아들었다. 그리고 마지막 번개가 비단을 찢는 소리를 내며 대기를 가르자 눈앞의 장면이 일시에 정지했다. 잠시 후, 나는 조애의 무음금의 현들이 가닥가닥 끊어지고 가늘고 예리한 달빛이 그녀의 전신을 관통하는 소리를 들었다. 곧바로 조애의 몸이 월신 앞에 뻣뻣하게 무너졌다. 그녀의 눈빛이 흐려지더니 차차 희미해져갔다.

내 눈가에 뜨거운 눈물이 그득 고였다. 목구멍이 막힌 것처럼 말이 나오지 않았다.

월신이 뒤돌아 나를 보고는 순간적으로 표정이 흔들렸다. 하지만 이내 냉정한 표정을 되찾고 말했다.

"폐하, 거기 계셨군요."

내가 말했다.

"그래, 여기 있었지."

겨우 이 말만 하고 더 이상 말이 나오지 않았다. 월신이 말했다.

"제 추측이 틀리지 않다면 조애가 바로 서방호법이에요."

"만약 추측이 틀렸다면?"

내 입에서 가냘픈 목소리가 힘없이 흘러나왔다. 월신이 대답했다.

"이 세상에는 원래 맞는 것과 틀린 것이 존재해요. 그중에는 불가피한 착오들도 있지요. 폐하께서 어떤 일을 성취하려 하신다면 반드시 희생해야 할 것들도 있게 마련이에요. 그렇지 않나요, 폐하?"

나는 아무 말 없이 몸을 돌이켜 그 자리를 떠났다. 문에 들어서려 할 때, 나는 정원을 등진 채로 월신에게 말했다.

"조애가 정말 서방호법이었다면 자네가 그렇게 쉽게 그녀를 죽일 수 있었겠나?"

인간 세상은 아직도 꽃샘추위가 한창이었다. 간간이 눈송이가 떨어지기도 했다. 나는 자신도 모르게 검설성의 겨울과, 10년 동안 내리는 폭설을 떠올렸다.

나는 방 안에서 창문 옆에 서 있었다. 달빛이 물처럼 대지에, 나뭇잎 위에 흘러내렸다. 바람은 나뭇가지 그림자를 이리저리 흔들었다. 그 모습이 꼭 기괴하고 복잡한 마법의 손동작과 비슷했다. 나는 하늘에서 들려오는 까마귀의 목 쉰 울음을 들었다. 그 울음이 마디마디 내 머리 위에 떨어지며 두려움을 불러 일으켰다.

나는 달빛을 향해 왼손을 내밀고 손가락을 움직였다. 동생의 얼굴이 불쑥 하늘 위에 나타났다. 그가 "형, 형" 하고 나를 부르고 있었다. 그의 얼굴은 계속 변하고 있었다. 햇살처럼 웃기도 하고, 냉혹한 표정을 짓기도 하고, 또한 죽을 때처럼 절망적으로 나를 쳐다보기도 했다.

그러나 그것들은 모두 환각이었다. 수백 년간 나는 이런 기억의 마법에 기대, 바람 소리에 귀 기울이는 내 외로운 세월을 지탱해왔다. 그리고 말처럼 달음질쳐 멀어지는, 내 젊은 세월을 힘들게 지켜봐왔다. 그런데 지금 내게는 아이코스처럼 내가 전적으로 신뢰할 만한 사람이 있는가? 내 웃는 얼굴로 인해 수백 년간 기뻐해줄 사람이 있는가?

아이코스, 너는 아니? 네가 한 번만 더 형이라고 부르면 나는 당장 눈물을 흘리고 말 거야.

여관에는 여전히 사람들이 드나들었지만 나와 함께 식사하는 사람은 오직 두 명, 황탁과 월신뿐이었다.

내가 수저를 들었을 때, 월신이 황급히 손을 뻗어 나를 제지하며 말했다.

"폐하, 음식에 손대지 마세요."

"왜 그러나?"

"음식에 독이 들어 있어요."

월신은 이렇게 대답하며 황탁을 쏘아보았다. 그녀가 차갑게 물었다.

"음식 점검은 당신 책임이잖아요. 어째서 독이 있는 거죠?"

황탁이 고개도 들지 않고 담담하게 말했다.

"나를 의심하는 건가, 월신?"

"그렇다!"

이 말이 떨어지는 동시에 월신의 달빛이 검으로 변하며 황탁의 목젖을 파고들었다. 나는 얼른 빙검을 전개하여 월신의 검끝을 자르며 소리쳤다.

"월신, 그만 둬! 더 이상 서로 의심하면 안 돼!"

월신이 쾌속하게 황탁 앞으로 몸을 날리며 대꾸했다.

"그건 불가능해요!"

황탁은 그녀의 매서운 초식을 피해 벌써 몸을 이동했다. 나도 뛰쳐일어나 눈바람을 일으켜 월신의 달빛을 봉쇄했다. 순간, 월신이 경악의 눈초리로 나를 보았다. 내가 자신에게 손을 쓴 게 믿어지지 않는다는 눈빛이었다. 그것이 내가 본 월신의 마지막 눈빛이었다. 황탁이 내가 그녀의 공격을 제압한 틈을 타, 돌연 손으로 그녀의 목젖을 강타했다. 놀라 돌아본 나의 눈에 황탁의 괴이한 미소가 비쳤다.

월신이 바닥에 쓰러졌다. 그녀의 눈빛에서 나는 원망의 기색을 읽었다. 잠시 후, 그 원망은 천천히 괴로움과 슬픔으로 변했다. 나는 그녀의 눈가에서 수정 같은 눈물이 흘러내리는 것을 보았다.

월신과 조애는 여관 뒤편, 요천과 편풍의 무덤 옆에 함께 묻혔다. 월신과 조애의 무덤은 검은 진흙이었다. 편풍과 요천의 무덤 위에는 벌써 연녹색 풀이 자라며 삶과 죽음의 뒤얽힘을 생생히 보여주고 있었다. 차가운 바람이 무덤 위를 내리덮었다. 나와 황탁은 불어오는 강풍에 옷자락을 펄럭이며 말없이 서 있었다.

"황탁, 왜 월신을 죽였나?"

"저를 죽이려 했기 때문입니다."

"하지만 내가 미리 손을 쓴 것을 보지 못했나? 월신은 자네를 죽일 기회가 없었어."

황탁은 아무 말도 하지 않았다. 여전히 괴상한 웃음을 짓고 있을 뿐이었다.

"폐하, 우리, 이제 그만 헤어집시다."

"헤어지자고? 자네, 그 말은……."

"검설성으로 돌아가겠습니다. 폐하는 그곳을 꼭두각시 성이라고 생각하시겠지만 아무튼 그곳에서 저희 부족 전체가 제가 오길 기다리고 있습니다. 저는 그들의 신입니다."

"앞으로의 여행을 포기하겠다는 건가?"

"폐하, 우리에게 더 나아갈 길이 있다고 생각하십니까? 이건 끝이 안 보이는 여행입니다! 게다가 저는 이미 지쳤습니다. 폐하, 저는 이만 떠나겠습니다."

황탁이 가려할 때, 나는 불쑥 그에게 물었다.

"황탁, 사실은 네가 진짜 서방호법이 아닌가?"

그는 뒤도 돌아보지 않고 말했다.

"캐슬님, 그 문제는 더 물을 필요도 없을 텐데요. 당신은 아직까지 서방호법의 영역을 통과할 희망이 있다고 생각하십니까? 서방호법의 벽도 못 넘으면서 어떻게 연제와 싸워 이길 수 있겠습니까?"

황탁이 막 짙은 안개 속으로 사라지려 할 때, 나는 황급히 달려가 그의 앞을 막아섰다. 나는 그의 목에 똑바로 검을 겨누고 말했다.

"네가 서방호법이라면 절대로 그냥 보내줄 수 없다!"

황탁이 나를 향해 희미한 미소를 지으며 말했다.

"하지만 저는 서방호법이 아닙니다. 못 믿으시겠습니까?"

황탁은 끝내 내 손 아래 목숨을 잃었다. 내 검에 찔린 그는 땅바닥에 희고 빛나는 피를 흥건히 적셨다. 나는 그의 목에서 흘러나오는 모호한 목소리를 들었다.

"폐하, 더 이상 구속 받지 마시고 훨훨, 자유롭게 날아가십시오……."

황탁이 죽은 곳은 서방호법의 영능력이 낳은 그 인간 세상의 끝이었다. 그곳은 밝은 햇살처럼 눈부신 황금빛 보리밭이었다. 바람이 보리밭 위를 쓸며 달려오고 외로운 눈송이가 드문드문 떨어져 내렸다. 나는 이 끝에서 나의 검설성으로, 세월이 부서지는 소리가 들리는 그 적막한 삶으로 돌아갈 수 있음을 알고 있었다. 그러면 또 다시 수백 년, 수천 년을 홀로 고독하게 살아가야 할 것이다.

황탁은 보리밭 속에 쓰러져 있었다. 그의 얼굴은 월신이 죽을 때처럼 슬픈 표정이었고 머리칼은 황금빛 보릿대와 함께 출렁이며 수은처럼 반짝였다. 그리고 피에 젖은 긴 마법복은 죽은 왜가리의 검은 날개인 양 검은 진흙 위에 들러붙어 있었다.

나는 고개 들어 쪽빛 하늘을 바라보았다. 한 무리 새떼가 내 쪽으로 낮게 날아오더니 보리밭 위를 선회하며 한참을 떠날 줄 몰랐다. 마치 나처럼, 혼란과 절망에 빠진 제왕처럼 방향을 잃어버린 듯했다.

나는 어느 날 내가 혈혈단신이 될 거라고는 전혀 생각지 못했다. 내 측근들이 하나하나 목숨을 잃어 스산한 대기 속에 그들의 흰 눈동자와 휘날리는 장포가 흩어져 사라졌다. 내 귀에 다시 망령들의 노랫소리가 들렸다. 죽어간 모든 이가 하늘 위에서 구름 사이로 나를 굽어보고 있었다. 나는 하늘을 올려다보며 마음속으로 칼로 베이는 듯한 아픔을 느꼈다.

나는 여전히 서방호법이 누구인지 몰랐다. 그것은 떨칠 수도, 분별할 수도 없는 악몽처럼 계속 나를 괴롭혔다. 심지어 나는 월신, 황탁, 조애, 편풍, 요천까지 혹시나 나의 불신과 무능 때문에 목숨을 잃은 게 아닌가 의심스러웠다. 아마도 진짜 서방호법은 지금 내 등 뒤에서 나를 보며 웃고 있을 것이다. 안개 속에 핀 연꽃 같은 미소로 나를 비웃고 있을 것이다.

나는 여관 점원에게 작별 인사를 했다. 나 혼자서라도 여행을 계속하기로 마음먹었다.

점원은 묵묵히 나를 전송해주었다. 인간 세상의 평범한 백성인 그는 내가 다스리는 숱한 백성과 별로 다를 바가 없었다. 단지 내가 지고무상至高無上의 위대한 신이라는 사실을 모를 뿐이었다.

떠나면서 점점 작아지는 여관을 돌아보았다. 청색 기와와 흰 담벼락, 무성한 버드나무가 보였다. 그리고 벌써 봉오리를 터뜨리기 시작한 배꽃이 작고 부드러운 눈송이 같은 꽃잎을 허공에 날렸다.

나는 몸을 돌이켜 그 자리를 떠났다. 더는 뒤를 돌아보지 않았다. 어느새 눈물이 흘러내렸기 때문이다.

지나간 일들이 한 장면, 한 장면 머릿속을 스쳤다. 요천이 자신의 부왕 앞에 서서 말했다. '부왕이시여, 가장 훌륭한 동방호법이 되겠습니다!' 월신의 쓸쓸하지만 강인한 모습이 떠올랐다. 그래도 가끔씩 짓는 미소는 봄바람처럼 따뜻하고 편안했다. 흥건한 핏속에 쓰러진 성궤의 작고 마른 몸뚱이도 보였다. 그녀는 내게 자신만의 행복을 찾으라고 말해주었다. 그리고 바람을 조종하던 편풍의 쾌활한 얼굴, 흰 나비들에게 둘러싸여 거문고를 타던 조애, 나를 위해 방어결계를 쳐주던 황탁, 비참하게 죽은 적렬의 공포스러운 표정……

나는 가슴 속에서 무엇인가 무너지고 갈라져 날카로운 파편들이 되는 것을 느꼈다.

어느새 번화한 시가지를 멀리 벗어났다. 이제 속세의 인간들은 한 명도 눈에 띄지 않았다. 나는 드넓은 초원 위에 몸을 뉘었다. 부드러운 햇살이 내 몸을 덮고 바람에 초봄의 향기가 실려 왔다.

몸을 일으키고 앉아 해야 할 일들을 점검하기 시작할 때, 나는 문득 초원 끝을 바라보았다. 지평선과 맞닿는 곳에서 대기가 투명하게 회오리치고 있었다. 나는 탁월한 영능력의 소유자가 다가오고 있음을 직감했다. 대지가 울리고 지평선 쪽에서 갑자기 닭털 같은 눈보라가 휘몰아쳤다. 그 옛날, 이락이 나타나던 때와 흡사했다. 파문에 흩어지는 물그림자처럼 기억이 미세하게 흔들렸다.

눈송이가 다 떨어졌을 때, 나는 믿을 수 없는 장면을 목격했다.

성궤가 높은 하늘 위에 우뚝 서 있었다. 그녀의 발밑에서 바람이 세차게 용솟음치고 그녀의 머리와 긴 옷자락이 찢어진 비단처럼 하늘 위로 날렸다.

성궤가 땅 위에 내려와서 천천히 내게 다가왔다. 나는 그녀의 희미하고 괴이한 미소를 바라보았다. 마치 환각을 보고 있는 듯했다.

그녀가 내 앞에 서서 얼굴을 들고 말했다.

"폐하, 안녕하신가요?"

그녀의 얼굴에 웃음이 가득 번졌다. 나는 몸에서 힘이 빠져나가는 것을 느꼈다. 서 있을 힘조차 모자랄 정도였다.

나는 그녀에게 물었다.

"성궤, 북방호법 성주의 영지에서 죽은 게 아니었나?"

성궤의 목소리가 내 주변의 대기 속에 울려 퍼졌다. 하지만 나는 그녀의 입술이 움직이는 걸 보지 못했다. 보이는 거라고는 그녀의 수상쩍은 미소뿐이었다. 그녀가 말했다.

"성주의 영능력으로 나를 죽일 수 있다고 생각했나요?"

"그러면 너는……"

"내가 바로 당신이 그렇게 찾던 서방호법이에요."

나는 말문이 막혔다. 점점 괴이하게, 흐릿하게 변하는 성궤의 미소를 바라보고만 있었다.

'어떻게 성궤가 서방호법일 수 있지?'

이런 의문이 하늘에서 떨어진 질문처럼 머릿속에 꽉 찼다.

"친애하는 폐하, 내가 마지막으로 드린 환몽을 기억하나요? 서방호법을 만나면 열어보라고 그랬지요."

성궤의 웃는 얼굴이 꼭 주술처럼 느껴졌다.

환몽 속에서 성궤는 지금 내 앞에서처럼 희미하게 웃으며 괴상한 목소리를 냈다. 그녀는 내게 모든 것이 자신의 장난이었을 뿐이라고 말했다.

"폐하, 당신은 우리 오빠가 가장 신뢰하는 분이에요. 그래서 나는 당신이 단순한 인물이 아니리란 걸 알고 다른 세 호법들을 물리치게 도와드렸죠. 왜냐하면 당신이 그들의 손에 죽으면 너무 재미가 없기 때문이에요. 그들은 내 손가락 하나도 못 당할 위인들이거든요. 나는 당신과 놀이를 하고 싶었어요. 죽고 죽이는 놀이 말이에요. 내 삶은 너무 심심해요. 그러니 당신처럼 좋은 적수를 앞에 두고 어떻게 한번 놀아보지 않겠어요? 나는 당신이 진짜 서방호법을 찾아낼 수 있는지 보고 싶었어요.

하지만 오빠는 당신을 잘못 보았더군요. 당신은 내가 생각했던 것보다 훨씬 단순했어요. 캐슬님, 나는 당신 곁의 인물들을 하나씩 죽였어요. 참으로 멋진 연쇄 살인이었죠? 그렇게 마지막 사람까지 죽은 뒤, 내가 나타나 말했겠죠? 내가 바로 진짜 서방호법이라고. 당신은 나를 어쩌지 못해요. 영능력으로 보면 결코 내 상대가 못 되니까요. 당신의 훌륭한 동생이 마법을 전수해주긴 했지만, 그래도 내 적수는 될 수 없어요. 폐하, 나는 벌써 별의 행로를 정해두었어요. 나를 따라, 우리 한 바탕 멋지게 놀아봐요."

성궤의 환몽에서 발버둥치며 깨어났을 때, 성궤는 변함없이 내 앞에서 웃고 있었다. 주변의 사물들이 조금씩 눈에 들어왔다. 풀밭과 따스한 햇볕이 보였지만 마음속은 얼음장처럼 싸늘하게 얼어붙었다.

성궤의 손에 내가 여태껏 보지 못한 무기가 들려 있었다. 반짝이는 검은 댕기 같은 것들이 그녀의 손가락에 감겨 있었다. 그것들은 눈에 보이는 바람인 양 한 가닥, 한 가닥 뒤엉켜 있었다. 주위의 공기가 숨 막히게 굳어지면서 성궤의 카랑카랑한 목소리가 내 머리 위를 떠돌았다. 그녀가 말했다.

"캐슬님, 당신은 이제 혼자예요. 어디, 어떻게 이곳을 지나갈지 두고 보겠어요!"

순간, 나는 극도의 피곤함을 느끼며 천천히, 나직하게 말했다.

"그런가? 그러면 한번 뒤를 돌아보거라."

나는 조애, 황탁, 월신이 이미 성궤의 등 뒤에 나타난 것을 보았다. 그들 세 사람의 긴 옷자락이 변화무쌍한 구름처럼 일렁이고 있었다. 그들은 내가 가장 신뢰하는 이들이었다.

성궤의 표정은 여전히 고요했다. 단지 나를 향한 그녀의 눈빛이 좀 더 강렬해졌을 뿐이었다. 그녀가 말했다.

"저들은 원래 죽은 게 아니었군요."

"그렇다, 모두 죽지 않았다. 차라리 내가 죽을지언정 저들이 죽는 것은 원치 않는다. 저들은 검설성에서 가장 우수한 인재들이기 때문이다. 그리고 편풍과, 네 부하에게 죽은 요천, 적력도 마찬가지다. 그들은 다 훌륭한 인물이었다."

"내가 요천을 죽인 것도 알고 있네요? 그때부터 나를 의심했나요?"

"아니. 그때는 범인이 너일 거라고는 생각지도 못했다."

"그러면 어떻게 내가 서방호법이란 걸 알았죠?"

"여러 가지 단서가 있었지. 첫 번째는 역시 요천의 죽음이었다. 그의 정수리에서 독침을 발견한 우리는 네가 파놓은 함정에 말려들었다. 그가 누군가의 독침에 죽은 줄로만 알았지. 하지만 그게 아니었다. 나중에 황탁이 그의 몸을 점검하고 그 독침의 극독이 적요라는 꽃의 만성 독에서 나온 것을 밝혀냈다. 즉, 요천은 서방호법의 영역에 들어오기 전에 벌써 중독되었던 것이다. 그런데 요천은 내내 너를 안고 다녔으므로 가장 가까이서 그를 관찰하며 독을 쓸 수 있었던 자는 바로 너였다."

"그래요, 요천은 내가 죽였어요. 그리고 확실히 적요라는 그 만성 독을 사용했죠. 그 다음에는요? 그런 간단한 추리로 내가 서방호법이란 걸 알아냈나요?"

"아니. 요천의 죽음 말고 네 죽음도 의문이었다."

"내 죽음도요?"

"그렇다. 네 죽음이 대단히 영리한 수법이었다는 건 인정해줄만 하다. 누구도 죽은 자를 의심하지는 않을 테니까. 그런데 너는 황탁의 방어결계가 어떤 것인지 아느냐? 그의 방어결계는 그 자신의 생명이 깃들어 있다. 다시 말해 그가 죽지 않으면 보통 결계 안의 사람도 죽지 않는다. 그리고 방어결계가 깨지면 그가 먼저 죽게 된다. 하지만 그럼에도 불구하고 너는 죽었다. 처음에 황탁과 나는 그 원인을 네 약한 체질과 점성술사들 사이의 기묘한 대결 탓으로 돌리고 네 죽음을 슬퍼했다. 그런데 네 오빠는 내게 보낸 편지에서 말했다. 별점을 쳐보니 너 혼자 낯선 세계로 가게 됐다고, 그래서 너 혼자 보내지 말아달라고 내게 부탁했다. 당시 나는 성구가 너의 죽음을 점치고 네가 저승으로 가는 줄 안다고 풀이했다. 하지만 나중에 와서 알았다. 네가 자기가 만든 인간 세상으로 가서 우리가 들어오길 기다렸다는 것을. 너는 네 오빠가 내게 자신이 죽지 않은 걸 알릴까 두려워했다. 그래서 자신이 죽었다는 소식을 오빠에게 알리지 말아 달라고 부탁했겠지."

성궤의 눈빛이 갈수록 차가워졌다. 그녀는 나를 바라보며 냉랭하게 말했다.

"계속 말해봐요."

"그 다음, 북방호법 성주의 궁전에서, 사실 그녀를 죽이는 일쯤은 네게 식은 죽 먹기였을 것이다. 그녀는 죽기 전, 서방호법이 누구인지 말하려고 했었지. 네가 우리들 사이에 끼어 있는 걸 보고 가소로웠기 때문이다. 하지만 너는 그녀에게 말할 기회를 주지 않았지. 즉각 마법을 소환하여 그녀를 죽여버렸다. 그래도 그때 우리는 너의 마법이 두 단계로 이어지는 점차현빙주인 줄로만 알았다. 단지 네가 점성술사이면서 어떻게 그처럼 강력하고 복잡한 흑마법을 익혔는지 의문이었다. 보통 최고의 마법사와 무당만이 그 마법을 알고 있으니까.

그 후에 우리는 너, 서방호법의 영역으로 들어왔다. 곧바로 너와 봉황, 까마귀가 일련의 살인을 저지르는 바람에 우리는 더 이상 너에 관한 의문을 생각할 겨를이 없었다. 아조가 죽고 나서야 나는 다시 너를 의심하기 시작했다."

"그건 왜였죠?"

"조애에 대한 월신의 의심 때문이었다. 원래 조애와 월신은 둘 다 환몽을 제거하는 능력이 있다. 그런데 조애는 월신보다 능력이 뛰어남에도 불구하고 웬일인지 까마귀의 환몽을 파해하지 못했다. 그건 틀림없이 그녀보다 월등한 능력의 점성술사가 주변에 있었기 때문이다. 그 점성술사는 바로 너, 성궤였다. 원래 너는 조애를 이용해 우리가 그녀를 의심하게 하려고 했겠지. 하지만 넌 한 가지 잊은 것이 있다. 서방호법이 동시에 두 명일 수 없다는 걸 말이다. 만약 조애가 가짜로 부상을 당한 척한 거라면 황탁이 왜 그녀의 기만을 도와주려 했겠는가? 그래서 나는 월신에게 조애와 황탁, 둘 다 서방호법일 가능성이 없다고 말했다."

"그래서 당신들은 거짓 죽음으로 나를 유인해낸 건가요?"

"아니, 아직은. 그때는 그저 너를 의심했을 뿐이다. 결정적으로 우리가 결심을 굳힌 건 적렬 때문이었다."

"적렬? 내가 그를 죽인 건 또 어떻게 알았죠?"

"그의 손 모습 때문이었다. 그가 죽었을 때, 우리는 그의 손이 점성술사들이 흔히 쓰는 동작을 취하고 있음을 알았다. 처음에는 적렬이 점성술사가 아니었나 생각했지만, 조애가 그의 몸을 보고 환몽을 푸는 능력도, 별점을 치는 영력도 느껴지지 않는다고 일러주었다. 그래서 우리는 적렬이 자신의 살인범이 점성술사라는 걸, 더군다나 절정의 마법을 구사한다는 걸 알리려 했음을 깨달았다. 보통 사람 같으면 절대로 적렬을 사살할 능력이 없기 때문이었다."

"그래서 서로 살해된 것처럼 꾸미고 날 유인한 거로군요."

"그렇다. 그것은 위험을 무릅쓴 행동이었다. 너라면 우리의 행동에 관해 점만 한 번 쳐보면 즉각 연극임을 알 거라고 생각했다. 하지만 난 네가 너무 교만하고, 또 너무 자부심에 차 있다고 믿었다. 너는 우리 모두를 과소평가했다. 그도 그럴 것이, 이 모든 사건이 네 예상대로 하나하나 실현되었으니까. 그래서 너는 여기에 비밀이 있다고 생각지 못했고, 또 우리의 행동을 놓고 점을 치지도 않았다."

황탁이 성궤의 등 뒤에서 말했다.

"나와 월신, 조애는 줄곧 폐하의 곁에 있었다. 네가 나타나기만을 계속 기다렸지. 우리는 알고 있었기 때문이다, 네가 오만한 자라는 걸. 너는 이제껏 누구도 안중에 두지 않았다. 그러니 혼자 남은 폐하 앞에 반드시 모습을 드러낼 거라고 생각했다. 폐하의 경악하는 표정을 보며 우쭐하고 싶을 테니까. 하지만 폐하는 네가 생각한 것처럼 그렇게 멍청하지 않았다."

성궤가 내게 경멸과 자신감에 찬 미소를 지으며 말했다.

"캐슬님, 내가 손 하나 까딱하지 않고 당신을 죽일 수 있다고 한다면, 믿을 수 있나요?"

나는 묵묵히 그녀를 바라보았다. 그녀가 다시 말했다.

"당연히 못 믿겠죠. 당신이 가장 사랑하는 할머니가 있었죠? 그녀가 당신에게 영능력을 전수한 뒤, 손을 꼭 잡아주었던 걸 기억하나요? 그때 그녀의 거친 피부가 침에 찔린 듯 따가웠었죠? 설마 그녀가 당신에게 정말 침을 찔렀으리라고는 의심하지 못했겠지요."

성궤의 방자한 웃음소리가 들렸다. 나는 기억이 희미해지며 마음이 텅 빈 듯 무너져 내렸다.

그 순간, 성궤가 내게 손을 뻗었다. 검은 댕기가 번개처럼 찔러왔지만 나는 간단히 몸을 피했다.

성궤가 분노의 눈빛으로 나를 노려보았다. 그녀가 말했다.

"그런 이야기를 듣고도 어떻게 전혀 마음의 동요가 없지요?"

나는 그녀를 마주보며 말했다.

"사람의 마음을 믿으니까. 그리고 이 세상에 내가 믿을 만한 가치가 있는 게 존재한다고 믿으니까. 예를 들어 나에 대한 할머니의 사랑이 바로 그것이다. 내가 의심할 이유가 어디 있겠느냐?"

성궤는 침묵을 지키고 있었다. 오직 긴 옷자락만 바람에 펄럭이고 있었다. 한참 뒤, 그녀가 말했다.

"캐슬님, 오빠의 눈이 틀리지 않았군요. 당신은 확실히 대단한 왕이에요. 하지만 나는 감히 자신할 수 있어요. 당신들이 한꺼번에 공격해오면, 난 비록 이기지는 못해도 죽기 전, 이 풀밭에 당신의 피를 적실 정도의 능력은 있답니다."

성궤의 검은 댕기들이 무서운 속도로 퍼지며 바람처럼 민첩하게 나와 다른 세 명 사이를 떼어놓았다. 댕기의 추적을 간신히 피하고 보니 월신, 조애, 황탁이 댕기들에 의해 다시 흩어져 각기 따로따로 방어

태세를 취하고 있었다. 그리고 성궤는 바람을 타고 높은 공중에 서서 우리를 내려다보고 있었다. 그녀가 기괴한 미소를 지으며 말했다.

"우리의 놀이가 절정에 달했군요. 폐하, 당신은 아주 훌륭한 적수예요……."

월신의 달빛이 검은 댕기에 휘감겨 있었다. 그 밝은 광채는 칠흑처럼 짙은 어둠 아래 차차 빛을 잃어갔다. 월신의 가쁜 숨소리가 들렸다. 그녀의 옷과 머리장식이 격한 움직임에 따라 허공에 날렸다. 조애의 희고 빛나는 거문고 현도 검은 댕기에 얽혀 시간이 흐를수록 조여들었다. 마치 검은 용과 흰 용이 필사의 사투를 벌이는 듯했다. 흰 나비들이 허공에서 작은 조각으로 찢겨져 눈송이처럼 땅 위에 떨어졌다. 황탁이 각각의 몸에 방어결계를 쳐주었지만, 성궤의 검은 댕기가 결계의 투명한 외벽에 부딪치며 맑고 날카로운 소리를 사방에 퍼뜨렸다.

나는 이미 십여 자루의 빙검을 소환해냈다. 그것들은 성궤 주변에 떠 있었지만 좀처럼 검은 댕기들의 힘을 떨치지 못했다. 어떤 빙검은 댕기들에 휩싸인 뒤, 그 압력에 그만 얼음조각이 되고 말았다.

그런데 갑자기 모든 게 고요해졌다. 조애의 나비들이 하늘로 날아올랐다. 검은 댕기의 압박이 사라졌기 때문이다. 월신의 달빛도 어둠 속에서 다시 빛을 발했다. 성궤가 댕기들을 전부 회수했기 때문이다.

이윽고 나는 성궤의 얼굴에서 서글픈 미소를 발견했다. 예전의 그 순진한 소녀로 되돌아간 듯했다.

그녀가 나를 쳐다보며 말했다.

"오빠!"

나는 뒤를 돌아보았다. 늠름한 기세와 한 점 먼지도 묻지 않은 흰색 마법복, 그리고 변함없이 차갑고 엄숙한 표정, 바로 성구였다! 그의 머리칼이 날리며 바람 속에 흩어졌다.

"오빠, 어떻게 온 거야?"

성궤가 성구를 바라보며 나직한 어조로 물었다. 이때 성궤는 부드럽고 유순한 소녀, 맨 처음 성구가 환성궁에서 안고 나온 가냘픈 소녀로 돌아와 있었다.

"그건 네가 상관할 바가 아니다. 성궤, 내게 말해다오. 네가 정말 서방호법이냐?"

성궤는 입을 꼭 다물었다. 나는 그녀의 눈 속에 언뜻 한 줄기 빛이 스치는 걸 보았다. 그녀가 고개를 떨구고 물었다.

"오빠, 만약 그렇다면 나를 용서해줄 거야?"

"아니."

"왜 못한다는 거야?"

"네게 말했었지, 캐슬님은 내가 가장 존경하는 분이라고. 누구든 이 분을 해치려 하면 나는 절대로 용서할 수 없다! 게다가 너는 너무나 많은 사람을 죽였다. 성궤, 너는 매일 밤마다 들리지 않니? 그 망령들이 하늘에서 다가오는 소리를."

"오빠, 난 그런 자들은 상관 안 해. 내게 중요한 사람은 오직 오빠뿐이야. 정말 날 용서해주지 않을 거야?"

"그렇다, 나는 너를 용서 못해!"

성구가 성궤에게서 몸을 돌렸다. 나는 그의 뺨에 굵은 눈물이 흘러

뚝뚝 풀밭 위에 떨어지는 것을 보았다.

성구가 내게 말했다.

"폐하, 함께 공격하시죠."

"성구, 하지만 그녀는 자네의 누이동생인데……."

"제게는 저런 누이동생이 없습니다!"

성구가 내 말을 잘랐다.

"오빠, 정말 나를 공격할 거야?"

"그렇다!"

"내가 오빠의 누이동생이 아니라고?"

성구는 고개를 들어 하늘을 보았다. 그가 낮고 쉰 목소리로 말했다.

"내 누이동생 성궤는 착하고 순진한 아이였다. 내 품에서 조용히 잠들곤 했고, 늘 내가 오기만을 기다렸다. 하지만 그녀는 이미 죽었다. 내 기억 속에서 죽었다. 앞으로 영원히 나타나지 않을 것이다."

나는 곧 성궤의 눈물을 보았다. 그녀는 부서지는 햇살처럼 점점이 눈물을 흩뿌렸다.

"오빠."

성궤의 목소리는 고인 물처럼 잔잔했지만 누구라도 그 속에 깃든 절망을 읽을 수 있었다. 그녀가 말했다.

"오빠가 날 용서해주지 않을 줄 알고 있었어. 그렇다면 몇 백 년을 더 살아도 내게는 의미가 없어. 차라리 200살이 되었을 때 환성궁에 서 죽어버렸어야 했는데. 그랬으면 오빠가 영원히 날 미워하는 일도 없었을 텐데."

뒤이어 뼈와 살이 갈라지는 소리가 들렸다. 그 검은 댕기들이 차례로 성궤의 등을 꿰뚫고 그녀를 풀밭 위에 쓰러뜨렸다. 쿵, 무거운 소리와 함께 넘어지는 순간, 그녀가 울면서 소리쳤다.

"오빠, 왜 나를 용서해주지 않는 거야……."

성궤가 죽은 자리에 투명하고 반짝이는 공이 나타났다. 나는 그것이 성궤가 오빠에게 남긴 환몽임을 알았다.

성구는 먼 곳의 높은 절벽 위에 서 있었다. 성궤는 내가 맨 처음 그녀를 보았을 때처럼 성구의 품에 안겨 있었다. 폭설이 그의 머리와 어깨 위에 쏟아졌다. 방어막을 펴 동생을 감싸주는 그의 눈빛이 봄날의 깊은 호수처럼 부드러워 보였다.

"성구, 검설성에서 어떻게 이 먼 곳까지 달려온 건가?"

"저는 줄곧 별점을 쳐 폐하와 제 여동생의 복을 기원했습니다. 그러다가 불현듯 여동생의 위기를 감지했지요. 고강한 영능력의 소유자들이 여동생을 포위하고 있다는 걸 알았습니다. 그래서 이미 폐허가 된 동방호법과 남방호법, 북방호법의 영지를 지나, 서방호법의 영능력이 만들어낸 이곳까지 달려왔습니다. 그리고 보았지요. 제 여동생이 폐하와 월신, 조애와 황탁에게 둘러싸여 있는 광경을. 그 순간, 저는 성궤가 서방호법이라는 것을 알았습니다."

"성구, 자네는 여동생을 끔찍이 생각하지 않았나? 그런데 어떻게……."

"폐하, 성궤에 대한 제 사랑은 아이코스님에 대한 폐하의 사랑보다 결코 못하지 않았습니다. 그러니 더 언급하지 말아주십시오. 그녀의 얘기만 나오면 죽고 싶을 만큼 괴로울 겁니다."

나는 조용히 입을 다물었다.

"폐하, 이제 그만 떠나겠습니다. 여동생이 죽은 지금, 제게는 더 이상 지켜줘야 할 사람이 없습니다. 그리고 폐하는 이미 강해지셨으므로 제 도움이 필요 없습니다. 폐하, 저는 앞으로 환설산 깊은 곳에 머물며 성궤의 무덤 곁을 지킬까 합니다. 그녀의 무덤가에 벚꽃이 흩날릴 때, 맘껏 목놓아 울고 싶습니다."

나는 성구의 얼굴을 바라보았다. 아무 말도 해줄 수가 없었다.

끝없이 쏟아지는 눈보라 저편으로 성구와 성궤의 뒷모습이 사라졌다. 나는 은연중에 성구의 처량하고 비통한 노래가 높은 하늘 위로 메아리치는 소리를 들었다. 헤아릴 수 없이 많은 새들이 모였다 흩어지고, 벚꽃들이 죽음을 애도하듯 잔인하게 대지 위로 떨어졌다.

내 이름은 성궤, 환성궁의 왕이신 아빠의 가장 사랑하는 딸이에요. 검설성 최고의 점성술사인 아빠는 나라의 흥망을 예언하고 길흉을 점친답니다.

우리 아빠는 내가 본 남자들 중에 제일 강인한 남자예요. 아빠가 환성궁에서 가장 높은 낙염탑落炎塔에 올라 별점을 치실 때면, 그 모습이 마치 환설산 제성대의 천 년 묵은 현무암처럼 장엄하답니다. 그리고 바람이 포효하는 파도처럼 밑에서 용솟음쳐 아빠의 점성복을 검은 날개인 양 활짝 펼쳐주죠. 그러면 나는 날개를 펴고 막 창공을 날려는 독수리를 보는 듯해요.

수백, 수천 년이 조수처럼 아빠의 몸을 흘러갔지만 나는 아빠가 결코 변하지 않으리라는 걸 믿어요. 아빠는 너무나 강인하고 늠름하기 때문이죠.

하지만 나를 바라보는 아빠의 표정은 물처럼 우수에 젖어 있었어요. 그토록 강한 아빠가 나 때문에 괴로움의 눈물을 흘렸어요.

내가 모두에게 걱정을 끼치는 아이였기 때문이에요.

어릴 적, 엄마는 눈물을 흘리시며 내게 말했어요. 내 별의 상象이 끊겨 있다고. 내가 250살밖에 살지 못한다고. 내 생명에 예측할 수 없는 궤적이 나타나기 시작했어요. 내가 언제든 죽을 가능성이 있기 때문이었죠. 내게 말할 때 엄마는 붉은 장포에 꽃 같은 눈물을 뚝뚝 떨궜어요. 나는 조그만 손으로 엄마의 눈물을 닦아드렸죠. 그리고 말했어요. 겨우 200년이라도 나는 즐겁게 살아갈 수 있다고.

이윽고 엄마는 소리 없이 흐느끼기 시작했어요.

내가 태어났을 때, 우리 부족은 형언할 수 없는 기쁨에 휩싸였어요. 갓 태어난 내 몸 속에 이미 천 년의 영능력이 뭉쳐 있었기 때문이에요. 엄마는 내가 태어날 때부터 자기보다 머리가 길었다고 했어요. 눈처럼 영롱한 머리칼이 나를 칭칭 감싸고 있었고, 나는 그 속에서 쌔근쌔근 잠들어 있었대요.

아빠는 너무 기뻐 눈물을 흘렸답니다.

하지만 나는 모두에게 걱정을 끼치는 아이였어요.

나의 탄생을 기념하는 점성 의식을 열던 날, 아빠는 전례 없이 즐거워하셨대요. 환한 하늘같은 아빠의 호탕한 웃음에 온 부족 사람들도 덩달아 기뻐했다더군요. 아빠가 그렇게 웃으시는 모습을 모두들 오랫동안 보지 못했기 때문이었죠.

그런데 아빠가 별점을 반쯤 진행했을 때, 별안간 단상이 조용해졌어요. 아빠의 점성장이 가리키는 하늘에 파괴되어 끊어진 별자리가 나타났기 때문이에요. 제단 가장 높은 곳에 서 있던 아빠가 휘청거리며 차가운 현무암 위에 쓰러졌어요.

나는 요절할 운명을 타고난, 태어나서는 안 될 아이였던 거예요.

나는 태어나서는 안 될 아이였어요.

나는 환성궁 가장 낮은 곳에 위치한 어두운 방 안에서 눈을 깜박이며 괴로워했지요.

내 몸은 점점 약해졌어요. 한줄기 바람에도 선혈을 토하곤 했어요. 아빠는 나를 안고 그 어두운 지하실에 들어온 첫날, 괴로움의 눈물을 흘리며 말씀하셨어요.

"성궤야, 내 착한 딸아, 너는 여기 있어야 무사하단다. 이 아빠는 최고의 점성술사란다. 언젠가 네 별자리의 궤도를 바꿔 널 죽지 않게 해줄게."

나는 아빠의 품에서 고개를 끄덕였어요. 그리고 말했죠.

"아빠, 난 아빠를 믿어요. 아빠는 가장 위대한 점성술사잖아요."

그리고 눈을 꼭 감았어요. 하지만 나는 알고 있었죠. 이미 아빠의 영능력을 초월한 나조차 별자리의 위치를 바꿀 능력은 없다는 것을.

250

우리 오빠의 이름은 성구예요. 나처럼 높은 영능력자의 소유자죠. 다만 나만큼 기구한 운명을 타고나지 않았고 영능력도 나만큼 강하지는 않아요.

그래도 난 오빠를 사랑해요. 왜냐하면 내가 스스로 태어난 게 잘못된 거라고 느낄 때마다 이렇게 말해주었기 때문이에요.

"너 때문에 난 더 좋은 사람이 되고 싶단다."

이 말만 들으면 난 그의 품에 쓰러져 엉엉 울음을 터뜨렸어요.

130살이 되기 전에 나는 외로운 여자 아이에 불과했어요. 지하 깊은 곳에 있으니 별을 볼 기회도 없었지요. 그냥 점성장에 새겨진 별들의 은빛 광채를 보았을 뿐이에요. 그리고 연꽃처럼 붉은 석양도, 담묵淡墨처럼 흐릿한 일몰의 아지랑이도 본 적이 없어요. 눈 쌓인 벗나무에서 꽃잎이 어깨 위로 떨어지는 광경도, 환설제국에서 가장 유연하고 멋진 우리 환성궁도 역시 보지 못했어요.

난 그저 오빠의 말을 통해 어렴풋이 그것들을 상상할 수밖에 없었어요. 상상하면 상상할수록 마음이 괴로웠죠.

오빠는 늘 단호하게 내게 말했어요. 더 좋은 사람이 돼주겠다고, 내가 250살에 죽을 리가 없다고.

나는 그의 어린 얼굴을 보면서 마음속으로 정말 그를 좋아한다고 느꼈지요.

130살에 오빠는 성인이 되었어요. 성년식을 치르고 오빠가 날 만나러 지하로 내려왔을 때, 나는 아빠를 보고 있는 것 같았어요.

오빠는 아빠처럼 강인하고 건장한 점성술사로 변해 있었죠. 나는 그의 순백의 점성복을, 휘날리는 긴 머리칼을 보았어요.

나는 천천히, 행복한 목소리로 말했어요.

"오빠."

오빠는 다가와서 나를 안아 무릎 위에 앉혔죠. 그리고 말했어요.

"성궤야, 나는 조금씩 강해지고 있단다. 나를 계속 두고봐줘."

나는 고개를 끄덕였어요. 오빠의 따뜻한 미소가 내 몸에 쏟아졌죠. 오빠가 또 말했어요.

"이 오빠는 널 죽게 내버려두지 않을 거야. 네 별자리의 궤도를 바꿀 테고, 언제나 네 곁에 있어줄 거야. 너 때문에 난 더 강해지고 싶단다. 너는 나의 전부야."

오빠는 내가 자기의 전부라고 말했죠.

오빠는 전혀 몰랐을 거예요. 자기 말 때문에 내가 늘 괴로워했다는 걸. 나는 시시때때로 생각했죠. 어느 날엔가 내가 갑자기 죽고 이 어두운 지하실에서 날 찾을 수 없게 되면 오빠가, 그토록 강인한 오빠가 날 위해 슬픔의 눈물을 흘려줄지를.

오빠는 내게 바깥에서 일어나는 일들을 전부 이야기해줬어요. 지금 누가 환설제국의 황제인지, 또 누가 최고의 마법사인지도 알려줬어요. 그는 늘 캐슬이란 이름을 입에 담았죠. 오빠는 그가 어리지만 훌륭한 황태자라고 생각했어요. 착하고 온화하며 늠름한 기풍까지 갖췄다고 했어요. 오빠는 그가 대단한 인물감이며 언젠가 꼭 위대한 황제가 될 거라고 기대했어요.

오빠는 언젠가 자신이 강해져서 운명을 바꿀 수 있게 되면 날 이 어두운 공간에서 꺼내주겠다고 했어요. 그리고 검설성의 대전으로 데리고 가 캐슬님을 위해 점을 치고 복을 빌게 하겠다고 했어요. 그건 바로 내가 가장 훌륭한 점성술사이기 때문이죠.

나는 오빠의 당당한 표정을 보며 거의 그 말을 믿을 뻔했죠. 하지만 난 알고 있었어요. 모든 게 화려한 꿈이며 그런 꿈으로는 고작 나 자신과 오빠를 위로할 수 있을 뿐이라는 것을. 나는 내 마지막 생명이 어느 이름 모를 아침이나 핏빛 황혼에 홀연히 끊기리라는 것을 알고 있었죠. 그러나 나는 삶의 희망을 주려는 오빠의 노력에 감사했어요. 마음속 아픔과 괴로움은 여전했지만 말이죠. 그건 나 때문이 아니라 내가 가장 좋아하는 우리 오빠, 성구 때문이었어요.

내 체질은 다른 이들과는 전혀 달랐어요. 130살이 되던 날 아침, 나는 내가 여전히 어린아이의 몸인 걸 깨달았어요. 나는 영원히 성인이 될 수 없다는 걸 알았죠.

그날, 나는 몸을 숨기고 오빠를 만나려 하지 않았어요. 그를 생각하니 눈물이 비처럼 쏟아졌어요. 오빠는 벌써 기골이 장대한 어른이 되었는데 나는 아직도 어린아이의 모습이었어요. 나는 오빠가 나를 보고 괴로워하는 걸 바라지 않았어요.

하지만 오빠는 벌써 눈치 챈 것 같았어요. 넓고 텅 빈 어둠 속에서 부드럽게 내 이름을 불렀어요.

"성궤야, 오빠는 다 알고 있어. 네게 아무 변화가 없어도 이 오빠는 널 좋아한단다. 성궤는 내 소중한 동생인 걸. 어떤 모습으로 변해도 너는 내 동생이야."

나는 어두운 구석에 웅크린 채 한가운데 서 있는 오빠를 보고 있었죠. 긴 머리를 부드럽게 늘어뜨린 오빠는 따뜻한 표정을 짓고 있었어요. 나는 그의 검은 점성복에 가득 비치는 은은한 남색 육망성을 보았어요. 잠시 후, 그가 몸을 돌려 나를 보고는 천천히 다가왔어요. 그리고 나를 들어 무릎에 올리고 말했죠.

"성궤야, 이 점성복은 황제가 내게 내리신 거야. 어떤 재난을 정확하게 예언한 공으로 받았단다. 성궤야, 나는 점점 더 강해지고. 부디 조금만 더 기다려줘."

오빠는 머리를 숙여 내 이마에 새겨진 육망성에 입을 맞췄어요. 그가 말했죠.

"성궤야, 난 너 때문에 더 좋은 사람이 되고 싶어."

나는 환성궁의 가장 낮은 곳에 살았어요. 하루하루, 점점 나를 소멸시키는 세월이 흘러갔어요. 나는 바깥의 소동 따위와 관계없이 세상과 단절되어 있었죠. 그저 운명의 실에 외로이 휘감긴 채 조용히 죽음이 오길 기다리고 있었어요.

한동안 오빠가 나를 보러오지 않았어요. 화족과 빙족의 성전이 검은 밀물처럼 빙해 양편에서 벌어졌기 때문이죠. 보이는 곳마다 손 쓸 수 없이 폐허가 되어가고 있었죠.

나는 지하실에 서서 검은 천장을 올려다보았어요. 그 위의 화염에 휩싸인 세상을 상상했어요. 차가운 남색 구름이 붉은 연꽃처럼 타오르고 있는 게 느껴졌어요.

나는 전쟁터에 있는 오빠를 위해 매일 별점을 치고 복을 빌었어요. 높은 절벽 위에서 점성장을 치켜든 오빠가 지면을 가르며 비치는 섬광 속에서 전쟁의 형세를 점치는 광경이 떠올랐어요. 칼날 같은 바람이 피부를 베며 지나갔지만 그의 강인한 표정은 조금도 흔들리지 않았죠.

그 기나긴 세월, 오빠를 대신해 아빠가 지하실에 내려와 나를 돌봐주셨어요. 아빠는 갓 태어난 아기인 양 나를 무릎 위에 올려놓곤 하셨죠.

나는 매일 전쟁의 상황을 물었어요. 아빠는 그때마다 말씀하셨죠.

"성궤야, 걱정 마라. 우리의 황제는 위대한 분이시란다."

또 이런 말씀도 하셨어요.

"네 오빠는 이번 전쟁에서 가장 젊은 점성술사이지만 아주 큰 공을 세우고 있단다."

나는 오빠의 늠름한 자태를, 유니콘 위에 높이 서서 모래사장을 누비는 모습을 상상할 수 있었죠. 나는 오빠를 믿었어요. 그는 내 마음 속에서 가장 위대한 인물이었으니까요.

내가 안도의 웃음을 지을 때마다 아빠는 괴로운 듯 한숨을 쉬셨어요. 유성처럼 짧은 내 수명을 떠올리셨기 때문이에요. 그러면 난 아빠의 주름진 얼굴을 어루만지며 말했죠.

"내 걱정은 안 하셔도 돼요, 아빠. 오빠가 내 별자리의 위치를 바꿔줄 거예요."

나는 나 자신도 믿지 않는 거짓말로 늙으신 아빠를 위로했어요. 아빠는 내게 고개를 끄덕이며 말씀하셨어요.

"그래. 넌 틀림없이 행복하게, 오래 살 거야."

그러고서 아빠는 고개를 돌렸어요. 하지만 난 아빠의 움푹한 눈자위에 맺힌 눈물을 보았어요.

몇 십 년, 아니면 몇 백 년이 흘렀는지는 몰라도, 오빠가 다시 내 앞에 섰을 때 나는 성전이 끝났음을 알았어요. 오빠는 승리의 영웅이 되어 돌아왔죠. 나는 그가 정식으로 환성 부족 왕의 예복을 입은 걸 보고 행복감에 눈시울이 뜨거워졌어요.

오빠는 나를 얼싸안고 씨익 기쁨의 미소를 지었어요. 대범한 그 웃는 얼굴은 꼭 찬란한 아침햇살 같았고, 웃음소리는 나를 감싸고 따뜻하게 해주었죠. 나는 엄마 뱃속에서 평온히 잠자고 있는 느낌을 받았어요.

오빠가 내게 말했어요.

"성궤야, 이 오빠가 드디어 우리 환성 부족의 왕이 되었다. 나는 점점 더 강해질 거야."

나는 오빠의 진지한 얼굴 앞에서 힘껏 고개를 끄덕였어요. 심지어 그가 나를 위해 짜고 있는 그 꿈을 믿기 시작했어요.

하지만 꿈은 꿈일 뿐이에요. 언젠가는 수면 위의 그림자처럼 사라지고 말죠. 그런데 생각지도 않게 그 날이 너무 빨리 와버렸어요.

내 삶의 최후가 앞당겨진 듯했어요. 나는 차가운 암흑 속에 누워 괴로워하고 있었죠.

190살이 되던 날, 나는 가슴 속이 찢어지는 듯한 통증을 느끼며 의식을 잃었어요. 검은 현무암으로 된 바닥에 쓰러지기 직전, 입에서 울컥 흰 피가 솟아나와 작은 시내처럼 바닥을 흐르는 걸 보았어요. 그리고 흐릿하게 감각이 사라져갔죠.

의식이 돌아왔을 때, 나는 여전히 홀로 바닥에 누워 있었어요. 천천히 몸을 일으키고 앉아 소매로 조심스레 바닥의 핏자국을 닦았죠. 눈물을 흘리면서, 또 그 눈물을 닦으면서 난 예전에 경험해보지 못한 괴로움을 느꼈어요. 아파서가 아니었어요. 죽음이 다가와서도 아니었어요. 오빠의 멋진 미소를 다시는 볼 수 없을 거라는 생각이 들어서였어요. 그래서 목구멍 속에서 괴로움이 치솟아 올랐죠. 난 차디찬 바닥에 앉아 나의 오빠를 생각했어요.

그날 밤, 오빠가 찾아왔을 때, 나는 한 마디도 하지 않았죠. 오빠가 슬퍼할까 두려웠어요. 그는 또 바깥 세상에 관해 이야기했어요. 화려한 벚꽃, 아름다운 아지랑이, 웅장한 산맥과 고요한 바다……. 나는 그의 준수한 얼굴을 바라보며 마음이 텅 빈 듯한 아픔을 느꼈어요. 앞으로 영원히 그의 얼굴을 볼 수 없을 거라고 생각했어요.

그날 이후, 나는 걸핏하면 피를 토했어요. 하루하루 건강이 악화되었죠. 하지만 누구에게도 그 사실을 알리지 않았어요. 오빠와 아빠 앞에서는 조용히 웃고만 있었죠. 두 사람을 슬프게 하고 싶지 않았어요. 그들은 이 세상에서 내가 가장 사랑하는 이들이었기 때문이에요. 어느 날엔가 나는 검은 바닥에서 깨어나, 습관적으로 바닥의 핏자국을 닦기 시작했어요. 그리고 어둠 속에 서 있는 한 여자를 보았죠. 짙은 어둠에 물들인 것처럼 까만 장포를 입은 여자였어요. 그녀는 나를 바라보며 스스럼없이 확신에 찬 말투로 말했어요.

"네게 영원한 생명을 주마."

내게 영원한 생명을 주겠다니. 나는 이런 말을 하는 그녀가 누구인지 궁금했어요.

"나는 연제라고 한다."

말로 표현하기 힘든 두려움을 느끼며 물었어요.

"어떻게 내 마음을 꿰뚫어 보는 거죠? 당신은 점성술사인가요?"

"나는 점성술사가 아니다. 모든 살아 있는 자들 위에 군림하는 신이다."

그녀가 또 말했어요.

"네가 내 서방호법이 돼준다면 네게 영원한 생명을 주마. 너는 환설산과 검설성을 자유로이 오가며 네가 원하는 곳에 머물러도 좋다."

나는 그녀를 바라보며 물었어요.

"우리 오빠 곁에 계속 있어도 되나요?"

"그렇다. 단지 내가 너를 원할 때는 즉각 내 앞에 나타나야 한다."

"좋아요. 그렇게 하겠어요."

"이렇게 쉽게 결정해도 되겠느냐? 너는 서방호법이 무슨 일을 하는지도 아직 묻지 않았다."

"묻고 싶지 않아요. 오빠 곁에 계속 있을 수만 있다면 무슨 일을 시켜도 다 하겠어요."

"그래도 하나만은 명심하거라. 서방호법은 가장 잔인한 호법이며 암살이 전문이다. 아마도 모든 이가 너를 증오할 것이다."

"오빠와 다른 가족을 죽이라고만 하지 않으면 다 할 수 있어요. 오빠 곁에 있을 수만 있으면 다른 사람의 증오나 경멸쯤은 하찮은 일에 불과해요."

연제가 물끄러미 나를 쳐다보며 말했어요.

"좋다, 아주 좋아."

그녀의 모습이 안개처럼 눈앞에서 사라졌어요. 나는 누가 정말 내 앞에 서 있었나 의심이 들기까지 했어요.

그러나 정말로 몸이 차차 낫기 시작했어요. 각혈도 줄어들다가 완전히 멈췄어요. 나는 곧 예전의 상태를 회복했어요.

오빠가 내 앞에 서서 허리를 숙이고 나를 쳐다보며 말했어요.

"난 너 때문에 더 좋은 사람이 되고 싶어."

나도 오빠의 얼굴을 바라보다 끝내 울음을 터뜨렸어요. 오빠를 꼭 끌어안고 혼잣말을 했어요.

'오빠, 드디어 오빠 곁을 떠나지 않을 수 있게 됐어.'

성궤가 죽자마자 서방호법의 영역에 변화가 일어나기 시작했다. 땅이 흔들리고 지면에서 짙은 안개가 새어나와 온 천지를 뒤덮었다. 나는 이것이 결계가 사라지기 전의 현상임을 알았다.

자욱한 안개가 천천히 걷혔을 때, 나는 주변의 인간 세상이 완전히 사라진 것을 확인했다. 그 대신 흰 눈이 반짝이는 신계新界가 눈앞에 펼쳐졌다.

그 신계는 내가 이제껏 보지 못한 웅장한 경관을 자랑했다. 뒤를 돌아보니 월신과 조애가 놀란 표정을 짓고 있었다.

우리 앞에 끝이 보이지 않는 높디높은 계단이 나타났다. 한 계단, 한 계단 광활한 창공으로 이어져 있는 듯했다. 그리고 계단 끝에 가득한 안개 사이로 궁전의 조각된 대들보와 문양을 넣은 기둥, 넘치는 광채가 비쳤다.

나는 곧 어떤 목소리를 들었다. 차갑고 오만한 목소리였다.

"캐슬, 올라오거라."

정말 끝도 없이 계단이 이어졌다. 우리는 그 위를 걸으며 거의 절망적인 기분을 느꼈다. 안개 속에 묻힌 그 궁전은 그 누구의 접근도 허용하지 않는 듯했다. 걸어도, 걸어도 거리가 줄지 않았다.

아무도 입을 열지 않았다. 공포스러울 정도로 사방이 고요했다.

우리가 가까스로 마지막 계단을 오르자마자 순식간에 안개가 사라졌다. 그리고 우리 눈앞에 하늘을 지탱할 수도 있을 만큼 거대한 궁전이 나타났다. 이 궁전과 비교하면 검설성은 어린아이가 눈을 쌓아 만든 성곽에 불과했다. 궁전 벽면에 투명한 광채가 흐르는 걸 보고 월신이 내게 말했다.

"저 광채는 제 마법복의 별 문양처럼 영능력이 모여 이뤄진 거예요."

궁전 상공에 아름답고 화려한 선율이 흐르고 있었다. 그 선율은 조애가 탄식벽을 감동시킨 것보다 몇 배나 강력하게 들렸다.

갑자기 궁전 상공에 거대한 얼굴이 나타났다. 거의 하늘을 다 덮을 정도였지만 보일 듯 말 듯 윤곽이 흐릿했다. 하지만 나는 어디선가 그 얼굴을 본 듯한 느낌이 들었다. 단지 너무 흐릿해서 분별하기가 어려웠다. 거대한 얼굴에 괴이한 웃음이 떠오르며 예의 그 목소리가 들렸다.

"캐슬, 들어오너라."

궁전 안은 우리가 상상했던 것보다 훨씬 방대했다. 그 가운데를 가로지르는 길은 계단을 올라온 것만큼 길고 지루했다. 궁전 끝에 다다라 고개를 드니 공중에 큰 정원이 있고 그 중앙에 출렁이는 연못이 있었다. 나는 그 안에 활짝 핀 꽃이 바로 우리가 지금까지 찾아 헤맨 은련임을 짐작했다. 그리고 한 여자가 연못가에 비스듬히 앉아 있었다. 나는 그녀가 곧 연제라고 확신했다.

그런데 그 정원에 올라가자마자 나는 쓰러질 듯 온몸이 흔들렸다. 마치 끝없는 환각 속에 있는 듯 주변에 화려한 색채가 쉴 새 없이 나타났다 사라졌다. 연못가에 비스듬히 앉아 웃고 있는 여자가 연희란 걸 알았기 때문이다.

연희의 얼굴에 안개처럼 미소가 넘실댔다. 눈앞이 아찔할 정도의 미모였다.

"당신이 정말 연제인가요?"

"그렇다. 내가 바로 연제다."

연희는 입술을 움직이지 않고도 내 귓가에 또렷한 목소리를 전했다.

"폐하, 저 여자를 아시나요?"

뒤에서 월신의 목소리가 들렸다.

"알다마다. 나의 부친이신 전대 황제의 귀비, 연희라고 하네."

월신, 조애, 황탁이 동시에 믿을 수 없다는 듯 탄성을 질렀다.

연희가 말했다.

"캐슬, 네가 이곳까지 올 줄은 정말 몰랐다. 하지만 네 몸 속에 동생과 봉천의 영능력이 있지 않았다면 일찌감치 죽었을 것이다."

"난 아이코스와 이락, 남상을 되살리고 싶습니다."

"네가 그러고 싶다 해서 나도 그럴 줄 아느냐?"

"반드시 그래야 합니다."

나는 연희의 기괴한 웃음소리를 들었다. 그녀가 다시 말했다.

"캐슬, 여태껏 내게 그런 식으로 이야기한 자는 없었다. 앞서 무능한 몇 명을 해치웠다고 내 앞에서 건방을 떠는 것이냐? 나는 언제라도 너를 갈기갈기 찢어 죽일 수 있다!"

나는 연희에게 물었다.

"아이코스는 당신의 아들이 아닙니까? 아들을 사랑하지 않나요?"

"네 애비는 그저 평범한 왕일뿐이었다. 그런 그를 위해 내가 아들을 낳아줄 성 싶으냐? 아이코스는 내가 벚꽃과 홍련에 산설조의 깃털을 더해 만들어낸 창조물일 뿐이었다. 그가 죽었다 해서 애통해할 이유가 없지."

문득 나와 아이코스가 황위를 두고 다툴 때, 연희가 보인 수상한 미소가 떠올랐다. 나는 비로소 깨달았다. 그녀는 그때부터 자기 눈앞에서 벌어지는, 그리고 자신에 의해 조종되는 한바탕 놀이를 즐기기 시작했던 것이다.

연희가 갑자기 말했다.

"캐슬, 네 생각이 맞다. 그건 내 즐거움을 위한 놀이였다. 너와 아이코스의 전생, 현생에 걸친 은원은 내가 너희의 별자리를 조종하여 생긴 결과다. 넌 내가 사용하는 점성장을 알고 있느냐? 그것은 탄성장誕星杖이다. 모든 별자리는 나의 통제 아래 있으며, 따라서 세상의 모든 은원과 갈등은 나의 놀이일 뿐이다."

나는 더 이상 다른 말은 하고 싶지 않았다. 다시 그녀를 향해 결연한 어조로 말했다.

"그들을 되살리게 해주십시오."

연희가 나를 보며 경멸의 웃음을 터뜨렸다.

나는 몸속의 영능력을 최대한 끌어올려 섬광처럼 공격을 전개했다. 왼손에는 눈보라를, 오른손에는 불길을 소환하여 동시에 연희의 몸에 쏟아부었다.

그러나 내 몸이 막 움직였을 때, 월신은 이미 내 앞에 다가와 있었다. 달빛이 그녀를 둘러싸고 으스스한 남색 광채를 발산했다. 그 광채는 한줄기, 한줄기가 다 날카로운 칼끝 같았다. 이 순간, 조애는 어느새 자리에 앉아 무음금을 발동하기 시작했다. 백색 현들이 번개처럼 연희를 향해 날아가며 무수한 흰 나비들을 흩날렸다. 그리고 황탁은 자신의 안전조차 도외시한 채 가장 완벽한 방어결계를 펼쳐 우리의 몸을 감쌌다.

나는 이것이 피할 수 없는 최후의 일전임을 알고 있었다.

그러나 연희는 검지를 한번 퉁기는 것만으로 우리의 수비를 무력화시켰다. 우리 몸을 둘러싼 방어결계가 암석이 깨지듯 산산조각이 났다. 또한 마법도 고스란히 우리 몸에 반사되어 체내의 기혈을 들끓게 했다.

우리 네 명이 바닥에 쓰러질 때, 연희는 여유로운 표정으로 제 자리에 앉아 있었다. 나는 비로소 깨달았다. 할머니가 해준 말이 결코 빈말이 아니었음을. 연제는 우리가 싸워 이길 수 있는 상대가 아니었다.

연희가 내 발치로 다가왔다. 그녀는 땅 위에 널브러져 있는 나를 잠자코 내려다보았다. 월신과 조애, 황탁은 정신을 잃은 상태였다. 그들은 바닥에 흥건한 자신들의 핏속에 누워 있었다.

연희가 내게 말했다.

"캐슬, 이제 자신이 얼마나 보잘 것 없는 존재인지 알았겠지?"

나는 입을 꼭 다물었다. 마음속에서 절망이 솟아나와 검은색 급류처럼 눈앞을 흘러갔다.

연희가 나를 응시하며 말했다.

"캐슬, 절망할 필요는 없다. 네가 그들을 되살리도록 도와주마."

나는 놀라 그녀에게 물었다.

"왜 나를 도와준다는 겁니까?"

그녀가 내 위로 고개를 숙이며 웃었다.

"내 놀이가 아직 끝나지 않았거든."

이윽고 그녀가 구름처럼 넓은 소매를 휘두르자 연못 속의 무수한 연꽃들이 화염처럼 붉은 꽃을 피웠다.

나는 마침내 은련을 보았다.

연희가 내게 말했다.

"은련은 부활의 능력이 있다. 그러나 전생의 기억까지 즉각 되살리지는 못한다. 그리고 은련은 본디 신계에서 가장 영험한 식물이어서 은련으로 되살아나는 자들은 전생에서 가장 되고 싶었던 존재가 될 수 있다. 또 한 가지, 그들의 기억은 자신을 부활시킨 자와 만날 때, 비로소 되살아난다. 기억이 되살아나기 전까지 그들은 오직 자신도 모르게 어떤 곳에 가고, 또 어떤 일을 해야 한다고 느낀다. 그리고 바로 그 일을 통해 자신들을 부활시킨 인물과 만나게 된다."

"그들이 부활한 뒤, 누구로 변했는지 내가 알 수 있습니까?"

"알 수 없다. 오직 너를 만나야만 그들의 기억이 되살아날 것이며, 그리고 난 뒤에야 그들은 네게 자신이 누구인지 말할 것이다."

연희가 다시 웃으면서 말했다.

"캐슬, 이 놀이는 아직 끝나지 않았다. 사실 지금부터가 시작이다."

그녀는 곧 안개처럼 내 앞에서 사라졌다.

연제의 궁전을 떠나며 나는 구름까지 이어진 그 높은 계단 끝에 서서 하늘을 우러러 보았다. 아이코스, 남상, 이락의 얼굴이 차례차례 하늘 위에 나타났다 사라졌다.

나는 이 세상에 이미 세 아이가 태어났으리라 짐작했다. 그들은 나의 동생과 내가 사랑했던 여인들이다. 그들은 이 세상 어느 한구석에서 자유롭게, 단순하게 살아갈 것이다.

아이코스, 내가 스러져가는 저녁놀처럼 늙었을 때, 그때 네가 나를 본다면, 예전처럼 나를 안고 불러주겠니? 내게 '형'이라고 불러주겠니?

3.

벚꽃 제의祭儀

환설산을 떠나온 뒤 백 년 동안, 나는 외롭지만 만족하며 살았다.

희망이 있기 때문이었다. 누구든 희망만 있으면 천 년이든, 만 년이든 편안하게 웃으며 사라져가는 시간과 생사의 변화를 지켜볼 수 있다.

나는 세상 어느 곳에선가 아이코스, 남상, 이락이 하루하루 자라고 있으며 언젠가 어른이 되리라는 걸 알고 있었다. 나는 그들이 즐겁고 행복하게 이 땅에 서 있기를, 눈웃음을 지으며 푸른 하늘을 바라보고 있기를 바랐다. 설령 내가 살아있는 동안 그들을 볼 수 없을지라도. 또한 그들이 아직 나를 기억하지 못할지라도.

원래 나는 이렇게 단순하고 자족하는 삶을 바랐다. 궁녀들은 내가 온화한 성품의 황제라고 말하기 시작했다. 내가 늘 웃음을 잃지 않았기 때문이다. 나는 대전 앞 광장에 서서 창공 위로 바삐 날아가는 산설조를 환하게 웃으며 바라보곤 했다.

나는 수백 년 전, 성구가 내게 준 환몽을 자주 떠올렸다. 그 환몽 속에서 나는 금기를 어겨 연기 바위에 묶인 무당이었고 아이코스는 내게 자유를 주려고 빙해에 피를 뿌린 산설조였다. 예전에 나는 이 환몽 때문에 눈물을 흘렸지만 지금은 편안하게 웃을 수 있었다. 왜냐하면 지금 아이코스가 나와 같은 세상에서 산다는 걸 알고 있었기 때문이다. 그는 아직 귀여운 어린아이일 것이며, 혹시나 나처럼 그를 사랑하는 형과 서로 의지하며 살고 있을지도 모른다. 그 옛날, 우리 둘이 함께 인간 세상을 유랑하던 때처럼.

성구는 이미 검설성을 떠난 지 오래였다. 일평생 가장 사랑했지만 자신 때문에 자살한 누이동생을 데리고 그가 어디로 갔을까. 나는 알 도리가 없었다. 그는 내게 꿋꿋하게 살아가야 한다고 말했다. 나와의 재회를 기다리는 이들이 있으므로, 내 속에 그들의 모든 기억이 남아 있으므로.

검설성에 돌아오고 나서 환성궁에 들른 적이 있었다. 그곳에서 성구와 성궤의 아버지를 만나 그들의 죽음과 실종 소식을 전했다. 내가 말을 마쳤을 때, 그는 어느새 눈물을 흘리고 있었다.

그가 내게 말했다.

"성궤가 죽음을 택한 건 일종의 도피였을 겁니다. 자기가 사랑하는 오빠에게 용서받지 못하고 원한을 샀으니, 그 슬픈 사실을 견뎌낼 수 없었겠죠. 그러나 더욱 슬픈 건 그 애가 그런 비애를 안고 죽었다는 사실입니다. 이제는 성구가 용서했다 해도 그 애가 알 도리가 없지 않습니까?"

그는 내게 성구와 성궤에 관해 많은 이야기를 들려주었다. 나는 이 황혼의 노인에게 수많은 추억이 있음을 알았다. 과거의 사건들이 차례차례 그의 삶 속에 새롭게 펼쳐졌다. 나는 그의 흐린 눈에서 그 사건들이 나타났다 사라지는 것을 보았다. 어린 성구의 모습이 보였다. 그와 성궤가 밝게 웃는 모습도 보였다. 문득 성궤를 안고 떠나던 성구의 슬프고 절망적인 뒷모습이 떠올랐다.

나는 가까이 다가가 그를 끌어안았다. 그의 몸은 구부정하고 비쩍 말라 있었다. 이미 왕년에 풍운을 질타하던 환성족 대왕의 강인한 풍채는 온데간데 없었다.

환성궁을 떠날 때, 성구의 아버지는 무릎을 꿇고 두 손을 교차하며 내게 말했다.

"존귀하신 폐하, 당신은 제가 본 중에 가장 인자하고 선량한 황제이십니다. 저희 점성족 전체의 이름으로 폐하의 복을 빌어드리겠습니다. 폐하, 부디 꿋꿋하게 살아가셔야 합니다. 이 세상에 폐하와의 재회를 기다리는 이들이 있고, 폐하 안에 그들의 모든 기억이 남아 있기 때문입니다…….

성구처럼 할머니도 검설성을 떠났다. 그녀의 머리칼은 여전히 짧았다. 예전의 영능력을 회복하는 게 불가능했기 때문이다. 나는 내 머리칼을 만지며 마음이 아려오는 걸 느꼈다.

할머니는 떠나면서 내게 이런 말을 남겼다.

"캐슬님, 당신은 위대한 황제예요. 부친이신 전대 황제 폐하보다도 더. 그분은 화족을 무찌르고 빙족의 세력을 전성기로 이끌었지만, 저는 그분보다 캐슬님이 더 위대한 황제로 불릴 자격이 있다고 생각해요. 당신은 깊은 감정과 위대한 마음을 가지셨기 때문이에요. 캐슬님, 저는 이 검설성을 떠나 환설산으로 돌아가려고 해요. 이미 너무 늙었거든요. 하지만 캐슬님의 운명의 궤적은 이제 막 실현되고 있어요. 어느 날엔가 당신 삶에서 가장 중요한 인물이 당신 곁으로 돌아올 거예요. 폐하, 인내심을 갖고 기다리시길 바라요."

나는 힘없이 멀어져 가는 할머니를 지켜보았다. 그녀의 뒷모습이 점점 작아지며 흐릿해져 갔다. 기적도 없이 폭설이 쏟아지고 있었다. 나는 옛날, 아이코스와 함께 눈안개 숲의 개구쟁이였던 시절을 기억했다. 우리는 흰 옷을 입고 긴 머리를 동여맨 채 할머니의 무릎 위에 앉아 있곤 했다. 눈안개 숲에는 활짝 핀 들꽃 향기가 떠다니고 곳곳에 유니콘이 지나간 흔적이 있었다. 숲 전체가 넘실대는 햇빛 속에 잠겨 있었다. 그리고 눈 깜짝할 사이에 수 백년의 세월이 어지럽고 소란스럽게 흘러갔다. 나는 어느새 아버지처럼 곤룡포를 입고 높은 성벽 위에 서서 무수한 백성이 나를 향해 환호하는 소리를 듣게 되었다. 그런데 나를 안고 예뻐해주며 왕자라고 불러주던 할머니는 속절없이 늙어버린 것이다.

할머니의 뒷모습이 쏟아지는 눈 저편으로 완전히 사라지고 하늘이 갑자기 어두워졌다. 바람이 나뭇가지를 스치는 소리가 들렸다. 그 소리가 공허하고 아득하게 느껴졌다.

월신과 황탁, 조애도 돌아오자마자 내게 작별을 고했다. 나는 검설성이 나 혼자만의 성임을 깨달았다. 또 다시 외롭고 고독한 삶을 이어가야 했다.

부활한 이들 중에 내가 처음 만난 사람은 남상이었다. 그녀를 보았을 때, 그녀는 아직 어린 인어였다. 빙해 깊은 곳에서 즐겁고 자유롭게 여기저기를 헤엄쳐 다니고 있었다. 나는 그녀의 맑고 흰 긴 머리칼과, 별처럼 반짝이는 눈빛에 주목했다.

예전에 심해궁에 갔을 때는 그런 어린 인어를 본 적이 없었다. 심해궁 궁주가 내게 그녀의 이름이 전동剪瞳이며 백 년쯤 전에 태어났다고 알려주었다.

"하지만 그 애의 내력을 아는 사람은 없답니다. 그 애는 커다란 해초 더미에 싸인 채 발견되었죠. 해초를 헤치고 보니 그 애가 쌔근쌔근 잠들어 있었어요."

나는 그 애가 바로 남상이란 걸 알았다.

나는 심해궁 안에 서서 바깥 바닷물 속에 있는 전동을 관찰하며 수백 년 전 남상의 모습을 떠올렸다. 드디어 마음속의 의문이 환하게 풀리는 걸 느꼈다. 그 옛날, 나를 아프게 했던 그 여자 아이가 다시 자유자재로 물속을 헤엄치고 있었다.

심해궁 궁주는 전동이 늘 내게 시집을 갈 거라는 말을 한다고 전해주었다. 다른 인어들이 그 이유를 물으면 그녀는 잘 모르겠다며 혼란스러운 표정을 짓는다고 했다. 하지만 그녀는 다시 자신은 검설성의 황제에게 시집을 가야 한다고 고집을 부린다는 것이다.

그때 이후로 나는 매일 궁전 지붕에 올라 멀리서 전동을 바라보았다. 그러나 전동은 내게 눈길을 돌리지 않았다. 나는 문득 옛날 일이 생각났다. 나는 매일 밤 습관처럼 지붕 위에 앉아 벚꽃처럼 춤을 추는 별빛을 구경하곤 했다. 그때 남상은 빙해 해변의 한구석에 숨어 몰래 나를 훔쳐보았다. 그런데 지금은 내 쪽에서 몰래 그녀를 훔쳐보고 있는 것이다.

나는 이 모든 것이 운명적으로 정해진 업보라는 느낌이 들었다. 그러나 나는 진심으로 그것을 원했다. 부디 어린 전동이 하루하루 커가는 걸 볼 수 있기를, 그래서 언젠가 그녀를 궁전으로 맞아들여 다시는 상처를 주는 일이 없기를 바랐다.

130살이 되어 전동은 아름다운 미녀가 되었다. 이때 심해궁은 엄청난 공포에 빠져들었다. 전동의 용모가 몇 백 년 전 죽은 남상과 너무나 흡사했기 때문이다.

전동이 물고기 지느러미를 벗고 완전한 인간이 된 그해, 나는 그녀를 검설성에 맞아들였다. 그리고 그녀를 귀비로 삼겠다고 선포했다.

전동을 귀비로 맞아들이는 날, 검설성 전체가 들끓어 올랐다. 내가 황제가 된 후, 처음으로 비를 맞는 것이니 당연히 그럴 만했다.

나는 현빙 옥좌에 앉아 있었고 그 아래 양 옆으로 모든 점성술사와 검객들이 늘어서 있었다. 나는 대전 중앙의 큰 길 끝에 화려한 옷을 차려 입은 전동을 보았다. 눈이 부시게 아름다운 미모였다. 그러나 그녀의 표정은 아직 혼란스러워 보였다. 나는 그녀의 눈 속에 눈보라가 가득한 걸 보았다. 큰 길 끝에 외톨이로 서 있는 그녀는 꼭 상처 입은 동물 같았다.

나는 몸을 일으켜 세우고 미소를 지으며 손을 흔들었다. 그리고 말했다.

"전동, 이리 와 봐요, 두려워하지 말고."

전동이 한발 한발 나를 향해 다가오자 양편에 서 있던 사람들이 그녀가 지날 때마다 무릎을 꿇고 가슴 앞에 두 손을 교차하며 머리를 숙였다. 대전 가득 숭배의 함성이 울려 퍼졌다.

나는 전동의 눈이 차츰 맑아지는 것을 보았다. 혼란스러운 표정도 차차 가라앉았다. 나는 그녀의 기억이 조금씩 되살아나고 있음을 알았다. 나 역시 지나온 삶을 또 한 차례 경험하는 듯했다. 과거의 일들이 떨어지는 눈처럼 흩날렸다. 수백 년 세월의 뚜렷한 흔적들이 대전 바닥에, 전동의 발치에 펼쳐졌다. 전동은 세월의 저 끝에서 이 끝으로, 내가 있는 곳으로 다가오고 있는 듯했다.

전동이 내 앞에 서서 고개를 들고 내 눈을 보았을 때, 나는 그녀의 눈 속에서 눈보라도, 혼란스러움도 찾아볼 수 없었다. 기억이 전부 되살아난 것이다. 나는 시험 삼아 조용히 그녀의 이름을 불렀다.

"남상."

그녀의 눈가에 뜨거운 눈물이 맺혔다. 그녀는 무릎을 꿇고 내 곤룡포에 눈물을 적셨다. 그녀가 말했다.

"폐하, 오랫동안 당신을 기다렸어요."

나는 그녀의 어깨를 껴안으며 속삭였다.

"전동, 내가 평생토록 너를 돌봐주마. 너를 행복하게 해주겠다."

전동의 눈물 속에 미소가 어렸다. 곧이어 모든 이의 환호성이 들렸다.

그러나 나는 전동의 미간에 여전히 지울 수 없는 슬픔이 남아 있는 걸 보았다. 난 오직 시간만이 전생의 상처를 아물게 해줄 수 있을 거라고 생각했다.

할머니가 떠난 뒤로 눈안개 숲의 아이들은 따뜻한 의지처를 잃었다. 아이들은 내가 들를 때마다 내 옷소매를 잡아당기며 조그만 목소리로 물었다.

"폐하, 할머니는 어디 있어요? 언제 돌아온대요?"

나는 허리를 숙여 그 애들의 얼굴을 어루만지며 말했다.

"할머니는 곧 돌아오실 거야. 내가 여기 너희들과 함께 있으니까 무서워하지 않아도 된단다."

그러면 아이들의 얼굴에 웃음꽃이 피어나곤 했다.

눈안개 숲의 널따란 풀밭에 누워 있으면 햇빛이 내 몸 위로 쏟아졌다. 따스하고 안전한 느낌이 들었다. 나는 줄곧 그곳에서 이락의 전생의 그림자를 찾곤 했다. 나는 어린 이락을, 그리고 그녀가 조금씩 성장해 가는 모습을 보고 싶었다.

나는 결국 그곳에서 이락을 만났다. 내가 수백 년 동안 사랑해왔으며, 앞으로도 영원히 사랑할 그 여자를 찾아냈다.

그녀를 만났을 때, 그녀는 아직 어린아이의 모습이었다. 하지만 난 그녀가 곧 130살이 되리라는 걸 알았다. 그녀의 얼굴에서 어른처럼 야무진 표정을 보았기 때문이다. 온 몸에 힘이 넘치는 튼튼한 어린 유니콘을 타고 나타난 그녀는 검은 장화를 신고 긴 다리를 드러내고 있었다. 마치 월신처럼 동작이 민첩해 보였다. 또한 그녀의 머리칼은 옛날처럼 은은한 남색이 감돌았다.

그녀가 나를 쳐다보았다. 표정이 이상했다. 나는 그녀의 기억 깊은 곳에 분명히 나와 똑같은 얼굴이 있음을 알았다. 나는 미소를 지으며 그녀 앞에 섰다. 그리고 아무 말 없이 바라보며 그녀가 나를 기억해내길 기다렸다.

하지만 그녀는 우두커니 선 채 묵묵히 나를 바라보고만 있었다. 여전히 멍한 표정이었다.

내가 먼저 입을 열었다.

"네 이름이 뭔지 말해주겠니?"

그녀는 고개를 들어 내 눈을 보았지만 역시 말을 하지 않았다. 나는 그녀의 얼굴에서 이락의 얼굴을 발견했다. 마음이 횅해지는 아픔을 느끼며 몸을 숙여 말했다.

"무서워하지 마. 네가 130살이 되면 다시 너를 보러 올게."

나중에 어떤 사람이 그 여자 아이의 이름이 이경離鏡이며 선천적으로 말을 못한다고 귀뜸을 했다. 그녀는 순수한 마법사 혈통은 아니지만 재능이 남다르고 영능력도 뛰어나다고 했다.

이경이 130살이 되었을 때, 나는 다시 눈안개 숲을 찾았다. 그리고 숲 입구에서 성인이 되어 막 그곳을 떠나려던 이경과 마주쳤다. 그녀는 유니콘 위에 높이 서 있었다. 함박눈이 그녀의 등 뒤로 천천히 떨어져 내렸다. 나는 그녀를 응시했다. 순간, 시간이 역류하는 듯했다. 나는 옛날 인간 세상의 어느 거리에서 처음 이락을 만났었다. 그때 그녀의 자태는 화사한 벚꽃처럼 아름다웠다.

나는 그녀에게 다가갔다. 이경이 유니콘 위에서 사뿐히 내려선 뒤, 무릎을 꿇고 두 손을 교차하며 나를 향해 고개를 들었다. 비록 그녀는 한 마디 말도 할 수 없었지만 나는 대기 속에서 그녀의 음성이 똑똑히 전해지는 듯했다. 수백 년 전, 이락이 내게 말했던 것처럼 그녀가 말했다.

"폐하, 집에 모셔다드릴게요……."

나는 이경을 껴안았다. 어린아이처럼 울면서 그녀에게 말했다.

"이락, 너무나 보고 싶었어."

이락은 나의 정비正妃이자 검설성의 황후가 되었다. 우리가 결혼하는 날, 검설성은 한바탕 축제 분위기에 젖었다. 너무나 많은 살인을 보았고, 또 너무나 많은 생사의 이별을 겪었다. 그러한 세월 뒤에 갑자기 다가온 행복에 나는 어쩔 줄을 몰랐다.

나는 창밖의 하늘을 바라보며 이 모든 게 운명의 장난이 아닐까 의심이 들었다. 하지만 이것이 설령 환각일지라도 나는 기꺼이 그 속에 빠져들고 싶었다.

나는 이 행복이 앞으로 수백 년간 이어지게 해달라고 기도를 올렸다. 마음속으로 울음을 터뜨리고 싶을 만큼 행복감을 느꼈다.

그러나 전동처럼 이경의 눈가와 미간에도 슬픔이 새겨져 있다는 사실이 내 마음을 아프게 했다. 수백 년간의 기나긴 기다림이 남긴 절망의 흔적일 것이다.

이경과 전동은 항상 내 곁에서 나를 보좌했다. 본래 심해궁의 인어로서 영능력이 탁월한 전동은 나를 도와 검설성의 일들을 처리했다. 그녀는 처리하는 일마다 나를 흡족하게 했다. 나는 언제나 바삐 뛰어다니는 그녀의 뒷모습을 볼 수 있었다. 그녀는 마법사들과 점성술사들이 바치는 환몽들을 끊임없이 점검했다. 그리고 제국 안에서 일어나는 일들을 그때그때 내게 알린 다음, 어떻게 해야 할지 나의 지시를 받았다.

나는 몇 번인가 그녀가 일에 지쳐 내 집무실에 엎드려 잠든 것을 보았다. 그 때마다 그녀가 너무 무리하는 게 아닌가 마음이 아팠고, 살짝 그녀를 안고 침궁으로 돌아왔다. 잠든 그녀의 얼굴은 어린아이처럼 천진했다.

언젠가 그녀에게 너무 피곤하게 일하지 말라고 당부한 적이 있었다. 그러자 그녀는 봄날 햇살처럼 빛나는 미소를 지으며 말했다.

278

"폐하, 저는 하나도 피곤하지 않아요. 당신을 도울 수 있어서 얼마나 행복한지 몰라요."

한편 이경은 언제나 내게 부드러운 호위 역할을 해주었다.

내가 대전에서 침궁으로 돌아올 때마다 그녀는 문 앞에서 등을 들고 나를 기다리고 있었다. 붉은 등불 아래 그녀의 머리칼이 바람에 날리고 따뜻하면서도 온화한 얼굴이 빛났다. 그녀는 이렇게 말하고 있는 듯했다.

"폐하, 함께 집으로 들어가요……."

매일 밤마다 이경이 나를 위해 등을 들고 있는 걸 보면 나는 마음이 따뜻해졌다. 심지어 격무에 지칠 대로 지쳐 있을 때에도 그녀가 바람 부는 문가에서 나를 기다리고 있다는 생각만 하면 마음이 포근해졌다. 그 가냘픈 불빛은 늘 어둠 속에서 내게 방향을 지시해주고 누군가 내가 돌아오기를 기다리고 있음을 알려주었다.

나는 이경에게 매일 바람을 맞으며 나를 기다릴 필요가 없다고, 자꾸 그러면 내 마음이 편치 않다고 말했다. 하지만 이경은 웃으며 고개를 흔들고는 내 품에 머리를 묻었다. 그녀의 머리에서 향기로운 냄새가 풍겼다.

나는 마침내 바라던 행복을 얻은 듯했다. 그러나 진정 모든 유감이 다 사라진 것일까?

나는 푸른 하늘을 마주 보며 할 말을 잃었다.

내 마음 속 깊은 곳에 가장 걸리는 사람은 아직 내 삶 속에 나타나지 않았다. 이경과 전동도 그것을 알고 있었다. 나는 계속 내 동생의 소식을 기다렸다. 그러나 그는 마치 사라져버린 듯 종적을 찾을 수 없었다. 설마 연제가 내게 거짓말을 했단 말인가?

텅 빈 하늘을 우러러 볼 때마다 아이코스의 얼굴이 떠올랐다. 산 설조가 슬픈 소리를 내며 지나갈 때면 나는 아이코스의 목소리를 들었다.

"형, 행복하게 잘 살고 있지? 나는 형이 보고 싶어."

어느 날 밤, 나는 소스라치게 놀라며 꿈에서 깨어났다. 그리고 눈물을 흘리다가 결국 이경을 껴안고 소리내어 통곡했다. 아마도 영원히 내 동생을 볼 수 없을 것 같은 느낌이 들었기 때문이다.

불현듯 은련으로 되살아나는 자는 전생에서 가장 되고 싶었던 존재가 된다는 연제의 말이 떠올랐다.

아이코스가 다시 내 동생이 되고 싶어 한다면 영원히 그를 볼 수 없을 거라는 생각이 들었다. 왜냐하면 나의 부모님은 이미 환설산으로 떠났고, 그곳은 자식을 낳는 걸 허용하지 않기 때문이다.

그날 밤, 나는 어둠 속에 오랫동안 앉아 있었다. 아이코스에 관한 모든 기억이 마음 속 깊은 곳에서 새록새록 되살아났다. 깊이 묻어둔 상처들이 한꺼번에 벌어지면서 선혈이 샘솟듯 흘러나왔다.

그 사이, 이경이 괴로워하는 나를 옆에서 묵묵히 지켜주었다. 그녀의 머리칼이 부드럽게 흘러내려 내 어깨 위에 드리워졌다. 나는 그녀의 허리를 껴안으며 말했다.

"이경, 아이코스가 보고 싶어."

그러나 그 후로 한 달 동안, 나는 더 이상 아이코스를 그리워할 겨를이 없었다. 예전처럼 해안가 곁에 서서 하루 종일 저 연기바위를 바라보고 있을 수도 없게 되었다.

화족이 빙해를 건너왔기 때문이다. 그들의 불길이 이미 빙족의 대지를 불태우고 있었다.

눈 깜짝할 사이에 모든 것이 몇 백 년 전, 성전의 시대로 되돌아간 듯했다. 하늘 가득 날카로운 얼음 조각이 날아다니고 대지 위에는 불꽃이 이글거렸다. 나는 전처럼 검설성의 대전에 앉아 있었지만 이제는 그 옛날, 천년 여우의 모피 속에 싸여 있던 어린아이가 아니었다. 나는 검설성을 주재하는 황제로서 당시의 황제였던 아버지처럼 곤룡포를 입고 환설산의 빙하 같은 표정으로 대전 위에 서 있었다.

그러나 전쟁터에서 들려오는 소식은 암울하기만 했다. 장수와 병사들이 속속 죽어가고 있었다. 나는 불길이 하늘로 솟구치는 전장에서 무수한 마법사들이 불길 속에 녹아들던 광경을 기억했다. 어린 나를 성 밖으로 탈출시키다가 내 앞에서 죽어간 아버지의 근위병 극탁, 그리고 삼지창에 꿰뚫려 높은 절벽 위에 못 박혔던 급전도 떠올랐다.

전장의 점성술사들이 숨가쁘게 보내오는 환몽을 보고 나는 화족이 강대해진 이유를 알았다. 바로 강력한 그들의 왕자 때문이었다. 환몽 속에서 그는 가볍게 오른손 손가락을 구부리는 것만으로 빙족의 우수한 마법사들을 거꾸러뜨렸다. 옛날 나와 월신 등이 연제와 싸울 때처럼 실력에서 현격한 차이가 났다.

환몽을 보낸 점성술사들은 내게 그 화족 왕자의 이름이 이천신羅天爐이라고 알려주었다. 환몽 속에서 본 그는 불꽃처럼 빨간 단발과 준수한 외모의 소유자로서 두 손에 붉은 검을 들고 기이한 눈빛을 내뿜었다.

어느 환몽에서 이천신이 단 일 초에 우리 마법사를 사살하는 장면을 보고 나는 등골이 서늘해졌다. 나조차 그렇게 짧은 시간에 그런 단순한 초식으로 그 마법사를 죽일 수 없었다. 그 마법사는 검설성에서 절정의 기량을 자랑해온 인물이었다.

검설성의 마법사들은 점차 그 숫자가 줄어들었다. 나는 마침내 직접 전장에 나가기로 결정했다. 몇몇 대신들이 반대 의견을 냈지만 내 결심은 확고했다.

전투용 복장을 입고 떠나는 내 뒤로 이경과 전동이 따라붙었다. 그녀들은 어느새 화려한 궁정복 대신 마법복을 입고 있었다. 나는 아무 말도 하지 않았다. 내가 어디에 가든 그녀들은 나와 함께 할 것임을 알고 있었기 때문이다.

검설성의 거대한 검은색 성문을 나설 때, 나는 몇 사람이 나를 기다리고 있는 것을 보았다.

월신, 황탁, 조애, 그리고 놀랍게도 옛날 연제의 남방호법이었던 접철이 나를 맞이했다. 그들은 웃으면서 내 앞에 무릎을 꿇고 '폐하'라고 외쳤다.

접철은 인간 세상에 있으면서 빙족의 일을 알았다고 말했다. 그만큼 이번 전쟁은 규모가 컸다. 전대에 일어난 성전은 거의 비교도 되지 않았다. 왜냐하면 화족에게 가공할 영능력을 가진 왕자, 이천신이 있기 때문이었다.

우리가 전장에 도착하자 헤아릴 수 없이 많은 불빛이 우리의 얼굴을 비췄다. 우리는 높은 절벽가에 서 있었다. 그 밑에서 화족과 빙족의 전사들이 죽고 죽이는 혈투를 벌이고 있었다. 나는 붉은 화염 속에서 흰 마법복이 차례차례 한 줄기 연기로 화하는 광경을 목격했다.

잠시 후, 조애와 접철이 자리에 앉아 거문고를 타기 시작했다. 조애의 흰 현과 접철의 녹색 현에서 무수한 나비들이 날아올라, 절벽 아래 있는 화족 정령들을 향해 번개처럼 돌진했다. 그 붉은색 정령들은 나비들에게 휩싸인 뒤, 한 명 한 명 몸이 꿰뚫리고 찢겨져 땅 위에 쓰러졌다. 나는 조애와 접철의 선율이 흐르는 하늘 위로 구름들이 신속하게 모양이 바뀌는 것을 보았다.

접철과 조애는 가장 강력한 암살 기술을 동원했다. 접철의 말에 따르면 화족 정령들 주변을 어떤 영능력이 감싸고 있기 때문이라고 했다. 그 영능력은 모두 이천신에게서 나온 것이었다.

이윽고 빙족 마법사들 중 한 명이 고개를 돌려 나를 발견했다. 그가 나를 가리키며 소리쳤다.

"저길 봐라, 폐하께서 오셨다!"

마법사들은 부쩍 사기가 올랐다. 그들의 흰색 마법복이 비상하는 산설조처럼 부풀어 오르면서 적의 불길이 차차 사그라들었다.

나는 조애와 접철의 미소 띤 얼굴을 돌아보았다. 두 사람은 분명 환설제국 최고의 무악사였다.

그런데 갑자기 조애와 접철의 얼굴이 무섭게 경직되었다. 무슨 일이냐고 물었지만 두 사람은 묵묵부답이었다. 하지만 나는 금세 사태를 알아챘다. 고개를 돌려보니 조애와 접철의 나비들이 화염에 포위된 채 조각조각 찢겨 땅 위에 떨어지고 있었다.

나는 멀리 다른 절벽 위에 붉은 머리칼의 남자가 뾰족한 바위를 딛고 서 있는 모습을 보았다. 그는 경멸 어린 표정으로 오른손을 높이 들고 있었다. 나는 그가 집게손가락을 구부리는 것을 보았다.

드디어 이천신이 등장한 것이다!

조애와 접철이 동시에 내게 말했다.

"폐하, 우리 군영軍營으로 먼저 돌아가 계십시오. 여기는 저희가 지킬 테니 먼저 돌아가십시오."

나는 그러고 싶지 않았다. 하지만 모두가 내게 그것을 강권했다. 황탁이 다가와 무릎을 꿇고 말했다.

"폐하는 꼭 살아남으셔야 합니다. 이 세상에 아직 폐하와의 재회를 기다리는 이가 있고, 폐하 안에 그의 모든 기억이 살아 있지 않습니까?"

정신이 아득해지는 것을 느꼈다. 이 말을 나는 숱하게 들어왔지만 이제 내게 남은 기억이라곤 아이코스의 기억뿐이었다. 하지만 내가 과연 그를 만날 수 있을까?

　나는 빙족의 대군이 주둔하고 있는 곳으로 돌아왔다. 마침 짙은 어둠이 대지 위에 내리고 있었다. 나는 바위 위에 앉아 멍하니 밤하늘의 어지러운 별들을 바라보았다. 주변의 전사들이 살을 에는 바람 속에서 처량하고 웅장한 군가를 부르고 있었다. 문득 요천의 얼굴이 떠올랐다. 언젠가 그가 이런 서글픈 노래를 갈라진 목소리로, 하지만 쟁쟁하게 부르는 걸 들은 적이 있는 듯했다. 나는 하늘의 검은 구름을 응시했다. 그 위에 요천의 망령이 있을까, 궁금해 하면서.

　나는 피곤에 찌든 전사들의 얼굴과, 곳곳에 흩어진 빙검, 방패, 점성장 따위를 둘러보았다.

　얼마 후, 온 몸이 피에 물든 전사 한 명이 돌아왔다. 그는 환몽 하나를 손에 받쳐 들고 있었다. 동료들이 그를 안고 내 앞으로 왔고, 그는 내게 환몽을 건네자마자 힘없이 팔을 늘어뜨렸다.

　나는 고개를 당기고 조용히 말했다.

　"이 용사를 고이 묻어주라."

　조애와 접철은 이천진의 손에 목숨을 잃었다. 그 환몽은 두 사람이 마지막 남은 영능력을 모아 함께 만든 것이었다.

　조애와 접철은 환몽 속에 이천진의 마법 하나하나를 기록해놓았다. 내가 이천진을 조금이라도 더 파악하게 하기 위해서였다. 환몽 속에서 이천진이 구사하는 마법은 완벽하다는 말로밖에 형용할 수 없었다. 연제를 제외하고 나는 여태껏 그토록 화려하고 정통한 마법의 소유자를 본 적이 없었다. 마치 하늘을 나는 봉황처럼 당당한 기세를 자랑했다.

환몽이 마지막에 이르자 화면이 깨지면서 쓰러진 접철과 조애 앞에 이천신이 서 있는 모습이 비쳤다. 그가 조애의 얼굴을 밟는 걸 보았을 때, 나는 눈언저리가 찢어질 듯 시큰거렸다. 힘을 준 손가락이 손바닥을 파고들어 피가 손가락을 따라 흘러내렸다.

이윽고 이천신이 오른손을 움직이자, 조애와 접철의 시체가 한 줌의 재로 화해 차가운 바람 속에 흩어졌다.

나는 눈물을 흘렸다. 뜨거운 눈물이 순식간에 차갑게 얼어붙었다.

우리는 전군을 두 부분으로 나눴다. 절반은 월신과 황탁이 맡았고, 다른 절반은 나와 이경, 전동이 통솔했다.

헤어질 때, 황탁과 월신이 내게 말했다.

"폐하, 무슨 일이 일어나든 반드시 살아남으셔야 합니다."

헤어진 지 사흘 만에 나는 어떤 환몽을 받았다. 황탁이 죽은 것이다.

그 환몽을 건넨 사람은 월신이었다. 월신은 그가 자신을 보호해주다 죽었다고 말했다.

"우리도 이천신을 만나 거의 전멸하고 말았어요. 저와 황탁이 이천신을 포위했을 때, 황탁은 그의 마법 화염에 실려 하늘 높이 솟구쳤죠. 황탁은 그렇게 끝도 없이 날아가다가 갑자기 사라졌어요."

월신의 목소리는 애통하기 그지없었다.

"사실 그는 그렇게 죽지 않을 수도 있었어요. 싸움이 벌어질 때, 방어결계를 제게 몽땅 씌워주느라 자기는 거의 무방비 상태였어요."

월신의 뺨에 눈물이 흘러 내렸다. 나는 그녀가 누군가를 위해 그렇게 마음 아파하는 것을 본 적이 없었다. 나는 형언하기 힘든 괴로움을 느끼며 그녀와 함께 황탁의 환몽 속으로 들어갔다. 그런데 그것은 뜻밖에 내가 아닌, 월신에게 남긴 환몽이었다.

월신, 나는 곧 이 세상을 떠날 거야. 내 영능력이 물처럼 몸 속에서 빠져나가고 있기 때문이야.

나는 오직 당신이 염려스러울 뿐이야. 당신은 지금껏 단 한 번도 행복을 가져보지 못한 아이잖아.

당신을 아이라고 부른 걸 이해해줘. 어쨌든 나는 당신보다 훨씬 나이가 많으니까. 당신은 내게 가장 소중하고 측은한 사람이야. 비록 겉모습은 차가워도 속마음은 따뜻하다는 걸 나는 잘 알고 있어.

당신이 암살 기술을 배운 건 어릴 적 피살된 언니 때문이었다는 걸 알아. 그녀를 너무나 사랑했던 당신은 앞으로 자기가 좋아하는 사람을 지켜주려고 모진 마음을 먹었던 거야.

나도 마찬가지야. 그래서 내 모든 방어 능력을 당신에게 준 거야.

내가 당신을 좋아하니까.

내가 어떻게 당신 언니 일을 알고 있는지 알아? 아주 오래 전, 우리 무의족은 당신 부족과 깊은 친분이 있었어. 그래서 나와, 죽은 당신 언니 사이에 혼약이 맺어졌지. 하지만 그녀가 죽는 바람에 나는 그녀를 행복하게 해줄 기회를 잃었어. 내가 벌써 성인일 때, 당신과 당신 언니는 아직 어린아이였지. 나는 당신들을 보면서 즐거움을 느꼈어. 당신들의 웃는 모습이 너무나 순진하고 밝아 보였기 때문이야. 검설성에서 가장 화사한 벚꽃처럼 말이야.

하지만 나는 맹세코 당신 언니 때문에 당신을 좋아하게 된 건 아니야. 바로 당신, 월신 한 사람에게 반해 당신을 좋아하게 된 거야. 내게 당신을 대신할 사람은 없어. 당신은 하늘 아래 둘도 없는 나의 월신이야. 하지만 나는 지금까지 당신을 좋아한다고 말할 용기가 없었어. 당신에게 내가 걸맞지 않은 것 같았거든. 내가 너무 늙었다는 생각이 들었어. 당신보다 거의 200살이나 나이가 많으니까. 나는 당신이 젊은 남자를 만나 그에게서 행복을 찾았으면 해. 그래서 더 이상 차가운 얼굴로 세상의 악과 싸우는 일이 없기를 바라.

그때가 되면 당신은 자유롭게 웃을 수 있을 거야. 어린 시절처럼 순진하고 밝게, 상쾌하고 따뜻한 바람처럼 말이야.

당신은 잘 모를 거야. 환설산에서 보낸 그 시간을 내가 얼마나 그리워한다는 걸. 나는 당신이 웃고, 심각해 하고, 생각에 빠져 있는 모습을 늘 지켜보았어. 그러면서 내가 당신을 환설산의 첩자로 의심한다고 당신이 생각하지나 않을까 항상 신경이 쓰였지. 난 당신을 의심한 적이 없어. 당신은 내가 가장 아끼는 사람이었어.

앞으로 당신은 혼자 강인하게 험한 길을 헤치며 나아가야 해. 나는 더 이상 당신을 보살펴줄 수 없어. 마지막으로 당신 몸 속에 방어결계를 심어 놓았어. 위험할 때마다 펼쳐져 당신을 보호해줄 거야. 이게 내가 당신을 위해 해줄 수 있는 유일한 일이야.

월신, 앞으로 당신을 지켜줄 수 없는 나를 용서해줘. 언제나 곁에 머물며 당신이 괴로운 일도, 슬픈 일도 없이 살아가는 모습을 보고 싶었는데. 그것만으로 행복할 수 있다고 생각했는데.

누군가 그러더군. 구름 위에 죽은 영혼의 거처가 있다고. 나도 그곳으로 가게 되겠지. 하지만 잘 모르겠어, 하늘에서 당신을 내려다볼 수 있을지. 만약 그럴 수만 있다면 죽는 것도 두렵지 않아. 멀리서라도 당신의 행복을 바라볼 수 있을 테니까.

월신, 더 이상 닫힌 삶을 살아서는 안 돼. 냉정함은 당신에게 너무 무거운 족쇄야. 벗어났으면 해, 꼭 벗어나야 해.

월신, 반드시 살아남아야 해. 내 몫의 삶까지 함께 살아야만 해. 내 생명은 당신 안에서 계속될 거야. 그러니 꼭 즐겁고 행복해야 해.

월신, 이만 떠나야겠어. 괴로워, 당신 곁을 떠나는 게 너무 괴로워. 당신을 좋아해. 당신은 세상에서 둘도 없는 나의 월신이니까……

나는 이천신의 마법의 한계를 도저히 가늠할 수가 없었다. 그의 마법과 영능력은 실로 무궁무진했다. 거대한 영토가 차례차례 함락되고 있었다. 나는 참을 수 없는 비애를 느꼈다.

푸른 하늘을 마주 보며 나의 아버지를 떠올렸다. 전쟁터에서 쓰러져 죽으면 무슨 낯으로 아버지의 망령을 뵙는단 말인가. 검설성의 천 년, 만 년의 토대가 나의 대에서 무너지면 어떻게 내 후손들을 대한단 말인가.

산 정상에서 거센 바람이 불어오고 무수한 눈송이가 떨어졌지만 대지에 쌓일 틈도 없이 녹아버렸다. 불에 탄 대지 전체가 뜨겁게 달궈져 있었기 때문이다. 나는 그 사악한 불길이 멋대로 검설성을 삼켜버리는 광경을 상상했다. 숱한 여인들과 아이들이 울음을 터뜨리고, 유니콘들이 비명을 지르고, 산설조의 쉰 울음소리가 하늘을 찢어놓을 것이다…….

나는 절벽 위에 서서 먼 하늘을 바라보았다. 불현듯 나의 동생, 아이코스가 생각났다. 그의 얼굴이 다시 하늘 위에 떠올랐다. 나는 그에게 속삭였다.

"아이코스, 이 형은 너를 다시 못 볼 것 같구나."

그 다음으로 죽은 사람은 월신이었다. 빙족의 세력은 절반이나 줄어들었다.

병력의 남은 절반은 내가 지휘했다. 하지만 이마저 나날이 감소하여 곧 검설성까지 후퇴할 지경에 이르렀다. 나는 아버지가 황제였던 시절의 성전을 떠올렸다. 그때도 화족의 군대가 거의 검설성 성벽 밑까지 진출했지만 아군의 끈질긴 저항으로 결국 퇴각했다.

그러나 이번에는 정말 검설성이 함락되는 게 아닐까, 나는 불안감을 떨치지 못했다.

어느 병사를 통해 내게 전달한 환몽 속에서 월신은 고요하고 따뜻한 미소를 짓고 있었다. 그전까지 나는 월신이 웃는 모습을 거의 본 적이 없었다. 그녀의 얼굴에는 항상 서릿발 같은 살기가 가득했었다.

그러나 지금 월신의 미소는 검설성에서 가장 밝고 찬란한 벚꽃처럼 화사했다.

폐하, 저는 제가 죽으리라는 걸 알고 있어요. 이천신의 마법은 제가 감당할 수 있는 수준이 아니었어요. 저는 지금껏 그토록 마법에 정통한 자를 본 적이 없어요. 아마 폐하도 당해내지 못할 거예요. 하지만 지금 저는 슬프지 않답니다. 황탁의 영혼이 저 구름 위에서 저를 기다리고 있다는 걸 알기 때문이에요. 그는 제게 행복하게 계속 살아가길 바란다고 말했지만 저는 그를 실망시키고 말았어요. 하지만 어떤 의미에서 저는 지금 진정으로 행복하답니다.

과거에 제게는 아무도 관심을 가져주는 사람이 없었어요. 전문적으로 암살을 익힌 악랄한 여자라고 해서 모두들 저를 경멸했지요. 저 역시 사람들의 사랑을 바라지 않았어요. 도리어 제게는 사랑이 필요하지 않다고 멋대로 생각했지요. 저는 오직 언니를 사랑했을 뿐이에요. 그런데 황탁이 제게 사랑의 위대함과 자기희생을 가르쳐 주었어요.

폐하, 지금 제 몸 속에는 황탁의 방어결계의 힘이 들어 있어요. 제가 위험에 빠질 때마다 그 결계가 펼쳐져 저를 보호하고 따스함을 느끼게 해주었죠. 이로 인해 저는 황탁의 생명이 제 생명 속에 살아 있음을 느꼈어요. 그러나 저는 두 몫의 생명을 온전히 이어갈 수 없었어요. 이천신이 화염으로 황탁의 결계를 깨고 불의 검으로 제 목을 찔렀어요. 귓가에 제 피가 철철 흐르는 소리가 들리네요. 저는 고개를 들어 하늘을 바라보고 있어요. 황탁이 저 위에서 괴로워하고 있을 거

예요. 그는 내게 이렇게 말했죠. 제가 하늘 아래 둘도 없는 자신의 월
신이라고. 그는 저를 좋아한다고, 저의 행복을 지켜보겠다고 했어요.
하지만 저는 그를 실망시키고 말았어요.

폐하, 부디 꿋꿋하게 살아가시길 바라요. 이건 황탁이 폐게 전해드
리라고 한 유언이에요. 제가 드리고 싶은 말이기도 하고요. 이 세상에
는 아직도 폐하와의 재회를 기다리는 이가 있고, 폐하 안에 그의 모
든 기억이 살아 있으니까요.

나는 절벽 위에 서서 지평선 위로 넘실대는 붉은 화염을 바라보았
다. 목구멍 깊은 곳에서 무수한 슬픔과 절망이 솟아올랐다.

불현듯 하늘가에서 둔중한 우레 소리가 북소리처럼 들려왔다. 발밑
에서 대지가 흔들리는 느낌이 들었다. 나는 땅 속에서 화염이 분출되
는 게 아닌가 의심이 들었다.

뒤돌아보니, 이경이 손에 붉은 등을 들고 서 있었다. 물끄러미 바라
보는 그녀의 눈빛이 "폐하, 집에 모셔다드릴게요"라고 말하고 있는 듯
했다.

울컥 눈물이 솟아올랐다. 나는 이락 앞에서만 어린아이 같은 심정
이 될 수 있었다. 그녀만이 영원히 나를 포용해주고 따스함을 주기 때
문이었다.

바람이 그녀의 머리칼을 날렸다. 그녀의 머리칼이 선명한 남색 실처
럼 허공에 길게 펼쳐졌다. 나는 그녀의 손을 잡아당겼다.

"돌아가자."

"저와 이경이 이곳을 지킬 테니, 폐하만 검설성으로 돌아가세요. 폐하와 검설성은 이 환설제국의 목숨과도 같지만 저희는 그리 중요하지 않으니까요."

"뭐가 중요하지 않다는 거야?"

나는 전동에게 다가가 그녀를 바라보며 말했다.

"내 삶에서 중요한 사람들이 거의 다 사라졌어. 당신과 이경은 지금 내 전부나 다름없어. 당신들은 내게 가장 중요한 사람이란 말이야. 혼자 돌아가지는 않을 거야."

"폐하, 꼭 돌아가셔야 해요. 검설성에서 마지막 방어를 하세요. 그곳은 가장 안전한 곳이니까요."

"안전한 곳이니까 같이 돌아가자는 거야."

"이러시면 안 돼요, 폐하. 전부 다 철수를 하면 놈들의 추격에 전멸하고 말 거예요."

"아무리 말해도 소용없어."

나는 떠날 채비를 하며 이경에게 시선을 돌려 말했다.

"이경, 난 당신들 곁을 떠나지 않을 거야. 같이 검설성으로 가자. 내가 두 사람을 지켜줄게, 알았지?"

이경이 부드러운 미소를 지으며 고개를 끄덕였다. 나는 그녀의 손을 잡고 전동에게 다가갔다. 전동이 무거운 한숨을 쉬었다.

그 순간, 나는 어깨에 격렬한 타격을 입었다. 극심한 고통을 느끼며 정신을 잃고 쓰러지기 직전, 나는 이경의 눈에 어린 눈물을 보았다.

정신을 차려보니 나는 어느새 검설성 안에 옮겨져 있었다.

나는 검설성에서 가장 높은 성벽에 올라갔다. 멀지 않은 곳까지 화염이 진출해 있었다. 이천신이 이끄는 화족 정령들이 벌써 당도한 것이다. 그러면 이경과 전동은 어디에 있단 말인가?

대전으로 돌아갔다. 겨우 몇 사람이 그곳을 지키고 있었다. 한 젊은 마법사가 대부분 이곳을 도망쳤다고 내게 말했다. 이 전쟁에서 승리할 거라고 생각하는 사람은 거의 없었다. 나조차 그런 생각은 접은 지 오래였다. 수많은 환몽 속에서 확인한 이천신의 마법을 나로서는 감당할 수 없었다.

밖에서 누군가 달려오는 소리가 들렸다. 피투성이가 된 젊은 전사 하나가 뛰어 들어왔다. 그는 비통한 표정으로 내 앞에 두 손을 폈다. 그의 손바닥 위에 두 개의 환몽이 놓여 있었다.

나는 현기증을 느끼며 현빙 옥좌 위에 털썩 주저앉았다.

이경과 전동도 내 곁을 떠나버린 것이다.

폐하, 저, 이경은 당신을 다시 볼 수 없을 것 같아요. 그런데 폐하, 우리가 눈안개 숲에서 만난 날을 기억하세요? 저는 당신을 보고 하마터면 울 뻔했어요. 흩날리는 눈 같은 지난 일들이 마음 속 깊은 곳에서 되살아났죠. 저는 모든 언어를 잊어버렸어요. 그 옛날, 저는 별빛이 버들개지처럼 날리는 밤이면, 빙해 해변에 몸을 숨기고 지붕 위에 있는 당신의 외로운 그림자를 훔쳐봤어요. 별빛이 당신의 은실 같은 머리 위에서 춤을 추고, 당신의 검처럼 날카로운 긴 눈썹이 바람에 나부꼈지요. 저는 당신의 옷자락이 바람 속에서 아름다운 연꽃처럼 펄럭이는 걸 보는 게 즐거웠어요.

하지만 폐하, 당신은 저를 이락이라고 불렀어요. 저는 남상인 걸요. 전생에 당신 때문에 자결한 남상이에요.

그 순간, 저는 얼마나 마음이 아팠는지 몰라요. 그래서 나도 모르게 눈물이 흘러내렸어요.

사실은 저도 알고 있어요, 이 모든 게 저의 잘못이란 걸. 전생에 당신이 가장 사랑하는 여자가 되지 못했기 때문인 걸요.

폐하, 제가 아직 남상이었을 때, 스스로 목숨을 끊던 그 순간, 저는 당신의 얼굴을 떠올렸어요. 저는 정말 당신의 가장 사랑하는 여자가 되고 싶었어요. 하지만 저는 알고 있었죠. 저보다 먼저 이락이 당신을 만났고, 그녀가 얼마나 착하고 아름다웠는지를. 그녀가 빙해의 해저에 묻혀 있다는 것만 생각하면 너무나 마음이 서글펐어요. 그녀는 정말 착한 사람이었으니까.

저는 아이코스님을 원망하지 않아요. 그분도 저처럼 당신을 사랑한 걸 알기 때문이에요. 더욱이 그분의 사랑은 단순한 혈육의 정, 그 이상이었죠. 너무나 강렬하고 절망적이었어요. 그분이 좋아하던 벚꽃이 늦봄에 최후를 맞아 한 점 한 점 자해 같은 상처를 입는 것처럼.

이 세상에 부활한 뒤, 저는 제 바람대로 전생에서 당신이 가장 사랑한 여자가 될 수 있다는 걸 알았죠. 제 모습은 눈, 코, 입 모든 것이 이락과 똑같아졌어요. 하지만 이것이 제게 행복이 될지, 슬픔이 될지 잘 몰랐어요. 다만 당신이 이락이라고 불렀을 때, 저는 너무도 마음이 아팠어요.

매일 밤, 저는 등불을 들고 당신이 돌아오길 기다렸어요. 어둠 속에서 당신을 기다리는 게 즐거웠어요. 짙은 어둠 뒤에서 당신이 나타나는 걸 보면 저는 언제나 행복했어요. 당신에게 누군가 자신을 기다려준다는 느낌을 줄 수 있었기 때문이죠.

누군가 자신을 기다려준다는 건 행복임에 틀림없어요.

저는 늘 멍하니 생각했어요. 나는 분명 행복한 사람이라고. 캐슬님이 수백 년간 나를 기다려줬으니까. 심지어 전생을 넘어 이생까지, 또 내가 어른이 될 때까지. 저는 얼마나 행복한 사람인가요!

폐하, 당신이 곤히 잠들면 저는 당신의 나직한 숨소리에 귀 기울이곤 했어요. 당신의 눈썹은 늘 찌푸려져 있어서 꼭 상처 받은 어린아이 같았죠.

당신은 다른 사람 앞에서는 강인한 제왕이었지만 제 앞에서는 그렇지 않았어요. 저는 항상 당신의 약한 부분을, 물기 가득한 눈을 보곤 했어요. 그것이 제 마음을 아프게 했어요.

그래서 저는 매일 밤 등불을 켜고 당신이 돌아오길 기다렸어요. 당신의 온기를 기다렸어요.

폐하, 저는 전생에 심해궁 사람이어서 물을 조종하는 능력이 신기에 가까웠지만 저는 그것이 별로 달갑지 않았어요. 오히려 이락처럼 혈통이 순수하지 않은 여자만이 당신에게 따스함을 줄 수 있다고 느꼈어요. 그래서 이락 같은 여자가 되는 게 탁월한 마법사가 되는 것보다

낫다고 생각했어요. 당신에게 더 따뜻한 사랑을 주고 싶었기 때문이에요.

폐하, 이생에서 저는 말을 할 수 없는 여자였어요. 제가 바로 수백 년을 당신을 기다린 인어, 남상이라고도 말이에요. 당신이 저를 이락이라고 불렀을 때, 내가 얼마나 괴로웠는지도 말할 수 없었죠. 하지만 말을 할 수 있었어도 당신께 제가 남상이라고 말하지 않았을 거예요. 당신을 위해 수많은 일을 하고, 수많은 암시를 줘도 내가 누구인지 당신이 모른다면 사실을 말하는 게 무슨 소용이 있겠어요?

폐하, 저는 곧 떠날 거예요.

이천신의 손에 죽는다고 생각하니 마음이 괴로워요. 제 생명이 사라져서가 아니라, 문득 이런 생각이 들기 때문이에요.

당신을 위해 등을 준비하던 제가 사라지면 집으로 돌아오는 길에 당신은 얼마나 괴로울까요?

암흑 속을 비추던 그 빛이 사라지면 당신이 어린아이처럼 어둠을 무서워할까봐, 혹시나 길을 잃고 무서워할까봐 걱정이 돼요.

폐하, 만약 내생이 있다면 다시 등불을 들고 당신이 돌아오길 기다리고 싶어요.

폐하, 저는 떠나지만 부디 꿋꿋하게 살아가셔야 해요. 이 세상에는 아직 폐하와의 재회를 기다리는 사람이 있고, 폐하 안에 그의 모든 기억이 살아 있으니까요.

나는 마침내 순수한 혈통의 여자, 탁월한 영능력을 지닌 심해궁의 인어가 되었어요.

그러나 영원히 캐슬님의 사랑을 잃고 말았어요.

전생에서 나는 캐슬님을 모시고 함께 살아가지 못했어요. 혈통이 낮은 마법사였고 심해궁 인어의 뛰어난 영능력이 없었기 때문이에요. 나는 캐슬님의 강한 영능력을 이어갈 후손을 낳을 수 없는 몸이었어요. 그래서 빙해의 깊은 해저에 수장되었죠. 그곳은 물고기조차 살 수 없는 차디찬 곳이었어요. 나는 뼛속까지 파고드는 냉기가 제 피부를 파고들고 생명이 조금씩 꺼져가던 느낌을 똑똑히 기억해요. 그리고 영혼이 육체를 떠날 때의 공포도 잊을 수 없어요.

저 멀리 높은 수면 위에 비치는 푸른 하늘을 우러러 보았죠. 희미한 햇빛이 바다 속으로 스며들었어요. 나는 눈물을 머금고 저의 캐슬님을 소리쳐 불렀어요. 하지만 그분은 영원히 내 목소리를 들을 수 없다는 걸 알고 있었죠. 그분은 내가 어디로 갔는지도 몰랐을 거예요. 내 눈물은 바닷물과 뒤섞여버렸죠. 나는 캐슬님의 얼굴을 떠올렸어요. 그분은 뿌연 안개가 덮인 듯 슬픈 표정으로 인내하며, 운명에 순종하며 살아가고 있었죠.

잠시 후, 내 생명이 바닷물 속으로 사라졌어요. 마지막 순간, 내 주위에 심해의 거대한 물고기 떼가 나타났어요. 나는 그것들의 음산하게 번쩍이는 비늘을 보았어요.

내 이름은 전동, 이것이 이생에서의 내 이름이죠. 나는 심해궁의 늙은 인어들에 의해 푸른 해초 속에서 발견되었어요. 거미줄처럼 가는 해초가 단단히 나를 감싸고 있었죠. 그녀들은 그것을 헤치고 쌔근쌔근 잠든 내 얼굴을 보았어요.

사실 그녀들은 몰랐어요. 어린 나도 몰랐다가 나중에서야 알았죠. 그녀들이 저를 발견한 곳은 바로 내가 산 채로 수장된 장소였어요.

나는 결국 운명의 무상함과 잔인함을 알았어요. 운명은 마치 포악한 군주처럼 세상의 모든 사람에게 삶의 무기력함과 우스꽝스러움을, 조소와 어둠으로 가득한 세월의 균열을 맛보게 하죠.

어렸을 때 내 전생의 기억은 줄곧 캐슬님의 몸 속에 남아 있었어요. 나는 언제나 알 수 없는 목소리를 들었죠. 캐슬님의 아내가 돼야 한다는, 검설성의 위대한 황제에게 시집가야 한다는 목소리를 말이에요.

그 목소리는 항거할 수 없는 부름처럼 내 꿈과 삶 속에 반복적으로 나타났어요.

나는 성년이 되어서야 비로소 그 부름의 의미를 알았어요. 그것이 나로 하여금 캐슬님에게, 내 수백 년 전의 기억을 가진 남자에게, 그리고 내 전생에서 가장 소중했던 따스함에게 다가가게 했어요.

나는 그에게 다가갔죠. 그의 앞에 서니 눈가에 뜨거운 눈물이 고였어요. 하지만 그는 나를 남상, 남상이라고 불렀어요.

나도 모르게 눈물이 흘렀어요.

나는 그가 잊어버렸다고 생각했어요. 기나긴 거리 끝에서 무릎을 꿇고 그에게 "왕자님, 집에 모셔다드릴게요"라고 말했던 이락을.

나는 곧 그의 귀비가 되었어요. 내 영능력은 확실히 전생의 나보다 훨씬 뛰어났어요. 그래서 대신들이 올리는 환몽을 수월하게 해석하고 그들에게 적절한 해법을 주었으며, 검설성의 모든 업무를 훤히 파악해 캐슬님의 수고를 덜어드릴 수 있었죠.

사실 나는 심신이 무척 피곤했어요. 그래도 캐슬님이 흐뭇하게 단 잠을 자는 걸 볼 때마다 행복한 기분이 들었어요. 그는 천하를 위해 언제나 걱정이 많으면서도 자기 자신에게는 통 무관심한 남자였기 때문이에요. 궁녀들이 내게 귀띔을 해줬죠. 과거에 캐슬님은 걸핏하면 피곤에 지쳐 대전의 책상 위에 엎드린 채 곯아 떨어졌다는 거예요.

나는 항상 그를 위해 많은 일을 하고 싶었어요. 전생에 그를 모시는 여자가 될 수 없었기 때문이에요.

나는 늘 밝은 미소로 그를 대했어요. 그의 눈동자 속에서 나의 순수한 은색 머리칼을 보았죠. 그의 눈빛에 이는 파문 속에서 전생의 나와, 그와 처음 만났을 때 온 천지에 내리던 폭설이 어른거렸어요.

그런데 내가 시집오고 몇 년 뒤, 그가 다른 여자를 아내로 맞았어요. 그 여자는 그의 정실 황후가 되었죠. 그녀는 전생의 나와 똑같은 용모를 갖고 있었어요. 캐슬님이 그녀를 향해 이락, 이락이라고 부르는 부드러운 목소리가 들려왔어요.

나는 사람들 속에 서서 숨이 막힐 듯한 슬픔을 느꼈어요. 그들이 손을 잡고 지나간 붉은 카펫 위에 굵은 눈물을 뚝뚝 떨궜어요.

종소리가 울리고 사람들이 축복의 함성을 질렀어요. 그 환호성이 내 머리 위로 지나갈 때, 나는 꼭 급류 속에 누워 있는 것 같았죠. 물살이 내 정수리 위에서 소리 없이 출렁거렸어요.

그때 이후로 나는 대전 안에 홀로 있는 시간이 많아졌어요. 캐슬님을 위해 길고 번잡한 환몽들을 처리하고 대신들의 의견을 들었어요. 그런 날들이 하루, 또 하루 이어지며 내 영능력을 갉아먹었죠. 그런데 캐슬님은 매일 일찍 침궁으로 돌아갔어요. 그는 내게 말했어요. 이경이 침궁 문 앞에서 등불을 들고 자신을 기다리고 있다고. 그는 그녀가 바람 속에서 무척 추워할 거라고 걱정했어요.

대전을 나가는 캐슬님의 뒷모습을 보고 있으면 마음이 쓰라렸어요. 하지만 아무 말도 하지 않고 계속 환몽을 해석하며 내 영능력을 소모했어요. 나는 속으로 생각했어요. 나는 뛰어난 영능력을 가진 여자가 됐어. 캐슬님의 걱정을 덜어드려야 해. 이건 너무나 당연한 일이야. 하지만 캐슬님은 넓은 대전 안에 홀로 남은 내가 얼마나 추울지 생각해 본 적이 있을까요?

나는 나의 이 삶을 송두리째 캐슬님께 바쳐야 한다고 생각해요. 나는 그를 사랑하니까요. 그는 행복해야 할 사람인데도 지금까지 행복과는 거리가 멀었던 사람이기 때문이에요. 그의 얼굴에 짙은 안개처럼 어린 슬픔을 볼 때마다 나는 그가 햇살처럼 밝게 웃는 모습을 보고 싶었어요.

나는 결국 그를 위해 죽게 되었어요. 화족 왕자의 손에 죽게 되었어요. 이천신의 마법은 나보다 훨씬 강력해요. 나는 내가 인어들 중에서 가장 뛰어난 영능력을 가졌다고 자부해왔지만, 설령 지금의 영능력이 배로 늘어나더라도 이천신을 이길 수 없을 거예요. 그는 하늘이 내린 최고의 마법사예요.

죽어가며 나는 이천신의 흐릿하고 사악한 미소를 보았어요. 마치 화족의 대지 위에 피어난 무적의 붉은 연꽃 같았죠. 그는 나를 향해 가볍게 손을 뻗었어요. 그러자 내 몸이 하늘로 치솟았죠. 보이지 않는 손이 나를 공중으로 떠미는 것 같았죠.

이윽고 이천신의 붉은 눈빛이 번뜩였어요. 그가 말했어요.

"전동, 너는 구름 위에 망령들이 득실대는 걸 아느냐?"

그가 손가락을 구부리자마자 몸 속에서 찢어지는 통증이 느껴졌어요. 순간, 내 머리가 하늘 높이 솟구쳤어요. 나는 사지가 찢겨진 내 몸을 내려다보았어요. 희디 흰 피가 쌓인 눈이 녹듯 검은 대지를 적셨죠.

주변의 모든 것이 점점 희미해졌어요. 하늘 위로 어슴푸레 캐슬님의 얼굴이 보였어요. 그는 여전히 수심 가득한 표정으로 나를 불렀어요. 남상, 남상이라고.

난 그에게 말하고 싶었죠. 저는 이락이에요. 몇 백 년 전, 당신을 집에 모셔다드린 이락이에요. 견딜 수 없는 슬픔이 밀려왔어요. 캐슬님, 왜 내가 죽을 때까지도 내가 누구인지 몰라주는 거예요? 정말 아무 느낌도 없는 거예요?

캐슬님의 얼굴이 사라지고, 나는 내 머리가 땅 위에 떨어지는 둔탁한 소리를 들었어요.

나는 캐슬님께 말하고 싶지만 더 이상 목소리가 나오지 않네요.

나는 그에게 이런 말을 전하고 싶어요. 무슨 일이 있어도 살아 남으셔야 해요. 이 세상에는 아직 당신과의 재회를 기다리는 사람이 있고, 당신 안에 그의 모든 기억이 살아 있어요.

나는 검설성의 높은 성벽 위에 서 있었다. 살을 에는 강풍이 내 얼굴을 때렸고 곤룡포가 펄럭이며 찢어질 듯한 소리를 냈다.

나는 발밑 어둠 속의 영토를, 무겁게 가라앉은 환설제국의 영토를 굽어보았다. 무수한 빙족 마법사와 화족 정령이 서로 살육전을 벌이고 있었다. 흰색과 붉은색이 참혹하게 어우러졌다. 희고 붉은 피와 절망적인 함성이 뒤섞여 진한 피비린내와 함께 아득한 하늘 위로 솟구쳤다. 그 속에는 유니콘과 맹금류의 비명도 섞여 있었다.

나는 문득 오래 전 죽어간 형들과 누나들이 생각났다. 그들의 유니콘도 주인과 함께 그 성전에서 목숨을 잃었다. 그런데 수백 년 뒤, 그들의 동생이 새로운 황제가 되어 역사상 유례없는 패망의 위기에 처해 있는 것이다.

내 마음은 떨어지는 해처럼 처량하고 절망의 놀빛이 완연했다. 곧 영원한 밤 속으로 가라앉을 것 같았다.

나는 환몽들을 내 주변의 허공 속에 띄워놓았다. 그 빛의 공들 위에 감도는 광택을 마주하니 눈물이 비처럼 쏟아졌다.

아이코스, 전동, 이경, 황탁, 월신, 조애, 접철, 그리고 먼저 죽은 편풍, 성궤, 요천, 여기에 내 곁을 떠난 할머니, 성구, 아버지, 어머니까지…… 고개를 들자 밤하늘에 그들의 얼굴이 나타났다가, 잠시 후 연기처럼 스르르 사라졌다.

지평선 부근에서 무거운 천둥소리가 들려왔다. 환설제국의 하늘에 다급한 북소리가 울려 퍼지는 듯했다.

흰 마법복이 화염에 삼켜져 산산이 흩어졌다. 화염들이 신속한 속도로 검설성 아래까지 번져왔다. 나는 검설성의 백성들이 사방으로 흩어져 달아나는 광경을 보았다. 아이들의 울음소리, 여자들의 고함소리가 들렸다.

얼마 후, 수천, 수만 년을 끄떡 없이 서 있었던 검설성의 거대한 성문이 요란하게 쓰러지고 두터운 검은 성벽이 무너져 내렸다. 나는 내 속에서 뭔가가 부서지는 소리를 들었다.

나는 질끈 눈을 감았다. 눈물이 흘러내렸다. 아버지의 엄한 얼굴이 떠올랐기 때문이다. 그는 아무 말도 않고 실망스러운 표정으로 나를 바라볼 뿐이었다.

검설성이 나의 대에서 멸망할 줄은 정말 꿈에도 생각지 못했다.

나는 성벽 아래, 맞바람을 맞으며 검은 전차 위에 우뚝 서 있는 이천신을 보았다. 그의 머리칼은 타오르는 화염처럼 붉었다. 사악한 미소로 가득한 그의 얼굴을 보니, 왠지 내 동생의 얼굴이 겹쳤다. 나는 괴로움에 떨며 하늘을 향해 고함을 쳤다.

"아이코스! 아이코스!"

등 뒤에서 발자국 소리가 들렸다. 나는 이천신이 온 것을 알았다.

나는 주문을 외우며 새끼손가락을 구부렸다. 곧바로 무수한 빙검들이 내 가슴을 뚫고 밖으로 튀어나왔다. 희디 흰 피가 예리한 검날을 따라 한 방울, 한 방울 검은 성벽 위에 떨어졌다.

그 순간, 나는 요천의 처량한 노랫소리를 들었다. 전쟁터에서 무수한 전사들이 부르던 그 노래가 하늘로 치솟아 차가운 바람을 타고 사방으로 퍼졌다. 모든 사람이 나처럼 그 소리에 귀를 기울이고 있었다. 눈안개 숲의 어린아이들, 검설성 안의 도망치는 백성들, 환설산의 고강한 영능력자들, 그리고 심해궁의 아름다운 인어들까지. 노랫소리는 윤기 도는 섬세한 비단처럼 높은 밤하늘 속을 떠다녔다.

점점 눈앞이 흐릿해진다. 내 스스로 죽음을 선택한 게 옳은지, 그른지는 나도 잘 모르겠다. 단지 최후의 순간만은 스스로에게 자유를 줘야 한다고 생각했을 뿐이다. 나는 내 의지에 따라 죽음을 선택했다. 지금까지 나는 갖가지 구속 때문에 삶을 이어왔는지도 모른다. 죄수처럼 살았다 해도 과언이 아니다. 그러나 이제는 내 삶에서 가장 소중한 이들이 전부 사라져버렸다. 이렇게 더 살아서 무슨 소용이 있겠는가? 그 아름다운 전설이 떠오른다. 하늘 위, 저 높은 구름 위에 정말 죽은 자의 영혼이 살고 있다면, 아이코스, 난 너를 다시 만날 수 있을 텐데.

나는 땅 위에 쓰러졌다. 쓰러지면서 등 뒤에 나타난 이천신을 보았다. 그의 붉은 안개처럼 자욱한 눈동자가 차차 또렷해지다 마침내 불꽃처럼 밝은 광채를 띠었다. 이윽고 그의 눈가에 갑자기 눈물이 고였다. 그는 지금껏 내가 한 번도 보지 못한 슬픈 표정을 지었다.

그의 무겁고 괴로운 목소리가 들렸다. 그가 말했다.

"형, 왜 나를 떠나는 거야, 왜 나를 떠나는 거야……."

나는 불현듯 머릿속이 환해졌다. 하지만 벌써 모든 힘이 사라져버렸다. 나는 땅 위에 쓰러졌다. 그리고 수백 년간 그리워했던 나의 동생에게 손을 뻗었지만 그의 손을 꼭 쥘 힘은 남아 있지 않았다. 사실, 진작에 알았어야 했다. 그렇게 사악하면서도 어린아이처럼 천진한 미소를 지을 수 있는 사람은 세상에 아이코스 외에는 없다는 것을.

순식간에 주위가 어두워지고 나는 영원한 검은색 꿈속으로 빠져들었다.

봄날처럼 몸이 따뜻해져 온다. 마치 무수한 붉은 연꽃이 피어나는 것처럼.

아이코스, 나를 용서해줘, 너를 기다리지 못했어.

나는 이천신, 화족의 가장 젊은 왕자다. 하지만 내 영능력은 나의 형제들 중에서 단연 으뜸이다.

그들은 나만 보면 멀리 몸을 피한다. 내 기기묘묘한 마법에 목숨을 잃을까 두렵기 때문이다. 나는 생명에 어떤 가치가 있다고 생각해본 적이 없다. 생명이란 그저 깨지기 쉬운 꿈일 뿐이다. 나는 내키기만 하면 그것을 깨부순다.

나의 아버지인 화족 황제는 나를 매우 총애한다. 그래서 나는 화족의 황실에서 내 멋대로 행동해왔다. 아버지는 늘 내게 말했다. 큰일을 이룰 사람은 작은 일에 연연해서는 안 된다고. 그의 말대로 나는 길들여지지 않은, 하고 싶은 일은 꼭 하고야 마는 남자로 성장했다.

나는 화족 중에서 가장 잘 생긴 남자다. 과거에도 나 같은 미남이 없었다. 아버지는 언제나 나를 자신의 가장 큰 자랑거리로 여기며 "너는 화족의 가장 위대한 황제가 될 것이다"라고 말했다.

아버지는 나를 데리고 화족 영토에서 가장 높은 산 위에 올라가 아래를 굽어보는 걸 좋아했다. 그는 이것이 내 미래의 왕국이라고 말했다. 발아래, 은은하게 불빛을 뿜어내는 검은 대지를 보고 나는 마음이 텅 빈 듯 쓸쓸해졌다. 나는 아버지에게 말했다.

"이곳은 제 이상향이 아닙니다. 우리 국토는 너무 척박합니다. 저는 빙해 저편의 하얀 대지와 궁전에 화염의 흔적을 찍을 겁니다."

아버지가 엄중한 눈빛으로 나를 보며 말했다.

"너는 내 젊은 시절처럼 겁이 없고 경박하구나."

나는 그 하얀 궁전을 박살내고 싶은 열망이 왜 그렇게 내 속에서 불타오르는지 알지 못했다. 다만 그 금빛 찬란한 궁전이 왠지 감옥처럼 느껴질 뿐이었다. 물론 그것이 대체 무엇을 가두고 있는지도 알지 못했다. 오직 내가 그것을 격파해야 한다는 것만 어렴풋이 알고 있었다.

나의 영능력은 거의 천부적이었다. 화족 역사상 나만큼 자유자재로 강력한 마법을 구사할 수 있는 자는 없었다. 아직 성년이 되기 전에도 나는 황족 중의 그 누구도 손쉽게 제압할 수 있었다. 아버지 역시 예외가 아니었다. 모든 황족이 내 영능력에 공포를 느꼈다. 오직 아버지만 나를 자랑스러워했다. 나는 그가 내게 패하여 땅 위에 쓰러졌던 일을 기억한다. 그는 한참을 말없이 앉아 있다가 갑자기 웃음을 터뜨렸다. 갈라진 웃음소리가 처량하게 느껴졌다. 그는 곧 말했다.

"과연 내 아들답구나!"

그는 하늘을 우러르며 화족 역사상 최고의 마법사가 자신의 아들, 이 천신이라고 소리쳤다.

나는 내 가족이 전부 싫었기에 바람 속에서 홀로 오만하게 옷자락을 펄럭이고 있곤 했다. 나는 하늘의 고독한 탁염조濯焰鳥를 좋아했다. 그 것들은 한 마리씩 따로따로 날아다니며 다른 새와 함께 있는 법이 없 다. 그런데 나는 고독하고 거대한 그 새가 뭔가를 찾고 있는 게 아닐 까 하는 생각이 들었다. 찾고 있는 그것을 위해 그 새는 기꺼이 수백 년, 수천 년에 걸친 외로움을 감수하고 있는 듯했다.

나는 그 새의 그런 점이 마음에 들었다. 나도 내 이상을 위해서라면 모든 걸 무릅쓸 수 있었다.

나는 손을 뻗어 그 새들을 가리키며 손가락을 움직여보곤 했다. 내 손가락 끝에서 섬광이 번뜩였다. 나는 내가 최고의 마법과 영능력을 가졌다는 걸 알고 있었다. 하지만 내가 도대체 무엇을 원하는지는 알 지 못했다.

다만 빙해 저편의 나라를 파멸시켜야 한다고 어렴풋이 느낄 뿐이었다.

그래서 성년이 되자마자 나는 행동을 개시했다. 빙해를 넘어, 흰 눈이 가득한 대지에 서서 뜨거운 화염으로 푸른 하늘을 밝혔다. 검은 대지 를 온통 불꽃으로 뒤덮었다.

흰 마법복을 입은 빙족 마법사들을 죽이는 일은 전혀 힘이 들지 않았 다. 내 영능력은 그들보다 백 배는 강력했다. 나는 뛰어난 미모의 두 무악사를 죽였다. 빙족 황제의 아내로 추측되는 또 다른 두 미녀도 살해했다. 두 여자 중 한 명은 죽은 뒤에 하반신이 물고기의 꼬리로 변했다. 그녀가 내 앞에서 죽어가는 모습을 보면서 나는 왠지 그 장면이 낯설지 않다는 느낌이 들었다. 마치 오래 전에 똑같은 장면을 접한 것 같았다. 인어의 죽음, 흐르는 눈물, 그리고 흩날리는 벚꽃들……

나는 붉은 검을 높이 치켜들고 모든 화족 정령들에게 전진할 것을 명령했다. 멀지 않은 곳에 검설성이 있었다. 감옥 같은 그 성의 높은 성벽 위에 빙족의 황제가 맞바람을 맞으며 서 있었다.

나는 찬란한 연꽃처럼 환한 미소를 지었다.

내 이상의 실현이 코앞에 다가와 있었다. 저 성은 내 손에 무너질 운명이었다.

성벽을 넘어 나는 빙족의 황제를 보았다. 그런데 별안간 가슴 속에서 격렬한 통증이 느껴졌다. 지진이 내 안에 깊은 균열을 일으키는 듯했다. 머릿속에서 형형색색의 기억이 용솟음쳤다. 그것들이 하나씩, 하나씩 내 눈 앞을 스쳤다. 순간, 나는 모든 기억을 회복했다. 나는 환설 제국의 두 번째 왕자, 아이코스였다.

전생에서 죽을 때, 나는 형의 괴로운 표정을 보았다. 나는 그에게 자유를 줄 수 없음을 깨달았다. 검설성은 감옥처럼 그의 일생을 속박할 게 분명했다. 그는 영원히 자신의 의지대로 살 수 없었다.

그래서 나는 생각했다. 만약 내생이 있다면 나는 최강의 영능력을 갖고 태어나리라. 그래서 나의 형을 수백 년간 가둬둔 이 검설성을 파괴하리라. 나는 형이 밝은 햇빛 아래 자유롭게 미소 짓는 것을 보고 싶었다. 나는 오랜 옛날, 형의 그런 미소를 본 적이 있었다. 둘이 함께 인간 세상을 떠돌던 시절이었다. 그의 미소는 너무도 따뜻하고 아름다웠다.

그의 미소는 나로 하여금 눈물을 흘리게 하고, 내 전 생애와 그것을 바꾸게 만들었다.

나는 형이 다시 나를 안고 눈보라 치는 거리를 걸어가기를, 나를 못살게 구는 자를 마법으로 죽여주기를 바랐다. 그가 말한 대로 나는 그의 전부이니까.

나는 그의 눈썹에 입을 맞추고 싶었다. 그의 눈썹이 항상 깊은 저녁놀처럼 근심스레 찌푸려져 있었기 때문이다. 그런 그의 모습을 볼 때마다 난 마음이 아팠다.

나의 형은 반드시 하늘의 새처럼 자유로이 비상해야 한다고 나는 생각했다.

나는 내생에서 정말 최강의 영능력자가 되었다. 더욱이 화족의 패기 넘치는 젊은 왕자가 되었다.

검설성의 높은 성벽 위에 섰을 때, 나는 나의 형, 캐슬을 보았다. 하지만 내 눈 앞에 펼쳐진 광경을 도저히 믿을 수가 없었다. 나는 그의 가슴을 꿰뚫은 시퍼런 빙검을, 검 끝에서 떨어지는 핏방울을 보았다.

잠시 후, 그가 쓰러졌다.

내 마음 속의 유일한 신이 내 앞에 쓰러졌다. 온 세상이 무너지는 소리를 듣는 듯했다.

그가 쓰러지자마자 나는 울면서 그를 불렀다.

"형, 형, 왜 나를 떠나는 거야……."

그의 눈빛은 예전처럼 부드럽고 따뜻했으며 나를 아끼는 감정이 듬뿍 담겨 있었다. 나는 알고 있었다. 그는 수백 년간 나를 염려해왔기에 입술을 움직여보려 해도 쉽게 말이 나오지 않는다는 걸. 희미한 숨결만 그의 입술 사이로 새어나왔다. 나는 그가 내 이름을, 아이코스라는 이름을 부르려 한다는 걸 알았다.

다가가 형을 부둥켜안았다. 그는 내 무릎 위에 누운 채 손을 뻗어 내 얼굴을 어루만지려 했지만 이내 힘없이 팔을 늘어뜨렸다. 나는 그의 눈에서 빛이 사라진 걸 보았다.

"형, 왜 나를 안아주지 않는 거야? 왜 나를 떠나는 거야?"

고개를 치켜들었다. 하늘에 아침햇살처럼 찬란한 형의 미소가 떠 있었다. 그것은 인간 세상에서 그가 갑자기 성인이 되었을 때의 모습이었다. 그날 아침, 잠에서 깨었을 때 나는 형의 품에 누워 있었다. 나는 아직 어린아이인데 그는 벌써 아버지처럼 잘 생기고 건장한 왕자가 되었다. 그가 나를 보며 빙그레 웃었다. 내가 본 중에 가장 아름다운 웃음이었다.

형이 나를 위해 살인하던 모습이 떠올랐다. 나를 안고 인간 세상을 헤매던 모습도 떠올랐다. 그리고 눈보라를 가려주려 나를 긴 옷 속에 넣어주던 모습, 환영천의 대화재에서 나를 구해주던 모습, 저녁놀처럼 구슬퍼 보이던 모습도 떠올랐다. 이윽고 나는 하늘 위에 무수한 망령이 있는 걸 보았다.

극렬한 통증이 차례차례 내 가슴을 파고들었다. 입에서 붉은 피가 쏟아져 형의 곤룡포를 적셨다. 그리고 순식간에 붉은 연꽃으로 활짝 피어났다. 붉은 연꽃은 피는 곳마다 봄의 따스함을 가져다준다.

형, 내가 곁에 있으면 영원히 춥지 않을 거야.

부디 형, 자유롭게, 노래 부르길…….

추억 속의 도시

나는 늘 내 자신에게 속삭이곤 한다. 어느 날 우리가 함께 하지 못하게 되어도 함께 있는 것처럼 느껴야 한다고.

1

고개 돌려 내가 걸어온 길을 돌아본다. 나는 매일같이 외로운 모습으로 두 손을 외투 주머니에 찌른 채 길가에 서 있다. 무표정한 사람들의 물결이 내 곁을 지나간다. 그러다가 문득 누군가 멈춰 서서 내게 미소를 짓는다. 복사꽃처럼 눈부신 미소를. 나는 알고 있다. 이렇게 내 곁에 멈춘 그들이 결국 내 삶의 따뜻한 온기가 되리라는 걸. 그들은 나를 버리고 떠나지 않을 것이다.

2

멋대로 말하고, 생활하고, 사고를 칠 수 있었던 어린 시절, 나는 이런 글을 쓴 적이 있다. 내게 살아갈 용기를 주는 건 바로 나의 친구들이며 그들은 내게 이 세상 앞에서 당황하지 않을 수 있는 능력을 준다고.

나는 이 후기를 나와 함께, 광기와 괴로움과 함께 자전거를 타고 우리의 외로운 청춘을 관통했던 내 친구들에게 바치련다. 우리 모두는 그 푸르른 세월 속에 바람이 어떻게 우리의 얼굴에 슬픔과 괴로움을, 시간이 흘러도 지워지지 않는 흔적을 새겼는지 기억한다.

우리는 오랜 뒤에도, 아주 오랜 세월이 흐른 뒤에도 그 흔적을 떠올리며 탄식하고 감탄할 것이다.

그리고 자신이 그토록 애달프게 감동한 적이 있다는 걸, 세월이 그토록 빠르게 흘러간 걸 감탄할 것이다. 눈 깜짝할 사이에, 한 번 돌아볼 틈도 없이 우리는 그렇게 빨리 늙어버린다.

3

『환성』제1부를 쓸 때, 나는 아직 고등학교 3학년이었다. 그런데 지금 돌아보면 모든 것이 희미하기만 하다. 또렷하게 기억나는 것이라고는 오직 후텁지근한 날씨와 눈부시게 빛나던 햇살뿐이다. 당시 나는 여자친구 웨이웨이微微와 함께 만면에 미소를 지으며 혹은 피곤에 찌든 채로 키 큰 녹나무가 울창한 교정을 지나다니곤 했다. 때로는 긴 이야기를 나눴지만 때로는 괴로워 아무 말도 하지 않았다.

우리는 항상 매점에서 콜라를 사들고 그 옆의 오솔길을 따라 운동장까지 산책을 했다.

그런 여유와 슬픔 속에서 숱한 저녁이 하루하루 흘러갔다.

그 여름, 나는 인생을 살면서 얼마만한 인내심이 필요한지 깨달았다. 고3 생활이 정말 지옥과도 같았기 때문이다.

그 당시 나는 내 책상 위에 놓인 사진틀에서 원래 있던 영화 포스터를 빼고 흰 프린트 용지를 끼워 넣었다. 그 위에는 내가 가장 좋아하는 "Even now there is still hope left"라는 문구가 적혀 있었다. 수많은 밤 나는 흰 종이 위에 적힌 그 검은 글씨를 보면서 스스로에게 말했다. 두려워하지 마, 두려워하지 마……

그런 인내 속에서 하루하루가 흘러갔다.

나는 그때부터 『환성』을 쓰기 시작했다. 생활이 너무 단조롭고 재미가 없었기 때문이다. 웨이웨이는 이런 생활이 마치 비디오테이프를 되돌렸다가 처음부터 재생하기를 반복하는 것과 같다고 말했다. 그렇게 후퇴와 재생을 반복하다가 언제 필름이 끊어져 우리 삶이 덜컥 멈추는 소리가 들릴지 알 수 없는 일이었다. 나는 물끄러미 웨이웨이의 얼굴을 바라보았다. 아득한 석양이 그녀의 얼굴에 짙은 그늘을 드리웠다. 내 마음속에 괴로움이 출렁거렸다.

그때는 아직 저녁 자율학습이 있었고 매일 저녁마다 시험이 있어서 마음이 뒤숭숭했다. 나는 칠흑 같은 어둠 속에서 교실의 밝은 형광등 아래 쓱쓱 문제를 풀어나가는 데 익숙해졌다. 하지만 마음은 늘 허전했다. 가끔씩 고개 들어 창밖의 침침한 불빛을 바라보다가 쓰라리고 처량한 기분에 할 말을 잃어버리곤 했다.

저녁 자율학습이 시작되기 전, 나는 웨이웨이와 함께 식사를 하고 학교 입구 노점에서 수박 음료를 산 뒤, 유유히 학교로 들어와 호숫가에서 바람을 쐬곤 했다. 그러다가 수업종이 울리면 서둘러 교실로 올라가 시험을 쳤다. 웨이웨이는 문과 종합시험을, 나는 이과 종합시험을 쳤다. 웨이웨이는 논술 문제를 손가락이 시큰거리도록 시험지 한가득 써냈고 나는 양손을 비틀면서 갖가지 기상천외한 방법으로 오른손 법칙, 왼손 법칙을 사용했다.

이것이 내 과거의 삶이었다. 나 자신도 내가 어떻게 그런 단조로운 생활을 했었는지 믿어지지 않는다.

그해 여름은 끝나지 않을 듯 지루하게 이어졌다. 기억나는 것이라곤 파도처럼 밀려들던 시끄러운 매미소리 그리고 울창한 나무 사이를 뚫고 내게 쏟아지던 뜨거운 햇살뿐이다. 하지만 어느 저물녘 내가 마지막으로 학교 정문 앞에 섰을 때, 마치 공기처럼 그곳에 존재하던 매미소리는 이미 온데간데없었다. 나는 정적 속에 서서 시간이 끊어져 갈라지는 소리를 들었다.

그날은 내가 대학입학 통지서를 받으러 온 날이자 학교를 떠나는 날이었다.

4

『환성』의 마지막 부분을 쓰고 있을 때, 나는 이미 지칠 대로 지쳐 있었다. 더구나 주변 사람들과의 관계가 내가 손쓸 수 없을 만큼 악화

되었다. 나는 성격이 괴팍해져서 걸핏하면 화를 내고 항상 알 수 없는 슬픔에 잠겨 있었다. 이런 증상은 내가 17살의 봄에 겪은 영문 모를 슬픔과 거의 같았다. 그런 불안한 날들이 계속되면서 주변 사람들은 내 성격이 너무 나쁘다고 투덜거렸다.

당시 아랑阿亮이라는 친구가 돌려서 그런 말을 했을 때, 나는 괴로워서 한 마디도 하지 못했다. 이제껏 내가 그런 사람이라고는 전혀 생각해본 적이 없었다. 예전에는 내가 온화하고 너그러운 사람인 줄로만 알았다. 나는 그들이 어떤 기준으로 모든 걸 가늠하는지 알지 못했다. 내가 아는 거라고는 그저 내가 무척 괴롭다는 사실뿐이었다.

그때 나와 아랑은 캠퍼스 D동에 있었다. 아랑은 사진 자료를 정리하고 있었고 나는 옆에서 그녀에게 내 요구를 말하는 중이었다.

나는 괴로워서 웨이웨이에게 문자 메시지를 보냈다. 내가 남들을 못 견디게 만드는 사람이냐고 물었다.

웨이웨이는 내게 여러 통의 회신을 보내주었다.

"네가 괴로울 때마다 내가 네 곁에 있잖아. 네가 어디에 있든 전화해줄게."

"이러지 마. 내가 널 위해 아무것도 해줄 수 없는 것 같잖아. 나 한 사람의 관심만으로 충분하다고 생각했는데."

"전에 말한 대로 모든 사람이 널 떠나도 난 그러지 않을 거야. 나는 너 같은 친구가 있는 게 가장 큰 행복이야."

"배드민턴 코트에 있는 사람을 볼 때마다 네 웃는 얼굴이 생각나."

휴대폰 문자창을 응시하던 내 눈에서 눈물이 흘러내렸다.

5

　이 겨울이 닥쳤을 때 나는 『환성』을 그만 끝내야 한다고 생각했다. 기온이 계속 떨어졌다. 나는 상하이에 눈이 내리기를 기대했다. 하지만 내 룸메이트의 말로는 상하이에서는 꽤 여러 해 눈이 오지 않았다고 한다.

　내가 『환성』의 마지막 몇 단락을 쓰고 있을 때, 내가 다니던 상하이 대학은 벌써 1학기가 끝나 있었다. 그런데 이 후기를 쓰고 있는 지금, 어느새 새 학기가 시작되었다. 상하이 대학의 단기 학기제로 인해 나는 시간의 빠른 흐름과 돌이킬 수 없음을 실감하고 있다. 텅텅 비었던 넓은 캠퍼스가 많은 학생으로 북적거린다.

　창밖의 햇살이 따뜻하다. 나는 이 후기를 끝낼 수 있을 것 같다.

　예전부터 나는 주로 수필을 썼다. 이렇게 긴 소설을 끝내고 나니 정말 후기를 빌어서라도 내 자신의 삶에 대해 써보고 싶었다. 전에 쓰던 슬픈 수필 류를 말이다. 그런데 수필 쓰기를 그만둔 지 한참이 지났는데도 뜻밖에 술술 글이 써졌다. 기분이 좋고 흐뭇할 수밖에 없었다. 그래서 이렇게 글이 길어져버렸다. 아마도 내가 가장 좋아하는 글은 수필인가 보다. 소설은 내게 그저 우연일 뿐이다. 하지만 어쨌든 『환성』은 내 글쓰기 이력 중에 가장 특별한 작품이다. 나는 이 작품에 들인 내 시간과 노력을 똑똑히 기억한다.

　나를 지지해준 모든 이에게, 『환성』을 사랑해준 모든 이에게 감사한다. 그들의 격려 덕분에 나는 계속 글을 쓸 수 있었다.

　『환성』은 곧 사라져갈 내 청춘의 기념물이 될 것이다. 이 작품 속에

는 나의 가장 화려한 꿈, 나의 가장 순수하고 활기찬 환상이 담겨 있
다. 그것은 나와 우리 모두의 젊은 날의 꿈이면서 우리가 어린 시절
품었던 왕자, 공주의 꿈이기도 하다.

6

아름다운 꿈이 있지만 슬픈 아이들에게, 19살이 못 된 아이들에게
이 책을 바친다.

시간의 거센 물결 속에서 우리는 끝내 어른이 될 것이다.

2002년 12월 2일

상하이에서

궈징밍郭敬明

2004년 겨울, 나는 베이징 런민대 부근 서점가의 대형 서점인 신화서점을 찾았다. 그 서점은 베이징에서 두 번째로 큰 5층짜리 서점이었고 첫 번째로 큰 시단의 북적대는 신화서점에 비해 손님이 적어서 바닥에 질펀히 앉아 오래 책을 보기가 좋았다. 당시 나는 방학마다 등산 배낭을 메고 베이징으로 날아가 그곳에서 2~3일을 보냈다. 좋은 책, 좋은 작가를 발굴해 출판사에 소개하기 위해서였다. 지금도 꾀죄죄한 나이지만 당시에는 더 꾀죄죄했기에 하루 종일 서가 옆에 쪼그리고 앉아 책을 봐도 어느 중국인 하나 나를 신경 쓰지 않았다. 아마 지금은 눈총을 주는 사람이 간혹 있을 것이다. 이제는 중국인도 꽤나 세련되었으므로.

어쨌든 나는 당시 그 서점 4층의 대중문학 서가에서 처음 궈징밍을 만났다. 소설로 만난 것이 아니라 화보집으로 만났다. 웬일로 큰 판

형의 컬러 화보집이 소설들 사이에 끼어 있기에 빼보았더니 뜻밖에 작달막하고 빼빼 마른 이십대 초반의 청년이 포토샵으로 온갖 재주를 부린 풍경 사진 속에서 세기말적 분위기를 풍기고 있었다. 그의 표정은 음울하기 짝이 없었고 연한 갈색으로 염색한 머리칼은 앞머리를 길게 길러 한쪽 눈을 가리고 있었다. 나는 웃기기도 하고 궁금하기도 해서 그의 이력을 살폈다. 이름은 궈징밍. 1983년 생으로 상하이대 재학 중이며 2003년 『환성』이라는 판타지 소설과 『꿈속에서 떨어진 꽃이 얼마나 되나』라는 로맨스 소설로 데뷔한 햇병아리 작가였다.

'대체 이 작가가 뭐기에 화보집을 낼 정도로 인기가 있는 걸까?'

나는 부쩍 호기심이 생겼지만 판타지나 로맨스 같은 장르는 내 주된 관심 분야가 아니기에 바로 그 화보집을 덮었다. 그때는 그 '기생오라비'(?) 같은 작가가 중국 문화계에서 얼마나 대단한 거인이 될지, 또 나와 어떤 인연으로 이어질지 전혀 예상하지 못했다.

그리고 2년 뒤, 나는 다시 궈징밍을 만났다. 어느 출판사에서 그의 데뷔작 『환성』의 출간 검토를 부탁해왔기 때문이다. 지금도 그렇지만 당시에도 한국에서는 중국 장르소설에 대한 인지도가 전혀 없었기 때문에 나는 가벼운 마음으로 그 책을 들췄다. 중국에서 밀리언셀러가 되었다는 저작권 에이전시의 홍보도 그리 내 주의를 끌지는 못했다. 중국에서 백만 부가 팔렸든 천만 부가 팔렸든 이곳은 한국이 아닌가. 그런데 읽으면 읽을수록 기대 이상의 흡인력이 느껴졌다. 당시 나는 단숨에 이 책을 읽고 이렇게 소감을 적었다.

『환성』은 한마디로 그 장르를 정의내리기 힘든 작품이다. 로맨스도, 판타지도, 추리도, 무협지도 아니면서 그 모든 장르의 요소를 끌어와 절묘하게 결합시킨 소설이다. 그것도 어설픈 짜깁기가 아니라 작가의 환상을 흥미진진하게 펼쳐내기 위해서 그때그때마다 각 요소를 적절하게 배합시키고 있다.

게다가 궈징밍 스스로 인정하듯 이 작품은 만화식의 '화면감'을 중시하고 있다. 한 번 눈이 내리면 10년 동안 그치지 않는 환설제국의 눈, 마법의 강도에 따라 길어지는 등장인물들의 흰 머리칼, 바람에 흩날리는 마법복, 황홀한 환몽의 세계 등등, 작가는 장면 장면마다 환상적인 느낌을 불어넣기 위해 다채로운 색채와 생동감 있는 어휘를 동원한다. 줄거리 그 자체도 장대할 뿐더러 화면의 묘사도 다소 과장적인 느낌이 들 만큼 화려하다. 바로 이런 요소들이 독자들의 눈을 끝까지 사로잡는다.

그래서 2006년에 『환성』은 내 번역으로 처음 우리 독자들을 만났다. 아마도 거의 최초로 국내에 번역된 중국 장르소설이었을 것이다. 그리고 10년이 지난 지금, 나는 또 다시 궈징밍을 만났다. 중국 후난위성TV에서 『환성』을 각색한 드라마가 방영되고 온라인게임까지 제작, 서비스되면서 이 작품이 다시 화제의 초점이 된 것이다. 누구나 알다시피 장르소설의 수명은 짧다. 작가든 작품이든 10년 넘게 독자의 기억에 남는 경우는 극히 드물 만큼 유행을 타는 분야다. 그런데도 이 작품이 10년의 세월을 뛰어넘어 자신의 존재를 되살린 것은 현재 중국의 20~30대 젊은이들의 청소년 시절 추억 속에 이 작품이 남긴 추억이 강력하기 때문일 것이다. 더구나 앞에서 언급했듯이 궈징밍은 그 사이 중국 문화계에서 누구도 부정하지 못할 만큼 '거인'이 되었다.

우리 나이로 서른네 살이 된 궈징밍은 현재 단순한 작가가 아니다. 판타지, 로맨스, 수필, 시나리오 작가를 아우르는 필력도 과소평가할 수는 없지만 내가 보기에 그는 대중문학 기획자 겸 사업가로서 중국 출판계에서 누구도 부정할 수 없는 위상을 구축했다. 2004년 아직 햇병아리 작가였던 궈징밍은 자신의 첫 사업체인 작가 사무실 '섬'을 설립하고 대중문학 무크지 『섬』을 발간하기 시작했다. 이 무크지는 열 권을 발간하며 많은 신인 작가와 편집자를 발굴, 양성해 이른바 '궈징밍 사단'을 형성했고 역시 이 사무실에서 기획한 궈징밍의 소설 『소小시대』 시리즈는 초판을 200만 부나 인쇄할 만큼 엄청난 인기를 끌었다.

이어서 그는 2010년에 상하이최세문화발전유한공사를 설립하고 창장문예출판사와 제휴하여 대중문학 잡지 『최소설』과 만화 잡지 『최만화』를 발간하기 시작한다. 이 두 권의 잡지는 현재까지도 월 발매 10만 부를 상회하는 인기를 끌며 중국의 신인 작가와 인기 작품을 양성, 배출하는 최고의 플랫폼으로 자리 잡았다. 따라서 이 두 잡지의 편집장 겸 발행인인 궈징밍은 자연히 중국 장르문학의 대부가 되었다. 겨우 20대 중후반의 나이에 그는 그렇게 엄청난 존재가 된 것이다.

그런데 궈징밍의 전방위적인 활동은 여기에서 그치지 않았다. 2012년 11월, 그는 자신의 소설을 각색한 영화 『소시대』 시리즈의 시

나리오 작가 겸 감독을 맡았다. 이 영화는 연이어 네 편이 제작, 상영
되었는데 2013년 상영된 첫 편은 첫날 140억 원의 매출을 올려 중국
국내 영화 신기록을 세웠으며 최종 매출은 950억 원을 기록했다. 이
로써 그는 소설, 극본, 영상으로 이어지는 산업사슬의 전 영역을 아우
르게 되었다.

　이처럼 궈징밍은 지난 10여 년간 중국 대중문화계의 빛나는 아이
콘이었으며 『환성』은 이런 그의 시발점이자 아직도 인기가 사그라지
지 않은 현재이기도 하다. 이 작품이 새로운 모습으로 재간되는 지금,
나는 우리 독자들이 영원히 눈이 그치지 않는 환설제국의 환상적인
풍경과 장대한 스토리를 감상하면서 중국의 젊은이들이 그토록 열광
하는 '궈징밍 월드'의 비밀을 탐색해보기를 희망한다.

2017년 1월
김택규

幻城
환성

초판 인쇄 2017년 1월 24일
초판 발행 2017년 1월 31일

지은이 귀징밍
옮긴이 김택규
펴낸이 강성민
편집장 이은혜
편집 박은아 박세중 곽우정 한정현 김지수
편집보조 조은애 이수민
마케팅 이연실 이숙재 정현민
홍보 김희숙 김상만 이천희

펴낸곳 (주)글항아리 | 출판등록 2009년 1월 19일 제406-2009-000002호
주소 10881 경기도 파주시 회동길 210

전자우편 bookpot@hanmail.net
전화번호 031-955-8891(마케팅) 031-955-1934(편집부)
팩스 031-955-2557

ISBN 978-89-6735-393-3 03820

파불라는 (주)글항아리의 문학 전문 브랜드입니다.

이 도서의 국립중앙도서관 출판시도서목록(CIP)은 서지정보유통지원시스템 홈페이지(http://seoji.nl.go.kr)와 국가자료공동목록시스템(http://www.nl.go.kr/kolisnet)에 서 이용하실 수 있습니다. (CIP제어번호 : CIP2016026618)